KB043965

김비서가 왜 그럴까

What's up Ms.Kim

김비서가 왜 그럴까

What's up, Ms.Kim

1

정경윤 장편소설

Special Edition

가하

김 비서가 왜 그럴까 1

지은이 정경윤
펴낸이 이형기
펴낸곳 도서출판 가하

초판인쇄 2018년 2월 2일
1판 5쇄 2018년 7월 5일
출판등록 2008년 10월 15일 제 318-2008-00100호

주소 서울 영등포구 양평로 67, 1209 (당산동5가, 한강포스빌)
전화 02-2631-2846 **팩스** 02-2631-1846

www.ixbook.co.kr

ISBN 979-11-300-2671-8 04810
979-11-300-2670-1 04810(set)

값 11,000원

copyright © 정경윤, 2018

이 책은 저작권법의 보호를 받는 저작물입니다.
무단전재와 무단복제를 금합니다.
잘못된 책은 구입하신 곳에서 바꾸어 드립니다.

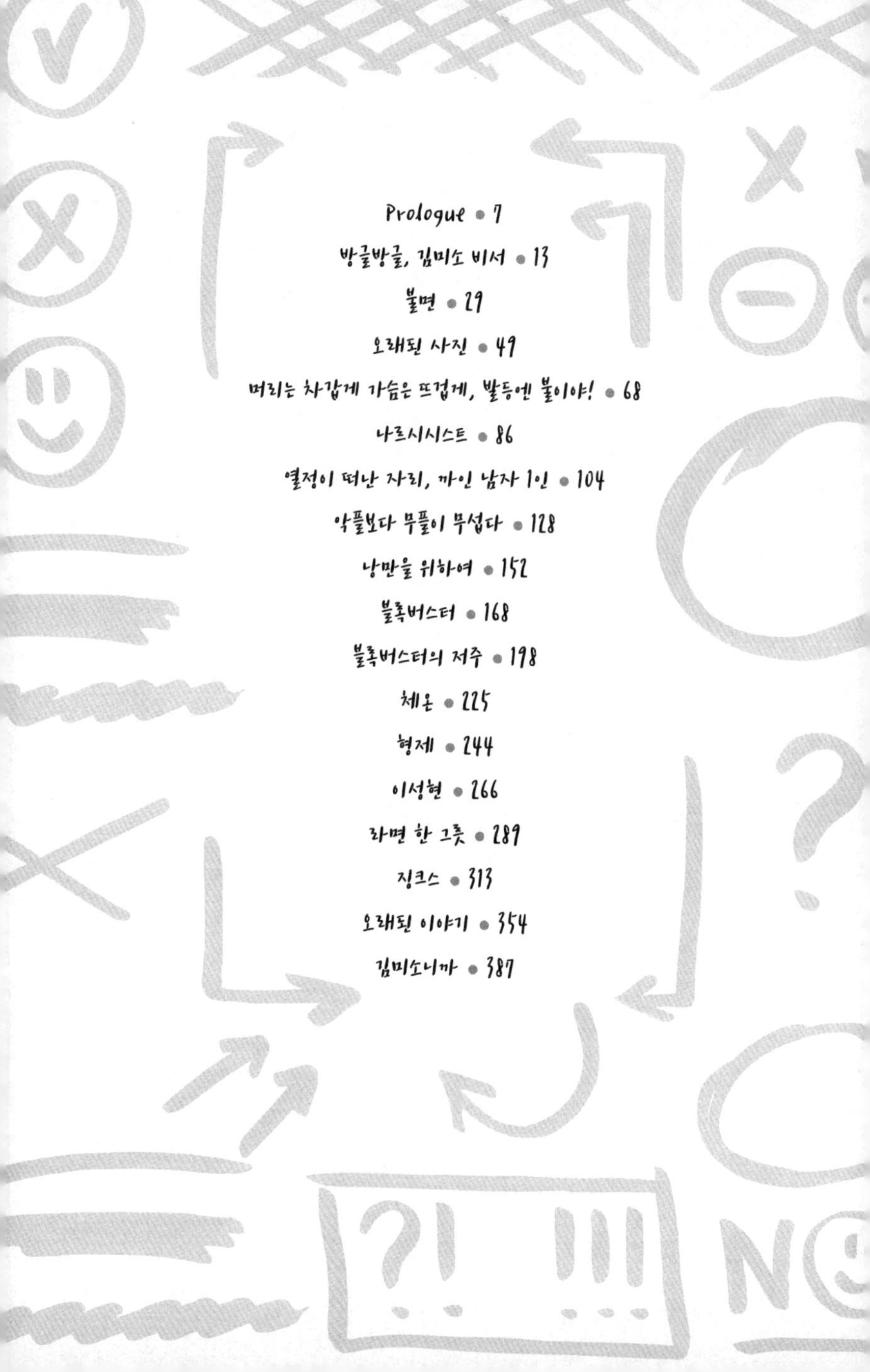

Prologue • 7
방글방글, 김미소 비서 • 13
불면 • 29
오래된 사진 • 49
머리는 차갑게 가슴은 뜨겁게, 발등엔 불이야! • 68
나르시시스트 • 86
열정이 떠난 자리, 까인 남자 1인 • 104
악플보다 무플이 무섭다 • 128
낭만을 위하여 • 152
블록버스터 • 168
블록버스터의 저주 • 198
체온 • 225
형제 • 244
이성현 • 266
라면 한 그릇 • 289
징크스 • 313
오래된 이야기 • 354
김미소니까 • 387

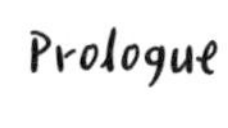

Prologue

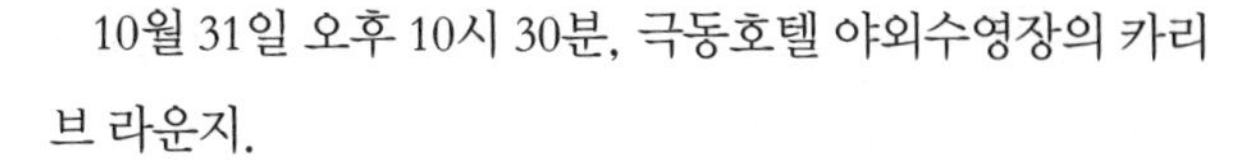

10월 31일 오후 10시 30분, 극동호텔 야외수영장의 카리브 라운지.

부드러운 조명이 호텔 야외수영장 수면에서 반사되어 부서졌다. 한쪽에 마련된 무대에선 유명 재즈가수가 다소 우울한 목소리로 엘라 피츠제럴드의 'Misty'를 부르고 있었고, 칵테일 바 앞에선 몇 명의 연예인을 포함한 유명인사들이 삼삼오오 어울려 담소를 나누는 중이다.

무대와 풀이 똑바로 내려다보이는 2층엔 다른 곳과 차단되어 완벽하게 프라이버시가 보장되는 공간이 있었다. VIP 중의 VIP만 예약 가능한 명당인 그곳을 오늘 차지하고 있는 사람들은 최근 5년간 국내 10대 기업 중 5위권 이하로 내려온 적이 단 한 번도 없던 유일그룹의 부회장 이영준 일행이었다.

꽤 오래전부터 몸이 좋지 않았던 유일그룹 이 회장을 대신해 지난 7년간 물밑에서 회사 경영을 도맡아 해왔던 차남 이영준은 어린 시절부터 누구도 부정하지 못할 정도로 특출한 인재였는데, '신은 공평하다.'는 말은 적어도 이 서른세 살의 남자에겐 전혀 해당되지 않았다.

최고급 이탈리아산 가죽 소파에 길게 드러누운 영준의 몸은 완벽한 비례를 자랑하고 있었다. 업무를 마치자마자 곧장 이곳으로 온 그는 검은색 슈트 차림이었지만 그 딱딱하고 포멀한 디자인으로도 늘씬늘씬 기다란 사지에 탄탄하고 섹시한 몸을 감출 수는 없었다. 마치 윤기 나는 재규어가 대리석에 누워 있는 듯, 그의 몸 전체에선 야성적이고 관능적인 분위기가 물씬 풍겼다.

잘난 게 어디 몸뿐이랴. 세필 붓으로 한 올 한 올 그린 듯 섬세하고 짙은 눈썹 아래 그윽한 눈매와 깊고 검은 눈동자, 틀어짐 없이 단정하고 곧게 뻗은 콧날과 남자답게 두텁고 강인해 보이는 입술까지, 이목구비 역시 어디 하나 나무랄 곳이 없다.

거기서 끝이 아니다. 그저 생김새만 잘났으면 주위 사람들 배를 좀 덜 아프게 했으련만, 이영준은 능력에 있어서도 타의 추종을 불허하는 인간이었다.

공부면 공부, 운동이면 운동, 악기면 악기, 어느 하나 처지는 곳 없이 척척 해낸 그는 정규교육과정을 거치는 동안 법이 허용하는 한의 월반을 거듭한 후 미국 유학을 다녀와 곧바로 유일그룹 후계자 수업에 착수했다. 이후 자처해 2년의 해외파견근무를 나갔다 돌아온 그는 본격적으로 경영에 뛰어들어 대규모 조직개혁과 인사조치를 감행했고,

큰 진통 끝에 판을 갈았다. 그간 그룹의 덩치만 불렸을 뿐 의욕 없는 경영을 하고 있던 부친과는 달리 공격적이고 과감한 행보를 선보이며 눈부신 실적 신장을 이루어냈다.

신(神)이 내린 선물. 신이 고카페인 에너지드링크 쭉쭉 빨아가며 사흘 밤낮 바짝 집중해서 빚어낸 듯한 마스터피스. 그게 바로 여기 있는 이영준이란 인간이었다.

"오빠, 오늘 왜 이렇게 말이 없어? 무슨 일 있었어?"

높은 위상만큼이나 인간관계의 폭도 넓어, 영준은 일주일 내내 늘 사람들로 둘러싸여 있다시피 했다. 오늘 프라이빗 파티에 모인 이들은 그의 사업상 지인들과 각계에서 활동 중인 미녀들이었는데, 그 미녀들 중 영준과 한 달째 정기적인 만남을 유지하고 있던 오지란이 뾰로통한 얼굴로 빽 소리를 질렀다.

"영준 오빠! 오늘 왜 이렇게 말이 없냐니까."

그러자 극동호텔체인 오너의 막내아들이 손을 내저으며 끼어들었다.

"누가 우리 지란이 눈치 좀 장착해줄 사람?"

"어머머. 오빠는, 그게 무슨 실례되는 소리야?"

"영준 옵화가 말이 없으면 어련히 '아, 오늘 우리 옵화한테 무슨 일이 있나 보구나.' 하고 입 닥치고 술이나 마셔야지. 너 그렇게 눈치가 없어 어디 쓰겠니?"

"무슨 일 있어? 무슨 일인데? 응?"

지란이 애교 가득한 얼굴로 영준의 발치에 털썩 앉자 깊게 파인 원피스 위로 그녀의 커다란 가슴이 출렁거렸다. 주변 남자들의 눈동자는 약속이라도 한 듯 초롱초롱 빛났다.

그러나 영준은 그녀를 포함한 주위에 아무런 관심도 없어 보였고 여전히 심각하니 생각에 잠겨 있었다. 벌써 두 시간 반째.

언제나 유쾌하고 자신감에 차 있던 그의 평소와는 다른 모습에 일행들은 진즉부터 심상치 않은 분위기를 감지하고서 자중하는 중인데 눈치 없는 지란만 저렇게 계속해서 질척거리는 것이다.

"오빠아."

그 순간, 정확히 두 시간 반 만에 영준이 입술을 달싹였다.

"응? 뭐라고, 오빠?"

"왜……."

"잘 안 들려."

지란이 영준의 눈앞에다 얼굴을 바싹 들이대자 그는 오만상을 다 찌푸리고서 내뱉었다.

"뭐야? 저리 치워."

영준의 싸늘한 어조에 지란은 놀라 뒤로 물러나다 소파에서 떨어져 엉덩방아를 찧고 말았다.

"오, 오빠?"

"하아, 돌아버리겠네."

머리카락을 쑤식거리며 몸을 일으킨 영준은 한숨을 길게 내쉬더니 뭔가에 홀린 사람처럼 중얼거렸다.

"김 비서가……."

사형선고를 받고도 재심을 요구할 수 있는 세상이라지만, 일에 있어서든 사생활에 있어서든 이영준에게 있어서 '두 번째 기회'란 개념은 없었다. 사형선고를 내리면 그것으로 산뜻하게 끝. 그러니 그의 주변에 장기근속하는 임직원이 드문 것도 당연지사였다. 이영준이 부회장 자리에 앉은 이후 아직까지도 그의 곁에 남아 있는 이는 유일그룹의 전문경영인 박유식 사장과 영준의 개인비서 김미소가 전부다.

그런 김 비서가?

오늘 계속해서 어두웠던 영준의 분위기로 미루어 보아 이건 세기에 다시없을 심상치 않은 일임이 확실했다. 두런거리는 말소리조차 사라진 자리에 긴장감이 내려앉았다. 영준이 곧 풀어놓을 온갖 충격적인 이야기를 잔뜩 기대하며 지켜보고 있던 일행의 목울대로 일제히 꿀꺽, 마른침이 넘어갔다.

그러나 그가 진지하게 내놓은 말은 충격적인 내용도, 반전에 몸서리칠 사실도 아닌, 야속할 정도로 간단한 의문 하나였다. 그것도 당최 누구에게 묻는 말인지도 모를 질문.

"김 비서가…… 왜 그러지?"

갑자기 뭔 소리야.

자리에 앉은 이들은 어느새 한결같이 똥 씹은 얼굴이 되어 있었다.

방글방글, 김미소 비서

8365

일주일 전, 10월 24일 오전 6시 30분.

유일그룹 이영준의 자택인 한강 조망 초고층 아파트의 펜트하우스는 환하게 불을 밝히고 있었다.

외부행사와 출장이 잦고 업무를 자택에서 보는 일이 더 많은 영준은 출근시간이 일정치 않았지만 무슨 강박증이라도 있는 사람처럼 늘 새벽 5시에 기상해 타이트하게 하루를 시작했다. 안 그래도 일렀던 기상은 오늘 더욱더 당겨졌는데, 5대 그룹회장 조찬간담회에 부친을 대신해 참석할 예정이기 때문이다.

드레스 룸의 전면창엔 파르란 새벽빛으로 물든 도시가 펼쳐져 있었다. 아직 꺼지지 않은 가로등들을 물끄러미 바라보던 영준은 옷장 앞 독특한 디자인의 행거로 다가갔다.

거기엔 김 비서가 조금 전 꺼내두었을 회색 투피스 맞춤 슈트와 드레스셔츠, 옅은 보라색 실크 타이가 걸려 있었다. 지나치게 클래식하지 않은 디자인과 색상으로, 조찬모임에 어울릴 만한 그것이었다.

느긋하게 드레스셔츠와 정장바지로 옷을 갈아입은 영준은 타이 색상과 어울리는 커프스링크와 타이홀더, 손목시계, 오늘 사용할 손수건과 만년필 등의 액세서리들까지 열을 맞추어 늘어서 있는 탁자를 내려다봤다. 며칠간 사용해 슬슬 질린 라이터를 다른 것으로 바꿔야지 생각하고 있었는데 말하기도 전에 새 라이터가 이미 나와 있었다.

커프스링크를 집어 드는 순간 문 쪽에서 노크가 울렸다.

"부회장님, 옷 다 갈아입으셨어요?"

"그래. 들어와."

에이프런을 두른 여자 한 명이 아침 차(茶)가 차려진 카트를 밀며 들어섰고 바로 뒤에 태블릿 PC 한 대와 스마트폰 두 대를 든 검은 정장 차림의 여자가 따라 들어섰다.

"블랙퍼스트 티입니다. 오늘은 퍼스트플러시 다즐링을 준비했고, 조찬 가실 예정이라 하셔서 곁들이는 따로 준비하지 않았습니다."

"거기 놔둬요."

에이프런을 두른 여자가 카트를 세워둔 후 절도 있게 인사하고 나가자 머리를 높게 틀어 올린 검은 정장의 여자가 곧장 영준에게 다가와 태블릿 PC를 건넸다.

"오늘의 일정입니다."

"고마워."

"별말씀을요. 차는 지금 따라드릴까요?"

"응."

영준이 앤티크 벤치에 다리를 꼬고 걸터앉아 스케줄을 눈으로 훑는 동안 정장을 입은 여자는 은쟁반 위의 티 코지를 걷어내고 도자기 포트를 들어올렸다. 곧 스트레이너를 통과한 홍차는 방 안에 산뜻하고 싱그러운 향기를 퍼뜨렸다.

여자가 방글방글 웃으며 다가와 찻잔을 건넸다. 영준은 화려한 문양이 새겨진 잔을 집어 한 모금을 마신 후 짓궂은 농을 건넸다.

"미소가 따라주니까 더 맛있는데."

"입술에 침 바르는 거 잊으셨네요."

"아, 들켰다."

정색을 하는 여자의 태도에 한동안 키득거리던 영준은 저녁으로 예정된 독일대사관 리셉션 스케줄을 살피며 진지하게 물었다.

"오늘 컨디션은 어때?"

"최상이에요."

"중요한 자리야. 이따 실수 없이 할 수 있지?"

"하루 이틀인가요? 무슨 당연한 말씀을요."

검은 정장 차림의 이 여자는 2년의 해외파견근무를 포함해 벌써 9년째 영준의 개인, 수행, 의전비서, 때로는 운전기사 업무에 오늘처럼 중요한 파티의 파트너까지 맡아 해치웠던, 연장으로 치자면 손톱깎이까지 품은 다기능 맥가이버 칼 역할의 김미소 비서다. 미혼인 이 스물아홉 살 처자는 일만 잘하는 게 아니라 늘씬하고 쭉 뻗은 데다 적재적소에 볼륨감이 가미된 몸에 청순하고 아름다운 외모의 소유자이기까지 했다.

김 비서의 재킷 주머니 중 오른쪽이 부르르 떨렸다. 아까 그녀가 차를 따르기 위해 양쪽 주머니에 나누어 넣어두었던 스마트폰 두 대 중 검은색, 영준의 개인전화 쪽이다.

누구인지 보지 않아도 이미 아는 듯, 그녀가 조심스레 물었다.

"받을까요?"

홍차를 홀짝이고만 있던 영준은 귀찮단 듯 콧방귀를 뀌었다.

"받지 마. 죄인 전화 받고서 기분 좋은 아침 망칠 이유 있어?"

어제부로 모가지 당한 모 임원의 이름이 떠 있는 휴대전화 화면을 내려다본 김 비서는 산뜻하게 수신을 거절했다. 이윽고 그녀는 행거로 다가가 영준의 재킷 상태를 다시 한 번 확인한 후 타이를 집어 들고 물었다.

"죄인이라니요?"

"꼭 남의 물건을 뺏거나 사람을 해치거나 하는 것만이 죄는 아니지."

밑도 끝도 없는 혼잣말을 중얼거린 영준은 홍차 한 모금을 더 음미한 후 잔을 내려놓고서 자리에서 일어났다.

오만하고 여유로운 태도로 김 비서의 앞에 다가간 그는

드레스셔츠의 칼라 버튼을 잠그고 그녀를 똑바로 쳐다보았다.

“무능함, 그리고 자기 무능함을 인식하지 못하는 무지함도 죄.”

이해할 수 없는 말이 계속되는데도, 익숙한 솜씨로 영준의 목에다 타이를 매주는 김 비서의 표정은 변함없었다. 방글방글.

그러는 사이 어느새 영준의 칼라에는 나무랄 데 없이 모양 좋은 매듭이 자리하고 있었다.

“흐음. 그런데 도무지 이해할 수가 없단 말이야.”

손목시계를 포함한 액세서리를 모두 다 착용하고 각 맞춰 다려진 체크무늬 손수건을 바지 뒤 포켓에 넣은 그가 양팔을 뒤로 뺐다. 뒤에서 재킷을 들고 있던 김 비서는 기다렸다는 듯 그의 팔을 소매에 끼워넣어주었고, 회색 재킷은 스르르 미끄러지듯 영준의 팔과 어깨를 타고 올라가 그의 상체를 감쌌다.

“김 비서는 혹시 알아?”

“뭘요?”

재킷에 잡힌 주름을 탁탁 털고 버튼을 잠근 그는 마지막으로 그녀가 건넨 향수 한 방울을 손목에 떨어뜨린 후 삼면거울 앞에 섰다.

미처 해가 다 뜨지도 않았는데 방 안은 눈부시게 밝았다. 화려한 조명이 아니라 거울 앞에 당당히 선 영준이 온몸으로 발산하는 빛 때문이었다.

그는 더없이 만족한 얼굴로 한동안 거울 속의 자신을 바라보더니 뻔뻔스러우리만치 자연스러운 태도로 입을 뗐다.

"어떻게 사람이 무능할 수가 있지?"

보통 사람들 같으면 능히 공포의 눈알 비우기를 연속시전했을 만한 발언이었지만 김 비서는 이런 일이 생활인 듯 아무렇지도 않게 맞장구를 쳤다.

"그러게요."

"너무 쉽지 않아? 노력하고 쟁취한다. 그 간단하기 짝이 없는 프로세스를 못 따라가다니. 대체 이유가 뭘까?"

"대부분의 인간들은 부회장님 같지 않으니까요."

김 비서의 상냥한 미소와 해명에도 영준은 여전히 의문이 풀리지 않는지 되물었다.

"그래?"

"그럼요. 전 지금껏 살아오는 동안 부회장님 같은 분을 만난 적이 한 번도 없었다니까요."

김 비서가 방글방글 웃으며 내놓은 말에 영준은 어깨를 으쓱하더니 씩 웃고 다시 거울을 마주했다.

지난날 강가에서 말 달리던 선구자는 선구자인데 그런 선구자가 아닌, 나르시시스트 계의 선구자. 재수 없음의 탑 오브 탑, 알파와 오메가.

대부분의 사람들이 이영준을 마주하고 돌아서며 느끼는

기분은 '뭐라 설명할 수 없는 찜찜함'인데, 그건 그가 재수가 없으면서도 저렇게 재수 없게 구는 이유가 이해될 정도로 너무 잘났다는 데 기인한 것이었다.

"전화 또 오는 것 같은데?"

이번엔 업무용 전화였다. 김 비서는 재빨리 휴대전화를 귀에 대고 절도 있는 태도로 응대했다.

그녀가 전화를 받는 동안 거울을 들여다보던 영준은 머리카락 사이에서 새치 한 올을 발견하고 경악했다. '아니! 어찌 이리 흉악한 게 내 몸에!' 하는 눈으로 그것을 노려보다 조심스럽게 뽑아낸 그는 인상을 확 찌푸리며 물었다.

"누구야?"

휴대전화를 귀에서 떼어낸 김 비서가 방글방글 웃으며 냉큼 대답했다.

"죄인 중에서도 대역죄인인데요. 제 선에서 끊을까요?"

마케팅실장실의 두터운 목재 문 너머로 죄인 마케팅실장이 내는 끔찍한 귀곡성이 흘러나왔다.

"오해! 오해오해오해입니다! 으허엉! 체 말씀 촘 들어봐주찝! 끄허어어어억!"

말 반, 울음 반 섞여 뭐라고 하는지도 잘 들리지 않는 남자 목소리는 영준의 쩌렁쩌렁한 고함에 가려 끊기고 말았다.

지금 저 안에서 볕 좋은 날 이불 털리듯 신명나게 털리고 있는 남자는 올해 서른세 살의 봉 전무로, 영준과 박유식 사장을 제외한다면 사내 최연소 임원인 인물이었다.

실적이 갑자기 부진해진 데다 큰 프로젝트 하나까지 제대로 말아먹은 그는 속상한 마음을 달래겠다며 최근 퇴폐 업소를 자주 들락거렸다고 했다. 그런데 그중 한 곳이 경찰단속에 딱 걸리는 바람에 거기서 풀코스 서비스를, 그것도 하필이면 대낮 근무시간 중에 받았던 이력까지 수면 위로 드러난 것이다.

개인적 실수라고 하고 되돌리기엔 이미 일이 너무 커진 것이, 매스컴까지 타버렸다. '퇴폐업소 실태 충격! 강남의 한 업소에서 모 그룹 임원까지 적발되어!'라는 꼭지의 기사 원제목에서 '유일'을 '모(某)'라는 단어로 가리기 위해 숨도 못 쉬고 뛰어야 했던 홍보팀장은 지금 탈진해 의무실에 누워 있는 중이다.

영준은 오늘 사형선고와 집행을 한 방에 해치우기 위해 친히 마케팅실장실에 내려오는 정성까지 보였다. 평소엔 본인 집무실로 불러올리지만, 아마도 아침에 발견했던 새치머리 한 올 때문에 기분이 상했던 모양이다.

"김 비서!"

긴 기다림 끝에 드디어 집행까지 마쳤는지, 영준이 문 안쪽에서 큰 소리로 그녀를 불렀다.

"네에!"

얼른 대답한 그녀는 봉 전무의 비서를 돌아보고 방글방

글 웃으며 나직이 충고했다.

"부회장님 앞에서 절대로 전무님 역성들지 마세요."

새어나온 소리로 안에서 벌어진 일을 예상한 봉 전무의 비서는 잔뜩 긴장한 얼굴로 김 비서를 올려다보며 더듬더듬 물었다.

"왜, 왜요?"

김 비서는 뭘 그런 걸 다 묻느냐, 이상한 사람 다 보겠네, 하는 듯 해맑게 웃으며 되물었다.

"전무님 무덤에 순장(殉葬)되고 싶어요?"

"아…… 아니요."

꿀꺽. 마른침을 삼키며 고개를 도리도리 저은 봉 전무의 비서는 이어진 김 비서의 말에 눈을 동그랗게 떴다.

"입 딱 다물고 있어요. 내가 다 알아서 할 테니까."

"네에……?"

해명을 듣진 못했지만, 열린 문 안의 신세계를 접한 그녀는 김 비서의 말을 백 퍼센트 이해해버렸다.

마케팅실장실 내부는 평소와 다를 바 없었지만 그 안의 분위기는 확연히 달랐다. 금세기 최대 규모의 한파가 휩쓸고 간 듯 싸늘하고 압도적인 공기에 다리가 절로 후들거렸다.

이영준은 조각작품처럼 우아한 포즈로 집무책상에 걸터앉아 있고, 봉 전무는 그 앞에서 초라하게 고개를 숙이고 서서 훌쩍거리고 있었다. 평소 목에 깁스라도 한 양 거만

하던 봉 전무가 교장실 유리창 깨고 벌서는 초딩처럼 저러고 있는 것을 보니 부회장의 위엄이 확실히 피부로 느껴졌다.

“이야기 다 끝났어. 다음 스케줄 뭐지?”

“녹원호텔 오찬입니다. 출발시간까지 삼십 분 정도 여유 있고요.”

“아악! 용서해주십시오, 부회장님. 흐흑!”

봉 전무는 애원하며 절박한 눈으로 김 비서를 바라봤지만, 그녀는 직접 가져왔던 서류를 챙기는 등 분주할 뿐이었다. 그러던 중, 그녀는 영준이 담배를 꺼내 입에 물려고 하자 곧장 다가가 담배를 뺏더니 방글방글 웃으며 핀잔을 주었다.

“에이. 건물 내 전체 금연인 거 아시면서.”

“지금 기분이 너무 더러워서 그러는데 한 번만 봐줘.”

“안 됩니다. 외부 흡연실 이용해주세요.”

“쳇.”

영준은 벌떡 일어나더니 벗어두었던 재킷을 한쪽 어깨에다 걸치고 자리를 떠버렸다.

김 비서는 영준이 사라진 것을 확인하고선 봉 전무에게로 다가갔다. 그는 아예 자리에 철퍼덕 주저앉아 흐느끼고 있었다.

“전무님.”

“흐흑, 따흐흑. 김 비서어……, 나는은…… 그러니까

아…….”

손을 내밀어 봉 전무의 어깨를 토닥토닥 두드려준 김 비서는 나긋한 어조로 위로의 말을 건넸다.

“제가 이따 올라가서 말씀 잘 드려볼게요. 부회장님이 전무님께 애정이 있어서 이러시는 거니 너무 서운하게 생각지는 마시고요. 우리 부회장님이 설마 애정 없이 이렇게 심하게 대하시겠어요? 결국은 다 전무님 위해서 그러시는 거예요.”

영혼까지 어루만져주는 듯한 말에 봉 전무는 고개를 들고 눈물이 글썽글썽한 눈으로 그녀를 올려다봤다.

“훌쩍. 저, 정말? 정말 그럴까?”

“아유우, 그럼요. 걱정 마시고 일어나세요. 그리고 오늘은 일찍 들어가서 좀 쉬세요. 가는 길에 또 이상한 데로 새지는 마시고요. 사모님한테도 죄송하고, 이게 대체 무슨 망신이래요?”

“그건 그렇지. 아…… 정말 뭔가에 홀렸었나 봐.”

“네. 지금 이 마음 잊지 말고 앞으로도 열심히 사세요, 전무님.”

“그래. 고마워, 김 비서. 역시 김 비서야.”

“파이팅, 전무님. 힘내세효!”

방글방글 웃으며 애교 있게 응원하는 김 비서의 얼굴은 성당 입구 마리아상의 그것처럼 한없이 자애롭고 포근했다.

다정한 위로에 절로 희망이 샘솟았는지 단박에 자리를 털고 일어선 봉 전무는 우두커니 서 있는 자기 비서를 향해 우스꽝스러운 구호를 외치고 방을 뛰쳐나갔다.

"미쓰 오! 아자아자! 우리 다시 한 번 뛰어보자! 퐈이아!"

"아, 에에, 파이……팅."

떨떠름하게 그의 뒷모습을 쳐다보던 봉 전무의 비서는 마침내 둘만 남게 되자 김 비서를 향해 돌아서서 물었다.

"그럼 우리 전무님 계속 일하실 수 있는 거예요?"

"어머, 그게 무슨 소리예요? 부회장님이 언제 기회 두 번 주시는 거 봤어요?"

대답 대신 짤막한 질문을 던지고서 일어난 김 비서는 어딘가로 전화를 걸어 사근사근한 목소리로 말했다.

"김미소 비서입니다. 봉 전무 쫓아내고 이쪽 상황 정리 끝났으니 책상이랑 집기 다 빼주세요. 부회장님이 확인하러 오시기 전에 후딱."

유일그룹의 수많은 임원들과 비서들에게 있어서 김미소 비서는 비서계의 명장(明匠), 비서계의 인간문화재였다. 이유는 단 하나.

그녀가 저 이영준과 환상의 콤비, 부부보다 더한 결속력을, 그것도 웃으며 선보이는 기술의 유일한 보유자이기 때문이었다.

밤늦은 시각, 독일대사관 리셉션을 마치고 돌아가는 길.

달리던 의전차량이 신호에 멈추어 서자 영준은 창밖으로 향해 있던 시선을 거두고 고개를 돌렸다.

어깨가 오픈된 한복드레스를 입고 늘 틀어 올렸던 머리를 길게 늘어뜨린 김미소는 딱딱한 복장일 때보다 훨씬 더 아름답고 매력적이었다.

영준은 아까 지인과 대화를 나누느라 자리를 비웠던 그 잠시 동안 그녀의 곁에 사내들이 몇 명이나 다가와 말을 걸었던 것을 떠올렸다.

“가끔씩 미소한테는 정말 놀란다니까. 독일어는 언제 익혔어?”

“무슨 말씀이세요?”

“아까 작업 걸던 놈들 말이야. 독일어로 제법 오랫동안 얘기하는 것 같던데.”

“아아. 그 사람들.”

그녀는 다소곳이 손으로 입을 가리고 호호, 웃다 덧붙였다.

“두 사람은 독일인이고 나머지 한 남자는 프랑스 사람이었어요. 영어로는 의사소통이 잘 안 되더라고요.”

“프렌치까지?”

놀란 눈으로 건너다보는 영준을 짓궂은 표정으로 마주본 김 비서는 담담하게 말을 이었다.

“부회장님 등쌀에 일본어랑 중국어 속성으로 배운다고 얼마나 고생이 많았는데, 제가 독일어에 불어까지 공부할 시간이 어디 있었겠어요? 눈치죠."

"눈치……?"

"샴페인을 건네면서 눈짓하면 '잠깐 실례할까요.'일 테고, 창문을 힐끗 쳐다보면서 하는 말은 할 말 없어 내놓는 날씨 이야기일 테니 무시해도 될 것이고, 부회장님 쪽을 보면서 하는 말은 십중팔구 칭찬이니 웃으면서 고개 끄덕여주기, 작업 거는 눈치 같으면 슬쩍 왼손으로 귀고리 만지기."

김 비서의 왼손 약지엔 심플한 디자인의 반지가 끼워져 있었다. 2년 전 사내 체육대회 때 경품 추첨으로 획득한 금반지였다.

"눈치는 제법 훌륭한 프리패스예요. 언어장벽을 포함한 모든 장벽을 다 통과할 수 있거든요."

제법 심각하게 말하고 있는 와중에도 김 비서는 여전히 방글방글 웃는 낯이었다.

"대단한데."

"그런가요?"

"그래."

"지금 그거, 칭찬하시는 거예요?"

"눈치가 그렇게 좋다는 사람이 이렇게 대놓고 하는 칭찬도 못 알아들어?"

영준이 피식 웃으며 핀잔하자 김 비서는 물개박수를 짝짝 치며 좋아했다.

"어머나. 오래 살다 보니 부회장님한테 칭찬받는 날도 오네요."

"나는 칭찬에 인색한 사람이 아니야. 칭찬할 일이 별로 없을 뿐."

오만하기 짝이 없는 말이었지만 조금만 깊이 생각해보면 아주 이해가 안 가는 것도 아니다. 사실 저 이영준 입장에서 누군가가 대단해 보일 일이 얼마나 있겠는가.

"저한테 대단한 부분이 있다면 그건 다 부회장님 덕분일 거예요."

"그런가?"

"그럼요."

영준은 한동안 바빴던 바람에 그녀를 제대로 챙겨주지 않았다는 것을 떠올리고 물었다.

"오늘 수고 많았어. 뭐 갖고 싶은 거 없어?"

"괜찮은데요."

"나야말로 괜찮으니까 뭐든지 말만 해."

"정말이에요. 지난달에 비싼 가방도 사주셨잖아요."

"그때 사준 게 가방이었어? 구두 아니었나?"

"그럼 그렇지. 당연히 기억 못 하실 거라고 생각했어요."

손을 내저으며 방글방글 웃던 그녀가 다정한 목소리로 그를 불렀다.

"부회장님."

"왜."

"구인광고 내셔야겠어요."
"뭐?"
"구인광고요."
방글방글, 방글방글, 끝없이 방글방글 웃는 얼굴로 김비서가 말했다.
"저, 이제 그만두려고요."
"갑자기 왜?"
"개인적인 이유죠, 뭐."
"꼭 그만둬야 하는 이유야?"
"네."
한동안 물끄러미 그녀를 바라보던 영준은 어깨를 으쓱하더니 몹시 무표정한 얼굴에 시크한 어조로 툭 내뱉었다.
"그럼 그러든지."

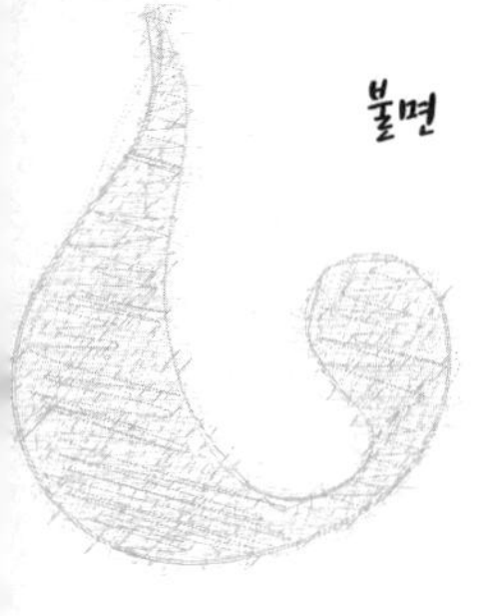

불면

「이제 그만두려고요.」

「그러든지.」

어둠에 잠긴 침실, 썰렁할 정도로 넓은 침대에서 이리저리 뒤척이던 영준은 눈을 깜박거리다 시계를 확인했다.

Oct. 25, AM 02:30

평소에도 잠이 없긴 했지만 오늘따라 왜 이렇게 잠이 안 오는지, 영준은 그 이유를 도무지 알 수가 없었다.

평소 답 없는 문제 같은 건 질색했던 그가 열심히 머리를 굴리는 동안 시간은 여전히 재깍재깍, 멈추지 않고서 흘러가고 있었다.

오전 8시.

집에서 일할 때 영준은 서재를 집무실로 썼는데, 거기엔 각종 서적들이 빽빽하게 들어찬 책장이 둘러 세워져 있었다. 미처 들어갈 데가 없는 책들은 여기저기 산더미처럼 쌓여 있고 기다란 책상엔 랩톱을 포함한 각종 사무기기들과 그 케이블들이 더 이상 들어갈 자리도 없이 위태롭게 자리했다.

"아무래도 더 이상은 안 되겠어요. 서재를 확장하는 게 좋지 않을까요?"

주변을 둘러본 미소가 한숨을 내쉬며 내놓은 말에 영준은 랩톱 화면을 들여다보며 성의 없이 대꾸했다.

"그럴까?"

"옆방의 그랜드피아노를 거실로 옮기고 저 벽만 터버리면 될 것 같은데요."

"좋은 생각이네. 김 비서가 추진해봐."

"언제쯤이 좋을까요?"

"글쎄. 11월 말 정도?"

"아……."

대답이 바로 돌아오지 않았다.

고개를 든 영준은 평소답지 않게 미적거리고 있는 미소에게 물었다.

"왜 그래?"

"그때는 아마 제가……."

영준은 턱을 어루만지며 가죽 회전의자 등받이에 몸을 기댔다. 의자 등받이가 끼익, 하고 듣기 싫은 소리를 내자 미소는 몸서리를 치더니 재빨리 수첩을 꺼내 뭔가를 메모했다.

9년 동안이나 콤비를 이루었으니 당연한 일이랄까. 미소가 메모지에다 뭐라고 썼는지 영준은 보지 않아도 알 것 같았다. 분명 '서재 회전의자 교체' 따위겠지.

아니나 다를까, 그녀의 입에서 익히 예상했던 말이 흘러나왔다.

"서재 가구들도 이 기회에 다 바꿔야겠어요. 후임 구해지는 대로……."

"진심이야?"

깍지 낀 손으로 턱을 받치고 올려다보는 영준의 얼굴은 오늘따라 더욱더 매력적이었다. 평소보다 약간 더 창백한 안색, 깊어 보이는 눈매 때문인지도 몰랐다.

"진심이냐고."

"진심인데요."

너무 산뜻하게 돌아온 대답에 말문이 막혔는지, 영준은 물끄러미 그녀를 바라보다 진지하게 물었다.

"새벽 일찍 출근하기 힘들지? 차 사줄까?"

눈웃음 짓느라 안 그래도 가늘었던 미소의 눈매가 조금 더 가늘어졌다.

"올해 초에 벌써 사주셨잖아요."

"그랬던가?"

"네. 떡볶이 바꿔 먹었고요."

"무슨 소리야?"

"다 말씀드리긴 너무 길고, 개인적인 사정으로 팔았어

요."

"으음."

"그때 바로 말씀드렸어야 했는데 죄송해요. 별로 신경 안 쓰실 것 같아서."

떨떠름한 얼굴로 한동안 말이 없던 영준은 너그럽게 고개를 저었다.

"괜찮아. 뭘 그런 걸 가지고. 그럼 한 대 더 사주지, 뭐. 비용은 신경 쓰지 말고 마음에 드는 걸로 골라봐."

"어머, 아니에요. 그리고 출근하기 힘들어서 그러는 거 아니에요. 저 아침잠 없는 거 잘 아시잖아요."

"그럼 뭐가 문제인데?"

질문을 내놓은 직후 짚이는 게 있는지, 영준이 피식 웃으며 덧붙였다.

"아아, 이제 알겠다."

미소가 눈을 동그랗게 뜨고 쳐다보는데 영준은 확신에 찬 얼굴로 정색을 하고 덧붙였다.

"안 잤어."

"네?"

"그제 만났던 여자랑 안 잤다고."

"네에에?"

"애송이도 아니고, 질투를 이런 식으로 하다니."

미소가 저도 모르게 푸우우우웃 하고 격하게 뿜어내 영준의 미간이 맞붙을 듯 좁아졌다.

"더럽잖아, 뭐 하는 짓이야?"

"죄송합니다. 닦을게요."

영준은 랩톱 덮개를 닦아내기 위해 손수건을 꺼내는 미소를 제지하고서 까칠하게 내뱉었다.

"버려."

"넵."

"아무튼 쓸데없는 생각은 접어. 내일은 상영관 통째로 빌려 오랜만에 둘이서 영화나 볼까?"

여전히 웃는 낯이었지만 그녀는 완강했다.

"박 대리가 오전 중에 구인광고 내기로 했어요. 일단 저희 선에서 최대한 걸러내고 선발할 테니 부회장님은 최종 면접만 봐주세요."

이해할 수 없다는 듯 미소를 바라보던 영준은 한참 만에야 다시 입을 열었다.

"지난달에 스캔들 터졌던 거? 그건 이미 충분히 해명했잖아. 가슴에 손을 얹고 맹세할게. 정말 안 잤어."

"부회장님. 제가 몇 번이나 말씀드려요? 만나는 족족 그 여성분들하고 아침까지 푹 주무셔도 정말 괜찮다니까요."

그 소리에 영준의 매끈한 얼굴이 종잇장 구겨지듯 확 일그러졌다.

"감히 날 어떻게 보고."

"제발 새벽 3시에 깨워서 대리운전 좀 시키지 말아주세요. 어쨌든 그런 거 아니라고요."

"지난달부터 계속 야근에 주말근무까지 시켜서 그래? 과로로 쌍코피 터지는 거야 하루 이틀 일도 아니잖아. 갑자기 웬 아마추어 흉내야? 아, 혹시 별자리 운세가 최악?"

방글방글 웃던 미소의 이마 3시 방향에 지금까지 보지 못했던 힘줄이 불끈 일어섰다.

"어머, 이상하다. 뭔가 시커먼 것이 속에서 확 치밀어 오르네? 호호호. 어쨌든 면접 스케줄은 최대한 부회장님 불편하시지 않도록 각별히 유의해 잡겠습니다."

잠시간 말이 없던 영준의 인상이 몹시 차갑게 굳었다.

"알아서 해. 간다는 사람 붙잡을 이유 없으니까."

대형 간판에 '껍데기는 가라'라는 상호가 환히 불을 밝히고 있었다.

변두리의 돼지껍데기 식당은 감성적인 오마주와 문학적 잠재력을 품은 상호가 아까울 정도로 장사가 영 신통치 않아 보였다. 전에 왔을 때보다 훨씬 더 누추해진 식당 내부를 둘러보던 미소는 드럼통을 개조해 만든 간이테이블에 둘러앉은 두 언니들을 향해 방글방글 웃어 보이며 식사를 권했다.

"어서 먹어, 언니들."

"고맙다, 미소야."

“너도 같이 먹자, 미소야.”

“난 됐어. 그런데 언니들 왜 이렇게 얼굴이 상했어? 끼니는 잘 챙기고 사는 거야? 아직도 많이 힘들어?”

연년생 두 언니들의 얼굴은 올해 음력설에 봤을 때보다 훨씬 더 초라하고 하나같이 피곤에 푹 절어 있었다.

작고 비쩍 마른 체구에 눈이 뱅글뱅글 돌아가는 것처럼 보일 정도로 두꺼운 안경을 쓴 쪽은 미소의 큰언니 필남이었다. 무척 마음이 여리고 ‘미안하다’ 소리를 입에 달고 사는 그녀는 마취과 전임의로 모교인 한 지방 사립 의과대학 병원에서 일하고 있다.

“어제 오프여서 야간알바 뛰었거든. 잠을 못 잤더니…….”

“언니는. 안 그래도 공부하느라 바쁘고 피곤할 사람이 밤엔 좀 쉬어야지 그런 건 뭐하러 해?”

“말희 개업할 때 보태려면 미리 돈 좀 모아둬야 할 것 같아서…….”

필남이 초췌한 몰골로 소심하게 젓가락을 놀려 고기 한 점을 집어 먹자 미소의 얼굴에 안타까움이 스쳤다.

“언니는! 그런 말을 미소한테 뭐하러 해!”

작은언니 말희가 빽 소리 지르자 멀리서 껍데기를 손질하고 있던 식당 사장이 화들짝 놀랐다.

키 작고 통통한 말희 역시 필남과 마찬가지로 의사인데, 어려운 집안 사정 때문에 전문의 과정을 포기하고 현재 지방의 한 의원에서 봉직의로 일하는 중이다.

"미소 너는 신경 쓰지 마. 앞으로 우리 일은 우리가 다 알아서 할 거야. 이제 넌 아무 걱정할 것 없어. 자, 자, 먹어, 먹어. 오늘은 내가 쏠 테니까 얼마든지 먹으라고. 아저씨! 여기 1인분도 추가돼요?"

얼마든지 먹으라고 큰소리 탕탕 쳐놓고 필남보다 더 소심한 태도를 보이는 말희를 애잔한 눈으로 쳐다본 미소가 주문을 정정했다.

"사장님, 여기 껍데기 2인분에 갈매기살 2인분 추가요. 콜라 한 병도 같이 주세요."

추가주문한 음식이 나올 때까지 세 자매가 둘러앉은 테이블엔 정적이 내려앉아 있었다.

"미안하다. 미소야. 큰언니인 내가 동생들 챙길 생각 않고 내 욕심만 부리는 바람에 그동안 네가…… 끄흑."

필남이 밥상을 앞에 두고 청승맞게 눈물을 쏟아내자 말희 역시 고개를 숙이며 울먹였다.

"아니야, 언니, 내가 그때 재수만 안 했어도 우리 중에 제일 공부 잘했던 미소가 대학 포기하고 취업해서 학바라지하는 일 같은 건 없었을 텐데……."

"미안하다. 흐흑. 정말 미안해, 미소야."

우는 언니들을 보다 함께 북받쳤는지, 미소는 코끝을 빨갛게 물들인 채 한참이나 감정을 추스른 후 방글방글 웃으며 대꾸했다.

"괜찮아. 그래도 언니들은 열심히 일해서 갚았고 최소한 아빠처럼 사고는 안 쳤잖아."

그 소리에 언니들의 눈이 휘둥그레졌다.

"뭐? 사고?"

"응. 내가 말 안 해서 몰랐을 텐데, 실은 올 초에 아빠 사채 터졌었어. 우리한테 미안해서 말씀 못 하고 버티셨던 모양이야."

놀란 언니들은 서로를 쳐다보며 입을 다물지 못했다.

"사채라니, 얼마나?"

"삼천 좀 넘었어."

"뭐어어? 삼처언? 그런 일이 있었는데 왜 말을 안 했어?"

"말하면 걱정밖에 더 했겠어? 큰언니야 만날 눈코 뜰 새 없이 바쁘고 작은언니는 그때 일하던 병원이 갑자기 문 닫아가지고 단기알바 뛰고 있었잖아."

"아……."

너무나 충격적인 말에 언니들은 말을 잇지 못했지만 미소는 여전히 방글방글 웃고 있었다.

"그때 하필 필남 언니 대출상환시기랑 겹치는 바람에 여유자금 하나도 없었거든. 정말 막막했었다니까. 호호호."

"해결은 했어?"

"응. 차 팔아서 간신히 막았지."

"차라니? 무슨 차? 너 차 있었어?"

“응. 버스 놓치는 바람에 십 분 지각했더니 부회장님이 통근용으로 쓰라고 사주시더라고. 딱 일주일 탔는데 팔았지 뭐야. 쳇, 그럴 줄 알았으면 거금 들여 유리막 코팅 안 했을 텐데! 차 판 돈으로 아빠 빚 막고 나니 세상에 어쩜 그렇게 딱 맞는지, 십만삼천 원 남더라. 아빠 내려갈 차비로 십만 원 챙겨드리고 나는 터미널에서 하도 허전해서 삼천 원으로 떡볶이 사 먹었어.”

뭔가 대단히 현실감 제로인데 생활감각은 무지하게 묻어난다.

“아…….”

“어쨌든 다 지난 일인걸. 그동안 다들 고생한 덕에 빚도 거의 다 갚아가잖아. 남은 빚은 지난달 부로 언니들이 다 가져갔고, 아빠도 완전히 자리 잡으신 것 같고. 이제 더 이상 내가 신경 쓸 일은 없는 거니까 난 지금 더없이 맘 가뿐하고 후련해. 그러니까 미안하단 말은 그만들 해.”

미소는 불판 위에서 다 익은 고기와 껍데기를 집어 올려 언니들 개인접시에 골고루 얹어준 후 제 몫의 접시엔 버섯과 구운 마늘 따위만을 담았다.

“너도 고기 좀 먹어야지, 훌쩍.”

“그래. 팍팍 먹어라, 미소야. 너 그렇게 말라서 어떻게 사니?”

“요새 다이어트 중이거든. 부회장님 따라 파티랑 모임 같은 데 다니면 양은 코딱지만 한데 칼로리 폭탄인 음식들이 많이 나와서 조금만 집어 먹어도 몸이 금방금방 분다니까. 무서워 죽겠어. 원래 몸무게에서 벌써 500그램이나 쪘는데 이 이상 찌면 어떻게 살아? 호호호."

훤칠한 키도 부러운데 머리부터 발끝까지 어찌나 늘씬한지. 훔치고 싶을 정도로 빵빵한 바스트와 힙을 제외한다면 살이라곤 하나도 없어 보이는 저 계집애가 다이어트를 한단다. 이 이상 찌면 어떻게 사냐고 한다. 방글방글 웃으며 폭력을 부르는 말을 내놓다니, 미소의 매끈한 아랫배를 쳐다보는 필남과 말희의 얼굴에 애잔한 그림자가 스쳤다.

예전엔 안 그랬는데 9년 전 유일그룹에 입사한 후 미소는 좀 많이 재수 없어졌다. 꼭 어디서 옮기라도 한 것처럼 말이다.

'이 이상 찌고도' 잘만 살고 있던 말희가 문득 묘한 표정으로 젓가락 끝을 쪽 빨았다.

"전부터 궁금했었는데 미소 너, 상사 파티 같은 데도 따라가?"

겨우 구운 버섯 한 조각을 앞에 두고 이걸 먹을까 말까 한참이나 고민하던 미소가 눈을 질끈 감고 물을 꿀꺽꿀꺽 마시더니 고개를 끄덕였다.

"응. 파트너 꼭 동반해야 하는 자리들이 있으니까. 따라간다기보다는 함께 간다고 하는 게 맞겠지."

"파트너?"

네가 말하는 그 파트너가 설마 그…… 파트너는 아니겠

지. 슬쩍 서로를 곁눈질하는 필남과 말희의 얼굴에 어느새 짙은 그늘이 드리워졌다.

"아, 맞다! 잊어버리기 전에 이거!"

미소는 들고 왔던 쇼핑백 두 개를 언니들에게 하나씩 나누어주었다.

"이게 뭔데?"

안에 든 것들은 모두 고가 명품브랜드의 박스들이었다. 그 크기로 보아 비싼 향수나 화장품, 지갑 같은 것이 들어 있을 게 확실한.

"부회장님한테서 받은 거거든. 언니들 나눠 써."

"이걸 전부 다 이영준이 사준 거야?"

필남이 어렵사리 꺼낸 말에 미소는 어떻게 대답해야 할지 몰라 눈을 깜박였다.

누군가에게 개인적으로 선물할 일이 있을 때면 영준은 미소에게 신용카드와 물품 목록을 건네며 사오도록 지시했고, 그때마다 습관처럼 그녀에게 갖고 싶은 것을 같이 사서 가지도록 했다.

물론 처음부터 그랬던 건 아니다. 오랜 기간 동안 방글방글 웃으며 영준의 보좌를 해왔던 미소에게도 딱 두 번 그에게 짜증을 내며 대든 일이 있었는데, 그중 두 번째가 그의 저 바람직한 습관의 시초였다.

출장에 야근에 주말근무까지 해치우다 쌍코피를 흘렸던 날, 하필 생리까지 터져서 현기증으로 실신하기 직전인 때였다. 미소가 비상식량으로 자기 책상 서랍에 넣어두었던 캐러멜 한 박스가 없어져 한참을 찾는데 영준이 문제의 캐러멜 냄새를 풀풀 풍기며 나타나 지인 선물 대리구매를 부탁했던 게 화근이었다.

그녀가 짐승처럼 울부짖었던 이유가 겨우 작은 캐러멜 한 박스 때문이었다는 것을 알 리 만무했던 그는 그날 이후 부탁할 일이 있을 때마다 저렇게, 말하자면 구매대행 수수료를 제공했던 것이다.

"자세히 말하자면 너무 길고, 뭐, 어쨌든 그런 거니까……. 맞아. 부회장님이 사주신 거야."

언니들의 의심 짙어진 얼굴은 한층 톤다운되었지만, 방글방글 웃으며 슬쩍 몸을 기울인 미소는 뭐 좋은 거라도 알려주는 양 소곤소곤 덧붙였다.

"사실 그동안은 몰래 중고네이션에 팔아서 차곡차곡 현금화하고 그랬는데, 이제 그럴 필요 없으니까 언니들 써. 다 엄청 비싸고 좋은 것들이라규."

필남과 말희는 미소의 얼굴과 몸을 유심히 뜯어보더니 무척이나 복잡한 표정을 지었다.

"그런데 다들 아까부터 왜 이렇게 조용해?"

"미소야 너……."

방글방글 웃던 미소의 안색이 갑자기 어두워졌다. 한동안 몹시 주저하던 그녀는 안타까운 얼굴을 했다.

"아직도 많이 힘든 거야? 그럼, 나…… 지금 그만두지 말까?"

"뭐? 너 회사 그만둬?"

"응. 그만둔다고 어제 말씀드렸어. 구인광고도 내일부터 나갈 거고. 벌써 9년이나 일했으니 섭섭하긴 하다."

그 말에, 줄곧 어두웠던 언니들의 얼굴이 모처럼 밝아졌다.

"그래, 그래. 잘했다, 잘했어. 그동안 언니들 때문에 네가 고생이 좀 많았니."

또 한 번 고개 숙이는 언니들 앞에서 미소는 방글방글 웃으며 덧붙였다.

"아니야. 고생은 무슨. 운이 좋았지. 사실 내가 이 나이 이 스펙에 어디 가서 대기업 부장급 대우 받겠어? 일은 힘들었지만 보람도 있었고 잘난 사람한테 맞추려다 보니 발전하는 면도 있었고. 그래서 솔직히 맘속으론 아직 그만두기 싫긴 하지만……."

"그런데 갑자기 왜 그만두겠다는 거야?"

"너무 바쁘기도 하고, 지금 아니면 영영 못 나올 것 같아서."

이해할 수 없는 말에 눈을 동그랗게 뜨는 언니들을 바라보던 미소는 샐쭉 웃으며 덧붙였다.

"언니들은 진즉부터 다 애인 있잖아."

"그렇지."

"나도 더 늦기 전에 슬슬 연애도 하고 시집도 가야지."

"으응?"

분명 훈훈한 맞장구와 격려가 건너가야 할 타이밍인데, 필남과 말희의 표정은 말할 수 없이 복잡해졌다. 아, 이거 분명히 의심스러운 정황이긴 한데 의심하기엔 또 너무 해맑고 순수해. 이 기분은 대체 뭐지?

"언니들, 표정이 왜 그래?"

"저기 혹시, 미소야. 너……."

말희가 뭔가를 물으려던 순간, 간이테이블에 놓인 미소의 휴대전화가 부르르 떨기 시작했다. 액정화면엔 '부회장님'이 선명하게 떠올라 있었다.

"어? 이 시간에 왜……. 설마 또 대리운전?"

11시를 가리키고 있는 시계를 올려다본 미소가 불안한 태도로 전화를 받았다.

"네, 부회장님."

'에고, 그럼 그렇지.' 하고 긴 한숨을 내쉰 미소는 이내 방글방글 웃었다.

"죄송하지만 오늘은 제가 일이 좀 있어서요. 그러니까 저 대신 한 기사를 부르시면 안 될까요? 아유우! 네, 네. 암요, 그렇고말고요! 당연히 안 된다고 하실 줄 알았습니다요. 저기, 그러면 부회장님, 죄송한데 오늘 딱 하루만 그 여자분이랑 주무시면 안 될까요? 피곤하지 않으세요? 꼭 집에 가셔야겠어요? 에, 가만있자, 오늘이 목요일이니까, 아, 오지란 씨네요. 그분 참 매력 있는 분…… 꺅! 알았어욧! 알았으니까 그렇게 갑자기 소리 좀 지르지 마세요! 기절할 뻔했잖아요!"

미소는 웃는 얼굴을 그대로 수화기에 대고 조곤조곤 말을 이었다.

"그런데요, 부회장님, 솔직히 그렇잖아요. 지금 집으로 가셔봤자 기다리는 사람이 있는 것도 아니고 잔소리하는 사람이 있는 것도 아니고, 왜 그렇게 귀가에 집착하세요? 하루쯤은 밖에서 좀 주무시고 오세요. 부회장님 외박한다고 아무도 뭐라고 안 한다니까……."

그 순간, 미소가 눈을 찡그리며 휴대전화를 귀에서 멀리 떼어냈다. 스피커 저쪽에선 이영준이 격한 사자후를 내지르고 있었다.

한참이나 휴대전화를 노려보며 부들부들 떨던 미소는 건너편이 좀 잠잠해지자 한숨을 내쉬고 다시 방글방글 웃으며 통화를 이어갔다.

"바로 택시 타고 갈 테니 조금만 기다리세요. 술은 이제 그만 드시고요."

전화를 끊고 일어서는 미소를 가만히 바라보고 있던 필남과 말희의 표정은 어째 조금 더 복잡해졌다.

"언니들, 미안한데 먼저 집에 들어가 있어. 난 부회장님 집까지 모셔다 드리고 바로 들어갈게. 여기 열쇠…… 앗! 바쁜데 이런 것까지 떨어지고 난리야."

백에서 꺼내다 놓친 열쇠를 줍기 위해 몸을 굽힌 미소가 돌연 소스라치게 놀라며 뒤로 물러났다.

"엄마야아아! 거미!"

말이 끝나기가 무섭게 필남과 말희는 번개같이 몸을 날려 테이블 아래의 거미를 잡았다.

"미소 너 아직도 거미 공포증 못 이겼니?"

파랗게 질린 얼굴로 한쪽에서 바들바들 떨던 미소는 멍한 눈으로 그녀들을 건너다보며 알 수 없는 질문을 했다.

"언니들, 혹시 어렸을 때 나 정말 길 잃어버린 적 없었어? 한 네 살이나 다섯 살 때쯤."

"얜 또 그 소리야. 진짜 없었다니까."

흐리멍덩한 표정으로 깊은 생각에 잠겨 있던 미소는 이내 다시 명랑하게 웃고 손을 흔들며 자리를 떴다.

서둘러 뛰어가버리는 미소의 뒷모습을 물끄러미 바라보던 필남이 한참 만에 입을 떼었다.

"야, 김말희."

"왜."

"넌 이영준이랑 미소 관계에 대해서 어떻게 생각하니?"

"나도 언니랑 같은 생각."

"그치? 뭐랄까……."

"애매하지?"

"사실 처음엔 좀 그렇고 그런 관계 아닌가 싶었거든. 물론 연예인 빰치게 예쁘고 늘씬하긴 하지만 그래도 고졸에 경력이라곤 하나도 없는 애가 한 방에 덜컥 채용됐을 당시 상황도 그렇고, 9년이나 저렇게 거의 하루 종일 붙어 있다시피 하는 데다 차도 사주고 비싼 선물들을 저렇게 아무렇지도 않게 하는 걸 보면 뭔가 의심스러운데…….”

“그치만 얘기하는 걸 들어보면 확실히 그런 쪽은 아닌 것 같고.”

“그러니까.”

“참 이상하단 말이지.”

“그런데 말희야. 실은 아까 둘이서 통화하는 거 듣고서 내가 하나 떠올린 게 있는데.”

“언니도?”

“응.”

두 사람은 서로를 바라보며 동시에 외쳤다.

“결혼 30년 차 오십 대 부부!”

“오십 대 권태기 부부!”

엔진음만 제외한다면 차 안은 완벽히 정적에 휩싸여 있었다.

조수석을 눕혀 천장을 올려다보는 자세로 눈을 감고 있던 영준이 슬며시 눈을 뜨더니 물었다.

“뭐 하고 있었어?”

“어머, 안 주무셨어요?”

미소가 방향지시등 레버를 내리자 똑딱똑딱, 시계처럼 규칙적인 소리가 울렸다. 운전석 창밖을 주시하고 있는 미소의 뒤통수가 새삼 낯설게 느껴진 영준은 재차 물었다.

"누구랑 있었냐고."

"글쎄요."

미소가 약 올리듯 대답을 피해버리자 영준은 떨떠름하게 그녀를 노려보다 툭 내뱉었다.

"그만두고 갈 데는 정했어?"

"회사 말씀이세요?"

"그래."

"아직요."

"서울엔 계속 있을 거지?"

"그것도 아직 모르겠어요."

"그런 기본적인 계획도 없이 왜 그만둔다는 거야?"

잠시간 차창 너머 길을 응시하던 미소는 고개를 돌리고 방글방글 웃으며 대꾸했다.

"저도 이제 제 인생 찾아가야지요."

차 안에 더욱 무거운 침묵이 내려앉았다.

그렇게 얼마의 시간이 흘렀을까. 영준이 황당하다는 얼굴로, 제 표정과 똑같은 목소리를 내뱉었다.

"갑자기 무슨 개 풀 뜯어먹는 소릴 하고 있어?"

"어머? 말씀이 너무 심하시네요."

"그럼 나는?"

"여기서 갑자기 부회장님 얘기가 왜 나오는데요?"

❦✣✤✣❦

Oct. 26, AM 05:00, 영준의 집.

여명이 밝아오는 침실에 시끄러운 호출음이 울리기 시작했다. 집사의 모닝콜이었다.

그러나 오늘은 무슨 일인지 침대는 깨끗하게 비어 있고 대신 전면창 앞에 기다란 사람 그림자가 어려 있었다. 이맘때면 늘 누운 채 잠이 덜 깬 목소리로 전화를 받던 영준이다.

"도대체 왜……."

호출음이 울린 지 한참이건만 미동도 없이 캘린더 시계의 자판을 뚫어지게 노려보던 그는 뭔가에 홀린 듯한 목소리로 중얼거렸다.

"이상하다. 왜 이렇게 잠이 안 오지?"

오래된 사진

10월 30일 오후 4시.

부회장실 소속 비서들은 보스가 잠시 자리를 비운 사이 머리를 맞대고 토론에 열중하고 있었다.

"스펙도 좋고 사진만 봐선 부장님이랑 비슷한 이미지라 괜찮을 것 같은데요?"

"안타깝지만 이 사람은 안 되겠어."

"왜요?"

"왕씨라서."

미소의 이해할 수 없는 말에 원형테이블에 둘러앉은 비서 셋은 동시에 의아한 얼굴을 했다.

"그게 무슨 말씀이세요, 부장님?"

미소는 과연 자신과 비슷한 이목구비를 가진 여자의 증명사진이 붙어 있는 이력서 중 이름란을 뚫어져라 쳐다보았다.

"물론 그럴 리는 절대 없겠지만, 최종면접에 합격하면 '왕 비서'가 되잖아."

"아아."

불가항력이랄까.

스스로가 저 하늘 아래 가장 높은 존재인 이영준이 왕 비서, 왕 비서 부르다 이유 없이 혈압 오르는 일을 막으려거든 어쩔 수 없다.

"이건 명백히 성(姓) 차별이에요."

사내업무 담당 박 대리가 고개를 설레설레 저으며 툭 내놓은 말에 둘러앉은 이들 모두가 키득거렸다.

"그러게. 이 사람 자기가 서류전형에서 탈락한 이유를 끝까지 몰라야 할 텐데."

방글방글 웃는 미소를 가만히 바라보던 박 대리가 대뜸 물었다.

"부장님, 왜 그만두세요?"

"으응?"

"너무 갑작스러운 일이라……."

서운함을 감추지 못하는 박 대리를 건너다본 미소는 생각에 잠기는 듯하더니 이내 환하게 웃으며 대답했다.

"오랫동안 생각 없이 달리다 보면 가끔은 걸음을 멈추고, 내가 얼마나 왔는지 주위엔 뭐가 있는지 확인하고 싶을 때가 있잖아? 그런 거랑 비슷한 거야. 그리고……."

박 대리를 포함해 다른 비서 두 명의 시선이 미소에게 집중됐다.

"더 늦기 전에 찾고 싶은 사람도 있고."

"그게 누군데요?"

이력서들이 어지러이 흩어져 있는 테이블에 가만히 턱을 괴고 허공 어딘가를 응시한 미소는 중얼거리듯 말했다.

"사실, 찾고 싶은 게 사람인지 기억인지 그것도 잘 모르겠어. 너무 어렸을 때 일이라. 단편적인 기억인데도 절대 잊히지 않는 거, 계속 궁금해 미치겠는데 끝까지 떠오르지 않는 그런 기억……."

「울지 마, 미소야. 울지 말고 눈 꼭 감고 있어. 오빠 손 놓치면 안 돼. 꼭 집에 보내줄 테니까 여기서 같이 나가자.」

뭔가에 홀린 듯 멍하니 있던 미소는 자신에게 몰린 시선들에 몹시 불편해졌는지 혀를 쏙 빼물고 덧붙였다.

"그런 거 다들 하나씩은 있지 않나?"

서로서로를 쳐다본 비서들은 하나같이 어깨를 으쓱하고 고개를 저었다.

"없는데요."

"아, 그럼 됐고! 얼른 일들이나 하시지."

어색하게 웃으며 이력서 뭉치로 시선을 내린 미소는 이어진 박 대리의 질문에 다시 고개를 들었다.

"저는요, 부장님 수습시절이 상상 자체가 안 가요. 막 입사하셨을 때는 어떠셨어요?"

"내가 막 입사했을 때?"

"네. 그때는 부회장님도 지금하고는 달랐겠지요?"

"부회장님이라면 정말 대단하셨지. 얼마나 대단했냐 하면……."

뒤이어질 말을 잔뜩 기대하는 듯, 테이블 앞의 모두는 일제히 눈을 초롱초롱 빛냈다.

"지금의 부회장님이 최고 등급의 다이아몬드라면 그때의 부회장님은 연마되기 전의 원석이었다고나 할까. 여러 의미로. 오호호호호!"

방글방글 웃고는 있었지만, 야무지게 주먹을 말아쥔 미소의 손등에 시퍼런 핏줄이 드러났다.

"소파가 너무 딱딱한데 웬만하면 좀 바꾸지?"

"이번에 새로 산 건데."

"흐음. 취향하곤. 이런 걸 돈 주고 샀단 말이야?"

"이 자식이 진짜……."

박유식이 으르렁거리는데도 사장 집무실 접객용 소파에 길게 드러누워 있는 영준의 태도는 마치 제집인 양 거리낌이 없다.

"하아. 이영준. 쉬고 싶거든 네 방에 가서 쉬어라. 응?"

"내 맘."

"할 말이 있으면 퇴근하고 집에 한잔하러 오든지. 님은 오너시니까 용병 사정을 충분히 이해하실 텐데요. 난 제대로 일 못 하면 다음 인사철에 모가지라는 거."

유일그룹의 전문경영인단 중 한 명인 박유식은 영준의 유학시절 친구였다. 체력이 심각하게 저질인 것만 뺀다면 그는 천재성에 있어서 영준과 견줄 수 있을 정도로 특출한 인물이었고, 사업상 든든한 조력자이며 영준이 속내를 터놓을 수 있는 유일한 사람이기도 했다.

"그러니까, 그 오너가 잠깐 쉬라고 하잖아."

"내가 지금 쉴 때가 아니라고. 밀린 결재 때문에 바쁜 거 안 보여?"

"안 보여."

"눈을 뜨세요."

감았던 눈을 뜨고 집무책상 쪽을 힐끗 쳐다본 영준은 귀찮단 듯 다시 눈을 감더니 나른하게 중얼거렸다.

"이유가 뭘까."

"뭐가?"

"갑자기 그만둔다는 진짜 이유."

"아아. 미소 비서 말이구나."

"뜬금없이 자기 인생 드립이라니, 정말이지 어이가 없어서."

"흐음."

서랍에서 종합비타민제와 건강보조식품들을 한 주먹 꺼내 물과 함께 삼키는 박유식의 의미심장한 반응에 영준은 다시 눈을 뜨고 그를 바라봤다.

"흐음, 이라니. 뭐야, 그 태도는?"

"우리 미소 비서가 일한 지 지금 몇 년이나 됐더라?"

"9년."

그 소리에, 한동안 물끄러미 창밖을 내다보던 유식이 중얼거렸다.

"3, 6, 9로 온다는 말이 딱 맞더라."

"뭐가?"

"권태기 말이야."

"권태기?"

영준이 제법 흥미로워하며 쳐다보자 유식은 피식 웃었다.

"알잖아. 내가 만난 지 딱 한 달 되는 날 결혼한 거."

유식은 미국 유학시절 당시 현대무용을 전공하던 동갑내기의 아름다운 여성과 불타는 사랑에 빠졌다. 첫 만남부터 맹렬히 심지를 불태웠던 둘은 사귄 지 딱 한 달 만에 결혼에 골인했고 이후로도 잉꼬부부로 명성이 자자했었다.

그러나 귀국 후 슬하에 자식도 없이 둘이서만 알콩달콩 잘 살고 있는 듯 보였던 부부는 결혼 10주년 기념일에 감동의 선물을 교환하는 대신 함께 이혼서류를 제출하고 법원 앞에서 설렁탕을 나누어 먹은 후 담백하게 헤어졌다.

"세 번째 결혼기념일에 그녀가 말했지. '내가 도대체 왜 자기 같은 남자와 사랑에 빠졌을까.' 여섯 번째 결혼기념일엔 '당신 재채기 소리만 들어도 이유 없이 짜증이 나. 뒤통수만 봐도 한 대 갈기고 싶고. 도대체 내가 왜 이러는 걸까?', 그리고 마지막, 아홉 번째 결혼기념일에는……."

잠시 말을 끊고 한숨을 내쉰 유식이 심각한 어조로 덧붙였다.

"'공기 아까우니까 숨 쉬지 마, 자식아.'라고 했어."

인상을 찌푸린 영준이 되물었다.

"웃어도 되냐?"

"웃기냐?"

솔직히 웃겼지만, 그렇게 대답할 순 없었다. 유식이 풍기고 있는 어떠한 분위기가 그랬다. 웃기다고 하면 바로 울어버릴 것 같은 분위기.

"지금 돌아보니, 아마 그때마다 권태기가 왔던 것 같아. 바쁘고 귀찮다는 핑계로 캐치 못 하고 흘려보내다 결국 서로 손쓸 수 없는 지경이 된 거겠지. 왜, 그런 거 있잖아. 냉장고 신선실의 살짝 멍든 사과 같은 거."

"멍든 사과라니, 갑자기 무슨 소리야?"

조금 전에 영양제를 한 움큼 먹어놓고서 또 홍삼파우치를 집어 든 유식은 창백한 안색으로 그것을 뜯어 쭉 빨았다.

"신선실에 과일이 많아. 그중 살짝 멍든 사과가 하나 눈에 보여. 멍든 부분만 도려내고 먹으면 되는데 귀찮고 께름칙해. 그래서 한구석으로 밀어놓고 괜찮은 과일을 먼저 먹는 거지. 그렇게 밀린 사과를 어느 날 꺼내보면 이젠 도려내고 먹을 수 없을 정도로 속까지 썩어 있는 거야."

어딘지 모르게 아련한 눈으로 허공 어딘가를 응시한 유식은 빈 홍삼파우치를 휴지통에 툭 던져 넣고서 덧붙였다.

"그런 권태기가 꼭 부부 사이에만 오는 것만은 아니야. 주변의 헤어지는 커플도, 우리 회사 그만두고 이직하는 사원들 대충만 봐도 그래. 3년, 6년, 9년 차가 가장 많다고."

영준은 소파에서 몸을 일으키며 제법 진지한 얼굴로 물었다.

"권태기일까?"

"그럴지도 모르지. 너랑 미소 비서 그동안 거의 온종일 함께 일했잖아. 웬만한 부부들보다 훨씬 더 많은 시간을 붙어 있었다고. 권태기가 오는 게 당연해. 그래도 미소 비서니까 그만큼 오래 버틴 거지, 다른 사람이었다면 3개월도 못 버텼을걸."

"아니, 왜? 내 옷깃 한번 스치고 싶어 안달인 사람들이 널려 있는데 왜 3개월을 못 버틴단 말이지?"

너무도 뻔뻔스러운 영준의 태도에 유식은 떨떠름하게 한숨을 내쉬고 고개를 저었다.

"아, 예. 그러게 말입니다요."

감성적인 부분은 전혀 이해하지 못한 듯했지만 그래도 뛰어난 머리회전으로 깨달은 바가 있는지, 영준은 자리에서 일어나 옷매무새를 가다듬으며 말했다.

"요(要)는 대화를 통해 돌파구를 만들어보라, 그 말이군."

"그렇지."

"꽤 도움이 됐어, 박 박사."

"그 박 박사 소리 좀 하지 마라. 닥터 박이나 박 사장, 아니면 이름을 부르라니까."

"고려하지, 박 박사."

일부러 그러는 건지, 영준은 고집스럽게 툭 뱉고서 성큼성큼 걸음을 옮겼다.

같은 남자가 보기에도 매력이 철철 넘쳐흐르는 영준을 황홀하게 바라보던 유식은 뒤늦게 뭔가 찜찜한 기분을 느끼고서 다급하게 그를 불러 세웠다.

"야, 잠깐! 이영준!"

"왜?"

영준이 문손잡이를 잡은 채 고개만 돌려 뒤를 돌아보자 유식은 훈훈하게 웃으며 물었다.

"그 돌파구를 만드는 것에 대한 조언 같은 건 안 구하냐?"

"아아."

영준은 우아한 손짓으로 머리카락을 쓸어넘긴 후 싸늘하게 툭 던졌다.

"그 돌파구를 못 만들어 이혼한 놈인데 물어보나마나지."

"어……."

쾅 닫히는 문을 망연자실 쳐다보고만 있던 유식은 갑자기 “우와악!” 하며 괴성을 내지르고 가슴을 팡팡 치더니 다급하게 뭔가를 꺼내 마시기 시작했다. 액상 한방안정제였다.

❦✣✣✣❦

영준이 집무실에 들어섰을 때 미소는 비서실의 자기 책상 앞에 앉아 방글방글 웃으며 뭔가를 내려다보던 중이었다. 그녀가 문 열리는 소리에 반사적으로 벌떡 일어서자 영준은 책상을 힐끗 곁눈질하며 물었다.

“뭘 보고 있어?”

“아아, 옛날 사진이요.”

성큼성큼 걸음을 옮겨 미소의 책상으로 간 영준은 거기서 오래된 사진들을 발견하고서 피식 웃음을 흘렸다.

9년 전, 아직 콤비가 되기 전이었던 시절의 사진 속 두 사람은 총무부 회식자리 긴 테이블의 정반대편에 멀찍이 떨어져 서로 다른 곳을 바라보고 있었다.

사진 속 미소의 모습이 어딘지 모르게 생소하게 느껴져 가만히 관찰해본 영준은 뒤늦게야 그 이유를 찾을 수 있었다.

“그때 김 비서가 이렇게 어렸던가?”

“음. 갓 고등학교 졸업했을 때였으니까요.”

앳된 얼굴, 애매한 길이의 단발, 촌스러운 차림새의 스무 살 미소는 어느새 외모도 품행도 성숙하고 세련미 물씬 풍기는 여성이 되어 있었다.

"이건 언제 찍은 거지?"

"아아, 부회장님 비서로 정식채용돼서 첫출근 하던 날 사진이에요. 삼각대가 없어 화장대에다 카메라를 올려두니 각도가 안 맞는 바람에 엉거주춤 앉아서 찍었지 뭐예요. 호호호."

사진 속의 미소는 집으로 보이는 곳에서 손가락으로 브이를 그려 보이며 활짝 웃고 있었는데, 배경까지 신경 쓰진 못했는지 너덜너덜한 벽지가 그대로 찍혀 있었다.

미소는 수능성적표를 받았던 날 거리로 쫓겨났다고 했다. 낙원상가에서 제법 큰 규모의 악기상점을 하던 그녀의 아버지가 사기를 당했기 때문이라고. 분을 이길 수 없던 그가 사기꾼을 찾기 위해 미친 사람처럼 전국을 쓸고 다닐 때 미소는 당장 그달 생활비를 마련하기 위해 생업전선에 뛰어들어야만 했단다.

수능성적 전국 상위 1퍼센트, 내신 1등급. 졸업 때까지 장학금을 받으며 다닐 수 있는 학교는 얼마든지 있었겠지만 현실은 언제나 이론과는 거리가 있는 법.

아버지 앞으로 남은 큰 빚과 두 언니들의 지방 사립의대 학비, 기숙사비, 생활비는 아무리 언니들이 과외 아르바이트를 몇 탕이나 뛰어도 감당이 되지 않았을 것이다. 게 다가 삶의 의욕을 놓아버린 채 폐인처럼 돌아다니는 아버지를 말릴 사람도 없었다고 했다. 어머니는 미소가 어렸을 때 이미 병으로 세상을 떴기 때문에.

그녀는 그렇게 대학 진학을 접었다고 했다. 그때 가장 서럽게 울었던 사람은 가족도 미소 본인도 아닌 담임선생님이었다고 했으니 상황의 절박함이 어느 정도였을지 짐작은 갔다.

원서 쓰기도 전에 일찌감치 대학을 포기한 미소는 개인 변호사 사무실에서 잡무 아르바이트를 시작했다가 이듬해 2월, 그녀의 성실한 태도를 좋게 본 변호사의 소개로 퇴직을 앞둔 유일그룹 총무부 모 임원의 임시파견직 비서로 들어오게 되었다.

그때 영준은 마침 유학을 마치고 돌아와 실무경험을 쌓느라 여러 부서를 돌아다니고 있었고, 둘은 사진에 찍힌 그 회식자리에서 만났다.

"부회장님 처음 뵈었을 때 말이에요. 첫인상이 진짜 뭐라고 설명하기 힘들 정도로 좀 그랬어요."

영준이 의아한 표정을 하자 미소는 입을 손으로 가리고 웃었다. '우와. 재수 없는데 재수 없지가 않아. 이 인간 뭐지?' 그런 거였지만, 대놓고 말할 순 없는 노릇이다.

"무슨 소리야."

"아무튼 그런 게 있어요. 아! 혹시 그날 화장실 사건 기억나세요?"

"화장실 사건이라니."

"왜, 화장실 앞에서 제가 못 들어가고 선 채 벌벌 떨고 있었잖아요."

"그랬던가?"

"하긴. 기억하실 리가 없지요."

그날 자리가 무르익었을 때 즈음 룸 밖으로 나온 미소는 화장실 입구 앞에서 어쩔 줄을 몰라 하고 있었다.

은퇴 직전의 상사가 권했던 맥주 두 잔은 이전까지 술이라곤 입에도 대본 적 없던 그녀에게 치명적이어서 이미 방광은 임계점 도달 직전이었다. 핵폭발 카운트다운 중이었다.

그런데도 바로 눈앞의 화장실에 들어갈 수 없었던 건, 입구 한쪽에 열심히 집을 짓고 있던 거미 한 마리 때문이었다.

미소는 언제부터인지 모를 옛날부터 지독한 거미 공포증에 시달려왔었다. 거미, 특히 줄 끝에 대롱대롱 매달린 거미만 보면 뼛속 깊은 곳까지 오싹해지며 움직이기는커녕 숨조차 쉴 수가 없었다.

"뒤에서 갑자기 뚜벅뚜벅 구둣발 소리가 들려서 돌아보니 부회장님이 딱 거기 와 계시더라고요."

"내가?"

"네. 눈이 마주치자마자 다짜고짜 제 이름을 물으셨어요."

아련한 눈으로 허공 어딘가를 응시하던 미소의 이마에 이윽고 힘줄이 불끈 솟았다.

"그런 후 부회장님은……."

영준의 매끈한 얼굴은 그때와 다름없이 무표정했다.

"그냥 가셨죠."

"그래?"

더없이 황당한 상황, 무감각한 반응. 딱 그답다.

"'그래?'가 아니에요! 돌아서서 그냥 휙 가버리셨다니까요. 지금에야 드리는 말씀이지만, 아니 세상에, 그래도 사람이 무슨 일로 거기 서서 떨고 있냐고 한 번이라도 물어봐야 하는 거 아니에요?"

"별로 궁금하지 않았나 보지."

"하아."

"그래서 그 거미는 어떻게 됐는데?"

"어떻게 알았는지, 식당 종업원이 와서 후딱 잡아주고 갔어요. 구세주가 따로 없었다니까요."

"아직도 거미가 무서워?"

"네. 그것만은 어째 극복이 잘 안 되네요."

"흐음."

영준은 책상에 흩어져 있는 사진들 중 대학병원으로 보이는 건물을 배경으로 한 사진을 집어 들었다. 사진 속 미소는 하얀 가운을 입은 여자 두 명의 팔짱을 끼고서 방글방글 웃고 있었다.

"언니들?"

"네. 큰언니는 대학병원 마취과 펠로우고 작은언니는 큰 내과에서 페이닥으로 일하고 있어요. 여기 안경 쓴 사람이 큰언니 필남이고요, 키 작고 통통한 사람이 작은언니 말희예요."

"아버지가 언제 묶었는지, 김 비서 이름이 왜 미소인지 알 것도 같네."

셋째도 또 딸이냐고 묻거든 그저 웃지요.

"네?"

영준의 반응을 이해할 수 없었는지 미소는 눈을 동그랗게 뜨고 그를 올려다봤다.

"아무것도 아니야."

이 사람이 웬일로 이렇게 싱거운 소릴 다 하나, 하는 얼굴로 한참이나 더 영준을 쳐다본 미소는 다시 사진더미로 시선을 돌린 후 다른 한 장의 사진을 집었다.

"이건 출국 때 사진이네요."

인천공항 출국장을 뒤로하고 또 한 번 방글방글 웃고 있는 미소의 눈은 꼭 어디서 맞고 온 양 팅팅 부어 있었고 코끝은 돼지 핑크색이었다.

"김 비서 그날 울었었지?"

"조금요."

"왜?"

"음, 글쎄요. 비록 잠시라곤 해도 나고 자란 우리나라 떠나는 게 무섭기도 했고…… 가족들에게 조금은 서운하기도 했고…… 뭐, 그랬겠지요.”

미소가 석 달의 임시직 일정을 마칠 무렵, 비서팀 선배 한 명이 조용히 그녀를 불러 귀띔했다. 해외파견을 갈 이영준을 보좌할 비서를 구하고 있으니 지원해보라고. 물론 2년 동안 말도 안 통하는 타국에 나가 일하려면 개고생은 하겠지만 대우가 꽤 괜찮으니 어떻겠냐는 말이었다.

고등학교 때까지 얼마나 공부를 잘했든 그녀의 최종학력은 그냥 고졸이었다. 거기다 비서경력은 고작 계약직 3개월. 그런 스펙에 회장 차남 해외수행비서 자리에 지원해봤자 합격할 리가 없었지만 보수 규모를 딱 듣는 순간 욕심이 생겼다. 24시간 잠 안 자고 뺑뺑이 돌린다 해도 감사할 정도로 빵빵한 연봉이었다.

그렇게 ‘밑져야 본전이지.’ 하는 기분으로 이력서를 넣은 게 설마 덜컥 합격할 줄이야. 지금 생각해보면 하느님이 보우하셨는지도 모를 일이다.

“빚은 다 갚았어?”

“아직요.”

“이직할 데 알아보지도 않았다면서 어쩔 생각이야?”

“걱정해주시는 거예요?”

“걱정은 누가.”

영준이 툭 내뱉자 미소는 방글방글 웃으며 말했다.

“언니들이 합세하니까 그 많던 빚이 팍팍 줄더라고요.

벌써 웬만큼은 다 정리한 터라 저는 지난달부터 손 뗐어요. 남은 건 이제 언니들이 알아서 한대요."

대답을 듣고도 영준은 왠지 못마땅한 듯했다.

한동안 할 말을 찾는 듯 아무 말도 없던 그는 사진을 내려다보며 나직이 중얼거렸다.

"9년이나 됐는데 얼굴은 예나 지금이나 똑같네."

2년의 해외체류 동안 여기저기서 찍은 사진들과 영준이 회사 경영에 본격적으로 뛰어든 이후로 지금에 이르기까지, 그의 말마따나 미소의 얼굴은 늘 그대로였다. 방글방글, 방글방글, 끝없이 방글방글.

"정말요?"

"그래."

"부회장님도 그때랑 똑같으세요."

새치 몇 가닥 생긴 것만 빼고요.

"그때랑 똑같다니, 지금 농담해? 김 비서는 어떤지 모르겠지만 나는 그때보다 훨씬 더 발전했어."

아닌 게 아니라 한결 중후해지고 사내다워진 외모, 올라간 회사 내 위상, 그새 더 팍팍 불어난 자산까지. 나아졌다는 그의 말은 전혀 이상하게 들리지 않았다. 자기 입으로 얘기하긴 좀 낯간지럽고 재수 없는 말이라는 것을 배제한다면 말이다. 하늘을 찌를 듯한 자존감과 병적으로 심해진 자기애(自己愛)는 일단 논외로 하자.

"지난 9년간, 아니, 지금껏 살아오는 동안 나는 매 시간,

매 분, 매 초, 단 한 순간도 허비하지 않았다고."

미소는 책상에 널브러진 사진들을 한데 모아 탁탁 정리하며 영준을 바라봤다.

"그야 그러셨겠죠."

"김 비서에겐 지루할 틈이 있었다는 게 놀라워. 혹시 그동안 제대로 일 안 했던 거 아니야?"

"그게 무슨 말씀이세요?"

"권태기 때문에 이러는 거라면 정신무장 다시 똑바로 하란 말이지."

영준의 따끔한 일침에 미소는 조그맣게 웃음을 터뜨리더니 곧장 고개를 숙이며 실례를 사과했다.

"웃어서 죄송합니다. 그동안 제가 게으름피우지 않고 열심히 일했던 건 다른 누구보다도 부회장님이 더 잘 아시잖아요?"

"그럼 도대체 뭐가 문제야?"

"이미 말씀드렸는데요."

영준이 이해할 수 없는 눈을 하자, 미소는 다 정리한 사진을 봉투에 담아 한쪽으로 밀어두었다. 그러고 보니 열린 서랍 안은 말끔하게 치워져 있고 휴지통엔 낡아서 쓰지 않는 사무용품 따위들이 잔뜩 들어가 있었다. 책상 정리 중이었던 게 틀림없다.

"받으세요. 서류전형 통과한 사람들이에요. 내일 오전 중으로 비서팀에서 먼저 면접 보기로 했어요. 미리 말씀드렸던 것처럼 저희 선에서 걸러낼 테니 최종면접만 부회장님께서 봐주세요.”

미소가 방글방글 웃으며 서류철을 건네자, 영준은 싸늘하게 그녀를 노려봤다.

“계속 이런 식으로 나올 거야?”

“죄송해요. 대신 저보다 훨씬 더 좋은 후임 구해놓고 갈게요.”

웃는 낯에 침 못 뱉는다더니. 방글방글 웃으며 사과하는 미소에게 더 이상은 트집을 잡을 수가 없었던 영준은 여전히 차가운 눈으로 그녀를 훑어본 후 뚜벅뚜벅 걸음을 옮겨 집무실로 들어가버렸다.

“휴우.”

혼자 남아 한숨을 내쉰 미소는 책상 서랍 정리로 벌써 꽉 차버린 쓰레기통을 비우기 위해 몸을 숙이려다 문득 이상한 기분에 고개를 갸웃거렸다.

「그래서 그 거미는 어떻게 됐는데?」

“어? 내가 아까 거미 때문이었다는 말을 했던가?”

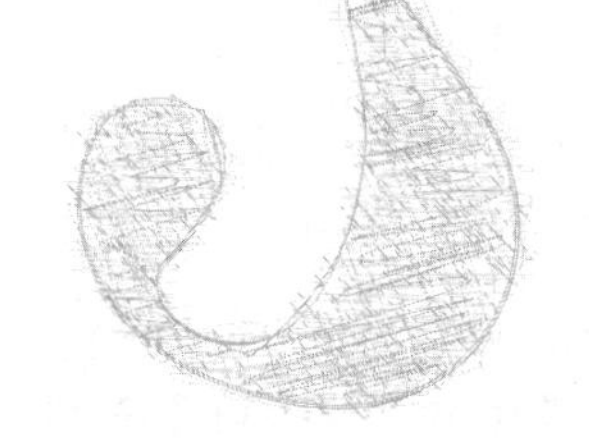

머리는 차갑게 가슴은 뜨겁게, 발등엔 불이야! 8372

10월 31일 오후 3시.

“모릅니까?”

“아, 아닙니다. 아주 잘 알고 있습니다.”

“그럼 불러요.”

“이 기상과 이 맘으로 충성을 다하여 괴로우나 즐거우나 나라 사랑하세, 무우궁화 사암천리 화려가앙산 대한 사람 대하안으로 길이 보전하세.”

“됐어요.”

“휴우.”

“경제 쪽 상식으로 넘어가죠. Nash equilibrium에 대해 간결하게 설명해보세요.”

오우, 달군 프라이팬에 도르르 굴러가는 본토 버러 발음. 그러나 국문학 전공자는 도통 어떻게 대답해야 할지 알 수가 없다는 게 함정.

“네?”

“모릅니까?”

"아, 아니, 그게 아니라……."

"그럼 게임 이론은?"

"저……."

"1993년 노벨 경제학상 수상자는?"

"쿨럭."

거대한 책상 앞에 깍지 낀 손으로 턱을 받친 채 나른한 얼굴로 앉은 이영준은 소문으로 들었던 것보다 훨씬 더 매력적이고 훨씬 더 재수 없었다. 그 미묘한 부조화와 도무지 대답할 수조차 없는 질문들이 긴장을 더욱 부추기는 바람에 비서 채용 최종면접자 중 마지막 지원자는 눈앞이 캄캄할 지경이었다. 앞서 들어갔던 지원자들은 이런 황당한 질문에 전부 대답을 했을까.

"세상에서 가장 빠른 새는?"

"앗! 저 그거 알아요! 눈 깜짝할 새!"

오랜만에 아는 문제 나왔다고 흥분해서 소리친 3번 지원자는 이내 뭐라 표현할 수 없는 자괴감에 눈시울이 뜨거워졌고 마침내 정신적으로 완전히 무너지고 말았다.

"으흑……."

"나가보세요."

여자가 흐느적흐느적 소회의실을 나가자 영준은 지끈거리는 관자놀이를 마사지하며 책상에 엎드렸다. 정신이 몽롱하고 온몸은 두들겨 맞은 듯 여기저기 아팠다. 평소 고질병이던 불면증 때문에 안 그래도 잠이 모자랐었는데 일주일 전부터는 아예 뜬눈으로 밤을 지새우고 있었다.

"1993년 노벨 경제학상 수상자가 누구예요?"

어느새 들어왔는지 머리 위에서 미소의 목소리가 들려왔다.

몸을 일으킨 영준은 그녀를 올려다보다 툭 내뱉었다.

"그런 걸 일일이 외우는 사람이 어딨어?"

"어어므나, 그러게요. 오호호호호!"

방글방글 웃는 미소의 입술 끝에 파르르 경련이 일었다.

세 명의 지원자는 최종면접을 끝낸 후 하나같이 얼굴을 붉히고 나와 황당한 표정으로 쳐다보며 제각기 '앤티가바부다 수도가 어디예요?', '도대체 '보이지 않는 손'이 누구 거예요? 내 건 아닌데?', 마지막으로 '1993년 노벨 경제학상 수상자가 누구인지 아세요?'라고 물었다. 보이지 않는 손이 애덤스미스의 경제용어라는 것을 빼고 나머지는 전혀 답을 알 수 없었지만, 질문자의 의도만큼은 확실히 알 것 같았다.

"하아."

길게 한숨을 내쉰 미소는 뭔가 말하려다 말고 이상을 감지했다. 한 발짝 다가간 그녀는 영준의 얼굴을 빤히 들여다보며 물었다.

"부회장님, 진짜 괜찮으신 거예요?"

"아까부터 자꾸 무슨 소리야? 내가 뭘?"

"아침부터 안색이 계속 안 좋잖아요. 어디 편찮으신 거 아니에요?"

잔뜩 걱정을 표하며 발을 구르는 미소에게 영준은 귀찮다는 듯 손을 휘휘 내저으며 고개를 돌려버렸다.

"피곤해서 그렇다니까."

"정말 피곤해서 그러신다고요?"

"그래."

"에이. 피곤은 그저 핑계일 뿐, 혹시 제가 그만둔다고 서운해서 잠도 못 주무시는 건 아니겠죠? 오호호호."

뜨끔해진 영준은 애써 무표정을 가장하고 내뱉었다.

"서운하긴 누가."

"에이. 섭섭하네요. 그래도 전 좀 서운하던데."

영준은 상체를 일으켜 의자 등받이에 등을 기댔다.

한동안 말이 없는 것을 보니 깊은 생각에 잠긴 듯해 미소는 더 이상 아무 말도 붙이지 않은 채 뒤돌아서 자리를 뜨려고 했다.

문손잡이를 잡고 돌리려던 때, 영준이 진지한 목소리로 그녀를 불렀다.

"김 비서."

"네."

목소리로 보아 심각한 이야기가 이어지리라 예상한 그녀는 다소곳한 태도로 다시 책상 앞으로 돌아갔다.

"김 비서도 물론 잘 알고 있겠지만."

"뭘요?"

"나는 두 번째 기회를 용납하는 사람이 아니야. 절대."

"네, 그렇죠."

"그렇지만."

영준의 미간이 살짝 좁아졌다. 뭔가 자존심이 상하거나 하기 싫은 일을 할 때 꼭 나오는 버릇이었다.

"미소에게만큼은 특별히 딱 한 번의 기회를 더 주겠어. 유일무이한 기회니 잘 생각하고 행동하도록 해."

잘려서 나가는 게 아니라 제 발로 걸어서 나간다는 사람한테 무슨 성은이라도 내리듯 오만한 태도. 눈앞의 남자가 이영준이 아니었다면 비웃음을 사고도 남았을 것이다.

"무슨 말씀이신지?"

방글방글 웃으며 되묻는 미소를 올려다본 영준은 느긋하게 말을 이었다.

"이사로 승진시켜줄게. 업무가 너무 많으면 미소 전담 백업비서 하나를 더 붙여주지. 승진하면 차량은 회사에서 지원될 테고, 원한다면 내 사비를 들여 넓은 집도 마련해줄 수 있어. 남은 빚이 얼마라고 했지? 그 빚도 내가 다 해결해줄게. 원하는 게 있으면 부담 갖지 말고 뭐든지 말만 해. 다만, 앞으로도 일은 계속 해줘야겠어."

"우와."

웃는 얼굴 그대로 미소는 한참이나 머릿속으로 뭔가를 계산하더니 덧붙였다.

"어마어마하네요."

"장담하건대 어딜 가도 이 정도 대우는 못 받아."
"당연히 그렇죠."
"그리고 어딜 가도 나 정도로 완벽한 상사는 못 모시지."
"암요. 어련하시겠습니까요."
"김 비서가 개인적으로 달성하고자 하는 목표가 뭔지는 모르겠지만, 이쯤에서 깔끔하게 포기해. 기회비용이 너무 커졌잖아?"
느긋한 웃음을 짓는 영준을 방글방글 웃으며 마주하던 미소는 손에 들고 있던 태블릿 PC 케이스를 열더니 그 안에서 뭔가를 꺼내 책상에 착 내려놓았다.
티끌 하나 묻지 않은 흰색 봉투, 그 위에 정갈한 한자가 딱 세 글자 적혀 있었다.
辭職書.
살짝 좁아졌던 영준의 미간이 다시 빳빳하게 펴지는 것을 가만히 살피던 미소가 덧붙였다.
"죄송해요."
"아아, 괜찮아, 괜찮아. 신경 쓰지 마."
"그래도 죄송해요."
"죄송하긴. 평안감사도 저 싫다면 그만인걸. 나중에 후회하고 매달리지나 말라고."
미소는 짐짓 아무렇지도 않은 얼굴을 하는 영준에게 애교 있게 웃어 보이며 냉큼 대꾸했다.
"정말 고맙습니다, 부회장님."

“뭘.”

“그러니까 다음 면접 때부턴 일부러 골탕 먹이면서 퇴짜 놓으시면 안 돼요. 아셨죠?”

“아아, 노력하지.”

미소는 내일 일정을 불러오기 위해 잠시 눈을 돌리느라 영준의 굳게 다문 입술이 격렬하게 요동치는 것을 눈치채지 못했다.

“내일 일정입니다. 새벽부터 스케줄 빡빡하니 오늘 밤엔 과음하지 마시고요, 혹시라도 늦게까지 노시더라도 절대 대리운전 맡기지 말아주세요. 오늘은 무조건 전화 꺼놓고 잘 테니까요. 호호호.”

방글방글 웃으며 자리를 뜬 미소가 문손잡이를 잡는 순간 영준이 불렀다.

“잠깐. 한 가지만 더.”

“네?”

“그거, 무슨 뜻이었어?”

“뭐가요?”

“그만두고 이제 인생 찾아간다고 했잖아.”

“네.”

“무슨 뜻인지 제대로 설명해봐.”

미소는 평소와 달리 진지하다 못해 섬뜩하기까지 한 영준의 질문을 산뜻한 대답으로 넘겨버렸다.

“그동안 너무 일에 치이며 살다 보니 이젠 좀 제 시간을 갖고 싶더라고요. 그리고……."

"그리고?"

"저도 이제 슬슬 연애도 하고 시집도 가야죠. 벌써 스물 아홉 살인데."

❦ ✣ ✤ ✣ ❦

다시 10월 31일 오후 10시 30분, 극동호텔 야외수영장 카리브 라운지.

머리카락을 쑤석거리며 몸을 일으킨 영준은 한숨을 길게 내쉬더니 뭔가에 홀린 것처럼 중얼거렸다.

"김 비서가……."

영준은 잔뜩 긴장해 자신을 바라보고 있는 일행을 주욱 훑어봤지만, 사실 시선만 줬을 뿐 그 자리에 누가 있는지도 알아볼 수가 없었다. 머릿속은 완전히 엉켜버렸고 가슴도 답답해 미칠 것만 같았다.

"김 비서가…… 갑자기 왜 그러지?"

지난 일주일 동안 왜 그렇게 잠을 못 이루었는지, 영준은 그 이유를 이제야 알 것 같았다.

자신만의 시간, 연애, 결혼, 그런 얘길 남 얘기하듯 아무렇지도 않게 하다니. 거기다 김미소가 말하는 '인생' 안에 이영준의 존재는 전혀, 1그램도 없는 것 같았다.

"왜지? 도대체 왜 그러지?"

먼눈을 하던 영준이 우아한 포즈로 손가락을 들더니 바닥에 주저앉은 지란을 가리켰다.

“너.”

“으응?”

“나 어때?”

“오, 오빠는 무슨 새삼스러운 소릴.”

“나 어떠냐고.”

무슨 대답을 원하는 건지 도무지 알 수 없었던 지란은 당황한 나머지 더듬거리며 조심스럽게 한마디 한마디 해나갔다.

“천재에다 돈도 많고 그 큰 회사 움직일 정도로 능력도 좋고…….”

오. 정답을 맞혔는지, 듣고 있는 영준의 표정이 살짝 부드러워졌다. 흥이 난 지란은 조금 더 높은 톤으로 찬양의 말을 이어갔다.

“잘생기고 키 크고 매너 있고 말도 잘하고 매력 터지고, 그리고…… 섹시하고 홍홍.”

지란은 의미심장한 눈빛으로 살짝 윙크한 후 그의 발목 근처로 손을 가져가며 덧붙였다.

“울 오빠, 언제까지 내 애간장 태울 거야앙.”

“너, 전에 김 비서한테서 주의사항 전달받지 않았던가?”

“응? 무슨……?”

“내 몸에 절대 손대지 말라고 했을 텐데.”

잡아먹을 듯 싸늘하게 노려보는 눈에 놀란 지란이 얼른 손을 거두자 영준은 재차 의도를 알 수 없는 질문을 던졌다.

"좋아. 질문을 바꾸지. 넌 이런 나를 지척에 두고서 다른 놈이 눈에 들어올 것 같아?"

눈을 동그랗게 뜬 지란이 고개를 저으며 냉큼 대답했다.

"그럴 리가! 절대, 저얼대, 오빠 말고 다른 놈들은 눈에 안 들어오지!"

"그렇지?"

"당근."

"그래! 어떻게 감히 나 말고 다른 놈을!"

"응!"

"그런데……."

말을 하다 말고 머리카락을 쓸어올린 영준은 어울리지 않게 초조한 태도로 다리를 떨며 중얼거렸다.

"그런데 김 비서는 왜 그러지? 대체 왜? 김 비서가 왜 그럴까?"

김 비서, 김 비서, 김 비서, 에헤라디야 자진 방아를 돌려라, 아주 타령을 지어 부르는구나.

"넌 같은 여자니까 알 거 아니야? 말해봐! 어서!"

아랫배에다 잔뜩 힘을 주고 쩌렁쩌렁 호령하는 영준의 태도에 둘러앉은 이들은 모두 좌불안석이었다. 이 인간이 미쳤나, 약을 빨았나, 갑자기 왜 이래?

"내, 내가 그걸 어떻게 알아? 그런 건 직접 물어봐야지."

"직접 물어보라고? 크윽, 아아……. 그러기엔 내 자존심이……."

제 감정을 못 이기겠는지 벌떡 일어났다가 다시 소파에 털썩 주저앉기를 몇 번이나 반복하던 영준은 마침내 하늘을 보고 짐승처럼 울부짖었다.

"크아악! 김미소 네가 어떻게 나한테 이럴 수가 있어어어어어!"

❦✣✤✣❦

아까부터 가려운 귓구멍을 면봉으로 살살 돌려가며 긁고 있던 미소는 랩톱 화면 우측 하단에 표시된 '오후 10:40'을 가만히 쳐다봤다.

"부회장님이 내 욕 하고 있는 거 아닌가 모르겠네."

후임자에게 남길 업무매뉴얼을 작성하고 있던 그녀는 한참이나 멍하니 화면을 쳐다보다 인터넷 창을 불러왔다.

다음 홈 화면의 검색창에서 작은 커서가 깜박이고 있었다.

키보드에 손을 댔다 뗐다 하며 그렇게 한참이나 주저하던 그녀는 마른침을 꿀꺽 삼키며 검색창에 단어 몇 개를 입력했다.

일 초도 되지 않아 여러 정보가 번쩍 떠 화면을 가득 메웠지만, 익숙하게 몇 페이지를 넘기는 미소의 표정엔 변화가 없었다.

“역시 이렇게 쉽게 찾을 순 없겠지.”

잠시 생각에 잠겼던 그녀는 단어 두 개를 검색어에다 덧붙여보았다.

[사건사고, 어린이]

오랫동안 이곳저곳을 눌러보며 뭔가를 찾던 미소는 고개를 저으며 한숨을 내쉬었다.

그동안 그녀는 어렸을 때 길을 잃거나 어딘가에 갇힌 적이 없었는지 아주 지겨울 정도로 아버지나 언니들에게 묻곤 했었지만 그때마다 똑같은 대답만 돌아왔다. 전혀 그런 일은 없었다는.

혹시 그들이 거짓말을 하는 건 아닌가 눈치를 살폈지만 그런 것 같지도 않았다. 특히나 큰언니는 거짓말을 하면 얼굴에 다 드러나는 사람이라 이렇게 오랫동안 뭔가를 숨길 수 있는 인물이 절대 아니다.

그럼, 그건 대체 뭐였을까. 정말 꿈이었을까.

「울지 마, 미소야, 울지 마.」

「으아앙. 무서워! ……가 이상해!」

「저건 ……가 아니야. 어두워서 ……처럼 보이는 것뿐이야.」

「그럼 저거 뭔데?」

「으음, 저건 ……야.」

「……라고?」

네다섯 살 즈음의 기억 속에서 곁에 나란히 앉아 있던 그 소년은 몇 살쯤 되었을까. 예닐곱? 혹은 초등학생일 수도.

이윽고 미소의 머릿속에 희미한 멜로디가 울렸다. 무슨 노래였는지 정확히 기억은 나지 않지만, 분명히 동요였다.

더불어 떠오르는 것은 군데군데 지우개로 지워낸 듯 구멍이 숭숭 뚫린 대화와 오싹한 분위기, 그리고 눈물 날 정도로 다정한 목소리뿐이었다.

「오빠가 풀어줄게. 여기서 같이 나가자.」

함께 묶인 채 어딘가에 갇혀 있었던 걸까. 혹시 유괴?

그러나 검색어를 몇 번이나 바꾸어 입력해봐도 마찬가지였다. 그동안 늘 그랬듯 미소가 찾는 정보는 어디에도 없었다.

"아아, 모르겠다. 도대체 어디서부터 어떻게 찾아야 하지?"

키보드에서 손을 뗀 후 머리를 긁적인 그녀는 한숨을 길게 내쉬고 중얼거렸다.

"찾으면? 찾아서 뭘 어쩌겠다고. 날 기억이나 할까? 아니, 그러고 보니 그쪽은 나보다 나이가 더 많을 테니 기억은 하겠구나."

사실 별것 아닌 일일 수도 있는데 이렇게까지 집착하는 이유는 대체 뭘까.

어쩌면 오랫동안 상상 속에서 부풀려왔던 건지도 모르겠다.

기억나는 시절부터 아예 없었던 엄마, 늘 바빴던 아버지, 둘 다 똑같이 순둥이고 마음 약하기만 할 뿐 동생을 돌보기는커녕 오히려 어린 동생이 돌봐야만 했던 언니들…….

어쩌면 외로웠던 걸까.

스물아홉 해를 살아오며 배려하고 희생하고 늘 참기만 해왔었다. 심지어 직업마저도 극한의 배려로 점철된 일이었고.

배려하는 건 이제 지쳤다.

누군가에게서 배려받는 기분, 따뜻한 위로가 필요했기에 오래전 그 기억을 끄집어내어 이상형으로 치장하며 키워왔던 건지도 모른다.

회전의자 등받이에 몸을 기대자 피곤과 잠이 한꺼번에 몰려왔다.

"아아, 졸려 죽겠는데 부회장님이 분명 전화하겠지? 진짜 확 전화기 꺼버릴까? 하아. 도대체 술 마실 때마다 날 불러서…… 운전시키는 건 무슨 심보……인지…….”

중얼중얼하던 미소의 눈이 깜박깜박하더니 이내 완전히 감겼다.

「L'araignée gypsie monte à la gouttière…….」

무의식 속에 울리는 기묘한 노래. 멜로디는 분명 아는 동요인 것 같은데 가사가 외국어였다. 외국인? 아니, 그렇다고 하기엔 우리말을 너무 잘한다.

「오빠가 풀어줄게.」

가위. 밝은 달빛에 비친 것은 날에 비둘기 그림이 그려진 검은색 손잡이의 길쭉한 가위였다.

「나가자. 저쪽은 절대 보지 말고, 내가 뜨라고 할 때까지 눈 뜨면 안 돼. 절대 안 돼. 알았지? 오빠랑 약속해.」

「응, 약속.」

「자, 내 손 잡아.」

백일몽을 꾸는 건지 가위눌리고 있는 건지 알 수가 없었지만 따뜻하고 보드라운 손의 감촉만은 현실처럼 생생했다.

그렇게 다섯 걸음쯤 걸었을까. 어디선가 끼익끼익 귀에 거슬리는 소리가 들리기 시작했다.

「오빠. 무슨 소리가 나.」
「아무 소리도 아니야.」
「나는데.」
「아무것도 아니니까 계속 눈 감고 있어. 이건 다 꿈이야. 깨고 나면 하나도 기억 안 나는, 키 크려고 꾸는, 그냥 나쁜 꿈이라고.」
「정말?」
「그래. 여길 나가면 다, 전부 다 잊어버리는 거야.」

귓가엔 계속해서 그 소리가 울리고 있었다. 끼익끼익. 놀이터의 녹슨 그네가 내는, 제법 묵직한 뭔가가 일정한 리듬으로 흔들리며 내는 마찰음 말이다.

끼익끼익.
「어, 어……? 거미! 거미가……! 아아, 오빠! 무서워!」

소스라치게 놀란 미소는 몸을 움츠리다 그만 의자에서 굴러떨어지고 말았다.
끼이익, 끼이익.
오래된 회전의자가 돌면서 나는 소음은 경기를 일으킬

정도로 섬뜩했다. 지금도 무의식 저편에서 가끔씩 불쑥불쑥 고개를 드는 소리였다.

“아, 아아, 무서워, 무서워……!”

극심한 공포를 도무지 이겨낼 수가 없었다. 미소는 두 손으로 머리를 감싸고 몸을 웅크리며 덜덜 떨었다.

이상하다. 거미였을까?

아무리 어렸대도 그렇게 커다란 거미가 세상에 있을 리 없지 않나.

뭘까, 도대체 그건 뭐였을까.

「괜찮아. 괜찮아. 이건 꿈이야. 깨고 나면 아무것도 아니니까, 하나도 기억 안 날 테니까 울지 마. 아까처럼 웃어 봐, 미소야.」

“안 돼, 난 못 해. 무서워, 무서워……. 누가…… 누가 날 좀……!”

그때, 손 뻗으면 닿을 위치에 놓여 있던 휴대전화가 울리기 시작했다.

“아…….”

마림바 벨소리가 일곱 번 울렸을 때 즈음에야 간신히 정신을 차린 미소는 여전히 벌벌 떨며 전화를 받았다.

“여, 여보세요.”

– 나야.

전화를 걸어온 사람은 영준이었다.

"부회장님……."

미소의 목소리에서 심상치 않음을 느꼈는지, 영준의 목소리 톤이 약간 높아졌다.

– 목소리 왜 그래? 무슨 일 있어?

통화만으로도 귀신같이 눈치를 채는 영준에 평소 같으면 혀를 내둘렀을 터였지만 오늘따라 왠지 미소는 그 예민함마저 고맙게 느껴졌다. 주변에 이렇게 목소리만 듣고서 단박에 무슨 일인지 물어올 수 있는 사람이 어디 또 있을까.

"아, 아니에요. 잠깐 졸았어요. 지금 모시러 갈까요?"

– 아니. 그럴 필요 없어. 집 앞이야.

"어머, 벌써요? 잘됐네요. 내일 스케줄도 빡빡한데 오늘은 푹 쉬세요. 아침 일찍 댁으로 출근……."

– 문 열어.

"네? 무슨 문이요?"

– 잠깐 얘기 좀 하지.

"네에에에?"

잠시 멍하니 눈을 깜박이며 머릿속을 정리한 미소는 곧장 현관으로 가 도어뷰를 통해 밖을 내다봤다.

천하의 이영준도 동그란 렌즈를 통하면 별수 없었던 모양인지, 그는 만화처럼 우스꽝스럽게 빵빵한 얼굴이 되어 거기 서 있었다.

8373

"들어오세요."

미소가 현관문을 열고 한쪽으로 비켜서며 부드럽게 권했지만 영준은 원룸 건물의 좁은 복도에 그대로 선 채 사무적인 태도를 유지했다.

"됐어. 묻고 싶은 게 하나 있어서 온 것뿐이니까."

"여기까진 어떻게 오셨는데요?"

"내 차로."

"어머, 음주운전하셨어요? 안 돼욧!"

"술이라면 한 방울도 안 마셨어."

영준과 정기적으로 사교모임을 갖는 지인들은 대부분이 소문난 주당들이다. 그런 사람들과 어울리면서 술을 마시지 않았다니, 극히 드문 일이었다.

"아니, 왜요?"

"지금 그딴 게 중요한 게 아니야. 아까 연애니 결혼이니 했던 소리, 진심이었어?"

"제가 왜 맘에도 없는 소릴 하겠어요?"

"갑자기 왜지? 혹시 그동안 나 몰래 만나는 놈이라도 있었던 거야?"

미소는 눈을 동그랗게 뜨고 영준을 살피더니 조심스럽게 물었다.

"부회장님, 혹시 화나신 거예요?"

"아니. 김 비서가 누굴 만나든 말든 알 바 아닌데 내가 왜 화를 내?"

"그러게요."

미소가 눈을 깜박깜박하며 뜸을 들이자 영준은 몹시 날카롭게 몰아붙였다.

"묻는 말에 대답이나 해."

"몰래 만나는 놈 없는데요. 부회장님 몰래 만날 이유도 없거니와 그동안 제가 누굴 만날 시간이나 있었나요? 새벽 6시 출근에 퇴근도 일정치 않고, 아무 때나 부회장님이 호출하시면 자다가도, 심지어는 볼일 보다가도 후다다닥 뛰어나가야 하는데요. 오호호호."

영준은 손사래 치며 까르르 웃는 미소를 불가해한 표정으로 바라보다 재차 다그쳤다.

"그럼 지금 이 상황에 대해 설명해봐."

"네? 몇 번이나 자세히 말씀드렸잖아요."

"설득력이 부족해. 그렇게 큰 기회비용을 투자해가면서 그만두는 진짜 이유에 대한 설득력 말이야."

한동안 생각에 잠긴 듯 턱을 어루만지던 미소는 차분하

게 대답했다.

“물론 제시하신 조건이 엄청나긴 했지만, 따지고 보면 그렇게 큰 기회비용이라고 할 순 없죠. 제 남은 인생이 다 걸렸으니까요.”

“남은 인생?”

“네. 남은 인생이요. 부회장님 곁에서 앞으로도 지금처럼 계속 바쁘게 일만 하다 보면 언젠가 저도 모르게 혼기 훌러덩 넘길지도 모르잖아요.”

“혼기 따위 좀 넘기면 어때? 겨우 그런 이유였어?”

“혼기 따위라니요? 겨우 그런 이유라니요? 혼기 훌떡 넘긴 후에 혹시라도 부회장님한테 밉보여서 백수라도 되면 그땐 어떡하라고요?”

미소의 항의에 영준은 무척이나 너그럽고 인자한 표정과 제스처를 했다.

“겪어봐서 이미 잘 알고 있겠지만 나는 약속을 꼭 지키는 사람이야. 김 비서 평생 근로권 보장할게.”

그 말을 듣고도 미소는 눈썹 하나 까딱 않은 채 방글방글 웃으며 냉큼 덧붙였다.

“어머나, 호호호. 그건 더 싫으다. 지금 저더러 남은 인생 내내 부회장님 보필하면서 혼자서 쓸쓸하게 늙어가란 말씀이세요?”

“그럼 대체 어쩌자는 거야?”

영준은 마침내 짜증이 폭발했는지 목소리를 높였지만

미소는 여전히 완강한 태도로 조곤조곤 대답했다.

"그동안 부회장님 곁에서 너무 오랫동안 고생했더니 이제 돈도 화려한 생활도 싫어요. 전 그냥 남들처럼 소개로 만난 평범한 상대랑 딱 1년 연애하고 결혼한 후 아담한 집에서 아들딸 하나씩 낳고 그렇게 도란도란 살고 싶어요. 언니들도 아빠도 다 자리 잡았으니 이제 더 이상 아등바등하면서 살고 싶지 않다고요."

미소의 말이 미처 다 끝나기도 전, 영준의 미간이 확 구겨졌다.

"그렇게 안 봤는데 지독한 이기주의자네. 그럼 나는 어쩌라고."

"네에? 전부터 왜 자꾸 제 얘기에다가 부회장님 이야기를 엮으려고 하세요?"

"9년 동안이나 하루 종일 함께 일했어. 내가 경영에 뛰어들었을 때부터 하나에서 열까지 다 맞춰서 일했었는데 김비서가 갑자기 그렇게 그만둬버리면 내가."

"내가?"

"내가……."

"부회장님이?"

한참이나 주저하던 영준은 내키지 않단 듯 한마디를 내뱉었다.

"내가…… 불편하잖아!"

"아, 네네. 불편하시겠죠. 암요."

오랜 시간 함께한 사람들만이 할 수 있는 교감이랄까. 환하게 웃는 미소의 얼굴에서 미묘한 위화감을 포착한 영준은 정색하고 지적했다.

"방글방글 웃으면서 그렇게 떨떠름한 표정 짓지 마. 아주 불쾌해."

"넵."

두 사람 사이에 팽팽한 긴장이 감돌았다.

그 길고 불편했던 정적을 깨고서 마침내 영준이 말문을 열었다.

"후우. 좋아."

"뭐가요?"

"김 비서."

"네."

"내가 독신주의자라는 건 알고 있지?"

"그럼요. 잘 알고 있죠."

"나한테 더 이상의 양보는 바라지 마."

"네?"

"연애까진 해줄 테니까, 일은 계속해."

❦ ✣ ✣ ✣ ❦

한 시간 후인 11월 1일 오전 12시 30분, 박유식의 아파트 거실.

유식은 잠이 덜 깬 눈으로 영준을 건너다보더니 긴 한숨을 내쉬었다. 연락도 없이 불쑥 찾아와 자고 있는 사람 다짜고짜로 깨우기에 무슨 천지가 개벽할 일인가 했더니 결국 이거였나.

“연애까진 ‘해줄’ 테니까 일은 계속하라고 했단 말이야? 미소 비서한테? 야, 장난이지? 너 진짜 그렇게 말했어?”

유식은 믿을 수가 없어 마구 질문을 쏟아냈다.

“그래서, 그 말을 들은 미소 비서의 반응은?”

커피가 담긴 머그잔을 손으로 문지르며 영준은 심각한 어조로 대답했다.

“내 얼굴에다 자기 얼굴을 바싹 들이대고…….”

그 소리에 조금 전까지만 해도 졸린 눈을 비비고 있던 유식이 초롱초롱한 눈빛을 했다.

“들이대고?”

“냄새를 킁킁 맡더니…….”

“뭐?”

“‘취하신 것 같지는 않은데.’라고 하더군.”

“푸웃! 푸하하하하하하하하하! 대애박! 역시 미소 비서라니까!”

박장대소하던 유식은 싸늘한 영준의 눈길에 대뜸 겁을 집어먹고서 바로 입을 다물었다.

“연애도 싫다, 그럼 결국 결혼하자는 뜻인가.”

영준이 한숨을 내쉬며 중얼거리는 소리에 유식은 별생

각 없이 되물었다.

"흐음. 너무 앞서 가는 거 아니야? 너랑 연애할 마음이 진짜 없는 건지도 모르지."

"그럴 리가."

이해 안 간다는 듯 눈을 치켜뜨고 쳐다보는 영준의 얼굴은 같은 남자의 눈에도 어느 한 군데 나무랄 데 없이 매끈하고 매력 대폭발이었다. 그 훔치고픈 몽타주를 물끄러미 바라보던 유식은 문득 한 가지 의문에 사로잡혔다.

"이영준 너, 미소 비서한테 그렇게까지 집착하는 이유가 뭐야?"

"집착이라니?"

유식은 홍삼젤리를 한 알 까 입에 넣고서 오물오물 씹었다.

"물론 미소 비서가 예쁘고 착하고 똑똑한 건 사실이지만, 솔직히 너 정도면 그런 비서는 얼마든지 구할 수 있잖아. 미소 비서는 학벌도 별로고."

"학벌이나 조건 같은 건 미소가 내 비서업무를 수행하는데 있어서 아무 의미도 없어."

한 점 의심도 없는 단호한 대답에 유식은 음흉한 웃음을 흘렸다.

"너 미소 비서 좋아하지?"

"당연히 좋아하지."

너무 산뜻하게 돌아온 영준의 대답에 유식은 고개를 설

레설레 젓더니 재차 물었다.

"아니, 갑과 을, 사람과 사람의 관계가 아니라 남자 대 여자 관계를 말하는 거야. 김미소를 비서가 아닌 여자로서 좋아하는지, 부회장이 아니라 이영준의 마음을 묻는 거라고."

한동안 머그잔 안의 까만 수면을 응시하던 영준은 어울리지 않게 자신 없는 태도로 중얼거렸다.

"남자 대 여자라, 글쎄……."

잠시 말을 끊은 영준은 이내 스스로에게 다짐이라도 하듯 못 박았다.

"어쨌든 나한텐 미소가 필요해."

"왜?"

영준은 더없이 느긋하고 우아한 태도로 다리를 바꾸어 꼬며 담담히 말했다.

"나만을 위한 맞춤슈트 같은 거랄까. 공장에서 찍어낸 기성제품은 내 몸에 맞지 않고 눈에 차지도 않으니까."

"우와. 살벌한 데다 잔인하기까지 한 발언이구먼. 미소 비서가 들었으면 크리티컬 히트다."

"그래서 그만큼의 대우를 해주고 있잖아. 내 인내심도 이제 곧 한계야."

오물오물, 쩝쩝, 오물오물, 한동안 집 안엔 유식이 홍삼 젤리를 씹는 소리만이 공허하게 울렸다.

어둠 속에서 멀뚱히 유식을 쳐다보고 있던 영준이 돌연

뜬금없는 질문을 했다.

"너는 왜 결혼했냐?"

"하고 싶었으니까 했지."

유식은 그런 당연한 걸 왜 묻느냐는 듯 피식 웃었지만 영준은 여전히 심각했다.

"결혼이란 게 대체 뭔데?"

"감정의 씨를 뿌리고 관심의 물을 주며 오랜 기간 정성으로 꽃피워 마침내 거두는 사랑의 결실."

"네 사랑의 결실은 낙과(落果)잖아."

"닥쳐."

유식이 크으윽, 하고 가슴을 움켜쥐든 말든 영준은 제 페이스를 고수했다.

"그것 봐. 결국 마찬가지라고. 결혼이란 어차피 서류놀음일 뿐인데 혼기 놓칠까 봐 전전긍긍하며 굳이 매달릴 이유가 없어."

약 오르는 눈으로 영준을 흘겨보던 유식이 물었다.

"억하심정이라도 있냐?"

"그게 무슨 소리야?"

영준이 무표정하게 건너다보자 유식은 의미심장하게 대답했다.

"하긴. 그러고 보니 그동안 네 주위에 여자는 항상 많았지만 스킨십을 하거나 침대로 끌어들이는 건 한 번도 본 적이 없었지."

"내 침실에 들어와본 적 있는 것처럼 말하지 마라. 비위 상하니까."

키득키득 웃던 유식은 약 올리듯 덧붙였다.

"어쨌든 사실이잖아. 전에 네 목요일의 여자가 나한테 묻더라. 너 혹시 게이냐고."

"미친."

영준이 어이없다는 듯 인상을 찡그리자 유식은 몸을 앞으로 숙여 그와의 거리를 좁히더니 다시 물었다.

"혹시 여자한테 무슨 트라우마라도?"

고개를 돌리고 흐릿한 눈으로 창밖을 바라본 영준은 여전히 대답을 피한 채 나직이 중얼거렸다.

"여자는 싫어."

"그럼 김 비서는?"

"김 비서는 다르지."

"같은 여자인데 뭐가 다르단 말이야?"

"김 비서는 여자가 아니니까."

유식은 "헉, 이놈이 여자한테 절대 해선 안 될 소릴!" 하며 놀랐지만, 영준은 지극히 담담히 의미심장한 한마디를 더했다.

"미소는…… 여자가 아니라 그냥 미소야."

같은 시각, 미소의 집 현관벨이 울렸다.

한바탕 휩쓸고 간 영준 때문에 잠도 안 왔던 미소가 오랜만에 팩이나 할 생각으로 마스크팩 봉지를 막 뜯은 순간이었다.

"누구세요?"

아무 대답도 없어 도어뷰로 밖을 내다본 미소의 얼굴은 단박에 일그러졌다.

"이그그, 올 것이 또 왔구나."

철컥 문이 열리자마자 미친 듯이 난입한 여자는 허리까지 내려오는 웨이브헤어를 상모 돌리듯 휘두르며 좁은 집 안 여기저기를 뒤졌다.

"어디 있어?"

바닥에서 긴 머리카락을 주섬주섬 줍고 있던 미소가 조용히 대답했다.

"오지란 씨, 탈모증 있는 거 아니에요? 머리카락 떨어지니까 흔들지 말고 가만히 좀 있어요."

"어디 있냐니까아!"

밑도 끝도 없는 소리지만 그녀가 누굴 찾는지, 뭘 찾는지는 알고도 남았다.

"삼십 분쯤 전에 벌써 가셨어요. 못 봤어요?"

"뭐?"

"안에 들어오시지도 않았어요. 문 앞에서 간단히 얘기만 하고 곧장 돌아가셨는데, 여기까지 몸 달아서 쫓아왔으면 끝까지 감시했었어야죠."

"어……."

"아아. 차 안에서 한눈파셨구나. 기다리면서 뭐 했어요? 카톡?"

"카카오페이지 소설 보다가……."

"아, 기다리면 무료? 시간 가는 줄 몰랐겠네. 이해해요."

차마 소리 내 대답할 순 없었는지, 지란은 잔뜩 약 오른 얼굴로 말없이 고개를 끄덕였다.

"아유우, 이걸 어쩌나. 안타까워라."

방글방글, 방글방글, 끝없이 방글방글 웃으며 미소가 내놓는 말에 얼굴이 붉으락푸르락해진 지란은 빵빵한 가슴을 불쑥 들이밀며 사납게 소리쳤다.

"야! 너 뭐야? 도대체 너 따위가 뭔데 계속 영준 오빠 옆에서 알짱거리는 거야?"

"부회장님 개인비서인데요."

"그건 나도 알아! 그런데 왜……!"

"부회장님하고 저는 오지란 씨가 생각하시는 그런 관계가 절대 아니에요. 안심하세요."

방글방글, 방글방글, 너무도 환하게 웃는 얼굴에 전의를 완전히 상실한 지란은 도저히 이해할 수가 없어 고개를 갸웃하며 중얼거렸다.

"그, 그럼 도대체……?"

"도대체 만난 지 한 달이 다 되도록 영준 오빠가 왜 나랑 안 자주는지, 그럼 나 말고 누구랑 자는지, 그 사실이 궁금한 거라면 알려드리죠."

그래도 창피한 줄은 아는지 지란이 얼굴을 확 붉히며 눈을 부라리자 미소는 방글방글 웃으며 딱 한마디를 내뱉었다.

"아무도."

"뭐, 뭐라고?"

"아무하고도 안 잔다고요. 부회장님은 그냥 술 마시고 집에 가서 항상 혼자 주무세요."

"네가 그걸 어떻게……."

방글방글 웃는 얼굴 그대로 미소는 친절하게 덧붙였다.

"내가 너보다 여섯 살 더 먹은 언니예요. 그래도 친하지 않은 사이에 반말은 그러니까 우리 서로 맞존대 해요, 응?"

웃는 얼굴은 영락없는 순둥이였지만, 그 안에는 도저히 거부할 수 없는 힘이 깃들어 있었다. 미소의 부드러운 카리스마에 지란은 금세 고분고분해져서 눈치를 살살 살폈다.

"아…… 네."

"조금 전에 내가 어디까지 얘기했죠?"

"아무하고도 안 잔다고."

"아. 그래. 맞아요. 오지란 씨는 지금껏 부회장님과 개인적으로, 그러니까 일대일로 따로 만났던 적이 있나요?"

"아, 아니요."

"그럼 그간 스킨십을 해본 적은 있나요?"

"어, 그건……."

도무지 대답을 못 하는 그녀를 방글방글 웃으며 건너다 보던 미소가 입을 열었다.

"특별한 일이 없는 한 부회장님은 격주로 화요일, 목요일마다 친분 있는 분들과 사교모임을 가지죠. 원만한 인간관계를 증명하기 위한 대외활동. 말하자면 그것도 업무의 연장이에요."

머릿속으로 바쁘게 달력을 짚어가던 지란은 그제야 뭔가를 깨달았는지 입을 딱 벌렸다.

"앗!"

"이제 알겠지요? 오지란 씨는 그중 목요일 모임에 초대되는 분이에요. 화요일은 다른 분이었는데, 2주 전에 이렇게 쫓아와 저한테 미친 사람처럼 소리 지른 걸 부회장님한테 딱 걸리는 바람에 바로 정리당했어요. 이제 이해가 가시나요?"

"아……."

미소는 부드럽게 웃으며 마치 브리핑이라도 하듯 딱딱한 어조를 이어갔다.

"잔인하게 들리겠지만, 최고급 실크 타이, 고가의 손목시계, 다이아몬드가 박힌 커프스링크 같은 것과 마찬가지예요. 옷매무새를 완성하기 위한, 또는 남에게 과시하기 위해 착용하는 액세서리. 부회장님에게 있어서 여자란 바로 그런 존재죠. 꾸밀 땐 좋지만 생활할 때나 잘 땐 귀찮기 짝이 없는 액세서리 말이에요."

"무슨……!"

"제가 모셨던 지난 9년간 부회장님은 단 한 명의 여자도 사귀지 않았어요. 물론 스캔들이야 한두 건도 아니었지만, 그중 누구와도 잠자리를 하거나 사귀지 않았다는 건 다른 누구보다 내가 더 잘 알아요."

"마, 말도 안 돼. 그런 남자가 있을 리가……."

지란이 웅얼거리며 의심스럽게 바라보자 미소는 방글방글 웃으며 못 박았다.

"나랑 사귀는 거 아니에요."

"혹시……!"

"게이 아니에요."

"아니 그럼 도대체……."

"이유가 뭐냐고요? 그걸 아직도 모르겠어요?"

지란이 멀뚱멀뚱 쳐다보는 가운데 미소는 여전히 방글방글 웃는 중이다.

"금세기 최고의 나르시시스트시잖아요. 뭐가 모자라겠어요? 무엇 하나 빠지는 곳 없이 저렇게나 완벽하신데 자기 자신 외에 눈에 들어오는 사람이 있기나 하겠어요? 너희들 따위가 어딜 감히."

"더헉!"

충격 제대로 받은 듯 지란이 도무지 말을 못 하자 미소는 조용히 덧붙였다.

"이렇게 오르지 못할 나무는 애초에 올려다보지도 않는 게 좋아요. 지금 대학교 졸업반?"

"아니요, 3학년이요. 작년에 학고 맞아서 꿇었거든요."

"아니, 학사경고라니! 아무리 아버지가 부자고 철이 안 들었대도 그러는 거 아니에요. 사립대 한 학기 학비가 얼만데. 그 돈이 없어서 대학도 못 가고 허리 디스크 밀려나가도록 고생하면서 일하는 사람이 수두룩한 세상에 어떻게 그러고 살 수가 있어요? 양심도 없어, 정말. 볼기짝 좀 맞아야겠네."

"어, 언니……."

"남자 사귀는 것도 그래요. 돈 많고 화려해 보이면 덥석 물 생각 말고 신중하게 잘 봐가면서 만나라고요. 부회장님이 그런 쪽으로 관심이 없었기에 망정이지, 변태 같은 놈이었으면 어쩔 뻔했어요? 세상에서 제일 소중한 건 자기라는 것도 몰라요?"

감동한 지란이 저도 모르게 눈시울을 붉히자 미소는 그녀의 어깨를 툭툭 두드려주고 방글방글 웃었다.

"아무리 외롭고 힘들어도 정신만 바짝 차리면 뭐든지 할 수 있어요. 그러니까 앞으로 힘내서 열심히 살아요. 공부도 열심히 하고. 공부도 다 때가 있어서 한번 놓치면 힘들더라고요."

"아, 네. 고맙습니다, 언니. 흑."

"파이팅!"

"네, 네, 언니도 퐈이팅!"

"용건 끝났으면 이제 슬슬 가줄래요? 마스크팩 마르기 전에 얼른 붙여야 하는데."

"아, 그럼요. 시간 뺏어 죄송해요, 언니. 그리고 가끔 생각나면 놀러 와도 되지요?"

"미안하지만 곧 이민 갈 거라서. 오지 마세요."

방글방글 웃는 미소의 얼굴과 어째 알쏭달쏭한 말에 고개를 갸웃거린 지란은 어쨌든 허리를 숙이고는 집을 나갔다.

"오늘 징짜 고마웠어요, 언니."

"별말씀을."

"그럼, 안녕히 계세……."

인사가 다 끝나기도 전 현관문을 쾅 닫은 미소는 여전히 방글방글 웃는 얼굴로 중얼거렸다.

"어쩜 이렇게 하나같이 한 달을 못 버티시나 몰라. 잰 좀 더 버틸 줄 알았는데 아쉽네. 그나저나……."

방으로 돌아와 생각에 잠긴 미소의 얼굴에서 어느새 웃음기가 사라졌다.

「김 비서가 갑자기 그렇게 그만둬버리면 내가 불편하잖아! 연애까진 해줄 테니까, 일은 계속해.」

「금세기 최고의 나르시시스트. 자기 자신 외에 눈에 들어오는 사람이 있기나 하겠어요? 어딜 감히.」

"바람둥이보다 더 못한 인간인데 뭐가 좋아서 다들 저렇게 안달이람. 그런데……."

한숨을 길게 내쉰 미소는 거울에 비친 얼굴 여기저기를 뜯어보다 마스크팩을 붙이며 힘없이 중얼거렸다.

"내 기분은…… 왜 이렇게 안 좋은 거냐."

열정이 떠난 자리, 까인 남자 1인

8379

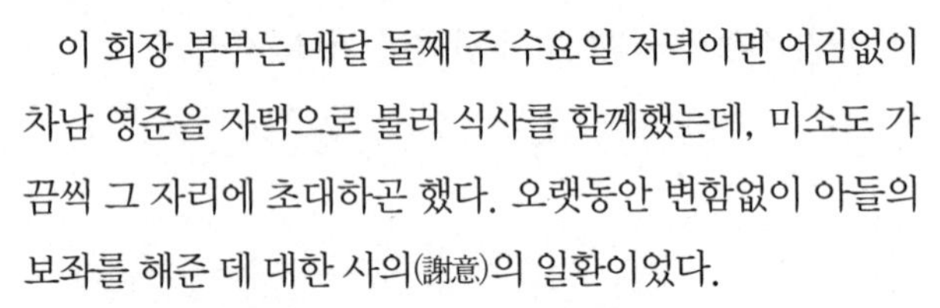

이 회장 부부는 매달 둘째 주 수요일 저녁이면 어김없이 차남 영준을 자택으로 불러 식사를 함께했는데, 미소도 가끔씩 그 자리에 초대하곤 했다. 오랫동안 변함없이 아들의 보좌를 해준 데 대한 사의(謝意)의 일환이었다.

화기애애한 분위기에서 식사를 마친 후, 부자(父子)는 회사 돌아가는 이야기를 나누기 위해 평소처럼 2층 서재로 자리를 옮겼다.

본격적으로 대화를 시작하기 전 소파에 앉아 찻잔을 기울이던 이 회장은 영준의 붉은색 실크 타이를 뚫어져라 쳐다보았다.

언제 봐도 나무랄 데 없이 훌륭한 저 타이 매듭은 아까 식사를 마치고 자리에서 일어서며 미소가 다시 한 번 손봐준 것이다. 몸에 밴 의전비서 습관은 이런 사적인 자리에서도 버릴 수가 없는지, 미소가 영준의 옷매무새를 고쳐주는 장면을 목격한 것은 이번이 처음이 아니었다. 그렇지만 오늘따라 유독 그 모습이 이 회장의 눈에 밟혔다.

어쩌면 낮에 들었던 소식 때문인지도 몰랐다.

"타이는 늘 그렇게 미소가 매주니?"

이 회장의 뜬금없는 질문에 영준은 차분한 어조로 대답했다.

"특별한 일이 없으면 거의 김 비서가 맡아서 해줘요."

"그렇구나. 언제부터?"

"언제부터……."

어라. 그러고 보니 언제부터였지?

영준은 눈을 동그랗게 뜨더니 다소 당황한 듯 찻잔을 테이블에 내려놓았다.

찰랑거리는 녹차의 연두색 수면이 잔잔해질 무렵, 꽤 오래전 일이 떠올랐다.

❦✣✣✣❦

누구에게나 유독 감이 잘 맞는 날이 있기 마련이다. 영준에게 있어선 그날이 딱 그런 날이었다.

젖살이 미처 다 빠지지도 않은 갓 스무 살 여사원의 양 볼엔 익숙지 않은 맥주 두 잔의 여파가 분홍빛으로 남아 있었다. 회식시간 내내 그의 눈길을 잡아끌며 어서 확인해보라고 부추긴 건 흔치 않게 왼쪽 뺨에만 깊게 패는 그녀의 볼우물이었다.

"이름이 뭐예요?"

"김미소입니다."

그걸로 영영 끝인 줄만 알았는데 결국은 다시 만났구나. 인연이란 대체 뭔지 그저 신기하기만 했다.

하지만 반가움도 잠시였다.

"김미소 씨. 나 알지요?"

"네."

"그래요? 내가 누군데요?"

"회장님 아드님이요."

방글방글 웃고는 있었지만 미소는 잔뜩 겁에 질려 있었다. 창백한 안색이라든지 경직된 입술, 주먹을 꼭 쥔 채 벌벌 떨고 있는 몸이 그걸 여실히 드러내고 있었다.

회장 아들을 맞닥뜨려 긴장한 것 같진 않았다. 그녀는 줄곧 화장실 입구를 힐끔힐끔 곁눈질하고 있었는데, 그 시선 끝에 거미 한 마리가 열심히 거미줄을 뽑아내고 있었다. 거미가 가느다란 한 줄에 의지한 채 아래로 주욱 내려오자 그녀는 소스라치더니 부자연스럽게 고개를 돌려버렸다.

거미라.

기억하지 못하는 게 내심 서운했지만, 오히려 기억하지 못해 다행이기도 했다.

"어? 혹시…… 아니신가요?"

"아니, 맞아요."

올려다보던 미소의 입술 끝이 파르르 떨렸다. 불편하지 않은 척하려 억지로 웃는 게 아이러니하게도 몹시 불편해

보였다.

“일은 할 만해요?”

“으음…… 네에. 이달 말에 그만둬야 하는 것만 빼면요. 임시파견직이라서요.”

“다른 데 갈 곳은 있어요?”

“에에, 뭐, 형편이 어려워서 어떻게든 해야 하니까…….”

몹시 서투른 색조화장과 어색한 길이의 단발은 계속해서 이어지는 대답만큼이나 어색했다. 누구에게서 물려 입은 듯 헐렁하고 낡은 정장과 앞코가 다 닳아 가죽이 하얗게 일어난 구두를 착용하고 있던 미소는 이른 사회초년생이 아니라 꼭 갓 태어난 사슴처럼 보였다.

아무것도 몰라서 모든 게 다 두렵고 어색하고 싫은데 그래도 허허벌판에서 태어난 게 죄라 어떻게든 힘없는 다리로 땅을 딛고 일어나 도망쳐야만 하는 심정, 사자에게 잡아먹혀 죽지 않기 위해 미약한 힘이나마 다 짜내서 달려가야만 하는 그런 절박한 심정이 그때의 그녀에게서 고스란히 전해져왔었다.

당시 영준에겐 2년간의 해외출장 동안 개인업무와 의전을 담당해줄 비서가 당장 필요했다.

마음은 여전히 오래전 그곳에 그대로 묶인 채 나오지 못하고 있는지, 젊은 여자는 죽어도 싫어 남자 비서를 찾고 있던 중이었다.

하지만 같은 젊은 여자라 해도 미소만큼은 괜찮을 것 같았다. 경첩에 녹이 슬어 잘 닫히지 않는 나무문을 사이에 두고 여자는 저쪽에, 미소는 이쪽에 있었기에 아무 거부감 없이 미소를 받아들인 건지도 몰랐다.

영준은 곧장 총무부의 비서 한 명에게 사례를 한 뒤 파견 업무 종료를 앞두고 있는 미소에게 자신의 해외수행비서 정규직 채용에 응시하게 부추기도록 했고, 그녀는 아무 의심도 없이 서류를 제출한 후 착실하게 면접에 응했다.

갑작스럽게 어려워진 가정형편이 아니라면 취업 같은 건 생각지도 못했던 듯 미소의 이력서엔 그 흔한 워드 자격증조차 올라 있지 않았다. 생뚱맞게 첨부된 수능성적표 원본, 정성스럽게 쓰긴 했지만 폭소를 유발하는 자기소개서는 아무에게도 보여주지 않고 혼자서만 봤다.

면접 시 미소에게 건넸던 질문은 '꿈이 뭐예요?'가 다였다. 그때 그녀에게서 건너온 패기 넘치는 대답은 '네! 현. 모. 양. 처. 입니다!'였다.

웃겨 죽을 것 같은데 웃지는 못했다. 너무 진지한 데다 잔뜩 긴장해 있는 미소가, 그가 웃으면 괜히 울음이라도 터뜨리지 않을까 걱정됐기 때문에.

그렇게 교과서 외의 세상에 대해 아는 것보다 모르는 게 더 많은 듯 보이던 그녀를 개인비서로 채용했다.

사실 미소가 처음부터 일을 잘했던 건 아니다. 아무리 절박하더라도 능력 밖의 일에까지 초인적인 힘을 발휘할 수는 없는 법이니까.

미국 지사에 출근한 지 일주일째 되는 날이었다. 중요한 디너 스케줄 하나가 펑크 났다. 그녀가 현지 담당비서에게서 드레스코드를 잘못 전해 듣고 실수하는 바람에 일어난 일이었다.

집으로 돌아와 불같이 화를 내자 그녀는 그때까지 방글방글 웃고 있던 얼굴을 싹 굳히고 눈물이 그렁그렁한 눈으로 한참이나 쳐다보다 갑자기 마구 소리를 질러댔다.

"나보고 어쩌라고요! 다들 왜 나한테만 그래! 내가 무슨 슈퍼우먼이에요? 전무님은 그렇게 잘났어요? 뭐든지 다 알아요? 전무님은 생전 실수도 안 해요?"

향수병 때문인지 아니면 익숙지 않은 환경에 여기저기서 치이다 지친 건지는 몰라도, 펄펄 날뛰며 대드는 그녀는 꼭 벼랑 끝에 매달린 사람 같았다. 확 놔버릴까? 아니, 놓으면 떨어지는데. 그치만 팔이 아파. 그냥 놓고 편해지는 게 낫지 않을까?

어려운 문제, 아니, 애초에 잘못 나와 답도 없는 문제를 눈앞에 두고 고민하는 사람 같았다.

그 모습이 너무나 위태롭고 안쓰럽고…… 거울을 보는 듯 지독하게도 낯익었다.

막다른 골목에 몰렸을 때 사람을 일으키는 건 뭘까. 위로? 따뜻한 격려?

아니, 그럴 때 가장 아드레날린을 분출시키는 건 오기다. 오랜 경험으로 체득한 노하우였다.

"그래. 난 실수 안 해. 뭐든지 잘 알아. 난 그렇게 잘났어. 아니꼬워? 그럼 너도 제대로 해. 잔소리 듣기 싫으면 나처럼 잘나보라고!"

혈기왕성했던 시절이었다. 지금 같으면 그런 식의 표현 말고도 좀 더 부드럽게 전달할 수도 있었을 텐데.

"전무님 그거 알아요?"

"뭘."

"님 진짜 드럽게 재수 없어요. 난 살다 살다 전무님처럼 자뻑에 맛탱이 제대로 간 인간 처음 봤다니까."

"앞으로도 쭈욱 보게 될 거다."

"미쳤냐 내가? 안 봐! 안 본다고! 나 그만두고 한국 들어갈 거니까 다른 사람 구해다 써, 이 재수탱이야!"

반말에 욕설까지 찍찍 일삼은 미소는 방문을 뻥 걷어차고 그대로 휭 내빼버렸다.

그리고 다음 날 새벽 5시에 재깍 출근해 다소곳이 두 손을 모으고 배꼽인사를 했다.

"무슨 짓이든 하겠습니다요. 한 번만 살려주십시오, 전무님."

"내가 언제 죽인댔어?"

그 소리에 눈물을 닦아내고 한숨을 길게 내쉰 후 도로 방글방글 웃는 미소의 얼굴은 밤새도록 울었는지 퉁퉁 부어 있었다.

바로 그날부터였다. 그녀가 정성스럽게 타이를 매주기

시작한 건.

❦✣✤✣❦

"쿨럭쿨럭, 아이고오, 나 죽네에에에."

인삼차를 잘못 들이켜 죽겠다고 기침을 하는 이 회장 덕분에 상념에서 깨어난 영준은 곧장 일어서서 아버지의 등을 툭툭 두드려주었다.

"천천히 드시지 뭐가 그리 급하세요?"

"크흠. 그러게 말이다. 정작 급한 건 따로 있는데."

"뭐가요?"

"흠흠. 너, 다시 좀 앉아봐라."

자리에 앉은 영준은 이어진 이 회장의 말에 표정을 딱 굳혔다.

"미소가 그만둔다며?"

"소식 참 빠르네요."

"흠흠."

할 말이 있으면 괜히 눈치를 보며 어색하게 헛기침을 하는 건 이 회장의 오랜 습관이다.

"말씀하세요, 아버지."

"결혼은 정말 안 할 셈이냐?"

"죄송합니다."

"이 애비가, 쿨럭! 죽기 전에 손주 한번, 쿨럭! 으흑, 내가 전생에 뭔 죄를 지었기에 이렇게 아들 둘 있는 것들이 하나같이, 쿨럭쿨럭!"

한숨을 길게 내쉰 영준이 시선을 창밖으로 돌려버리자 이 회장은 아들이 또 구렁이 담 넘어가듯 자리를 피하기 전, 하고자 하는 말을 재빠르게 기침 사이에다 슬쩍슬쩍 끼워넣었다.

"난, 쿨럭! 며느리 조건 같은 거 안 따지는데, 쿨럭! 절대로 안 따지는데! 쿨럭쿨럭!"

자리에서 벌떡 일어난 영준은 옷매무새를 고친 후 걸음을 옮겼다.

서재 문을 열고 밖으로 나서던 순간, 이 회장이 그를 불렀다.

"참, 영준아."

"네."

"네 형이 곧 들어온단다."

"아, 그래요?"

"따뜻하게 맞아주자꾸나."

"무슨 그런 당연한 말씀을 하세요."

돌아보지 않은 채 기계적으로 대답하는 영준의 얼굴엔 어느새 씁쓸한 미소가 어려 있었다.

영준의 모친인 최 여사는 환갑을 진작 넘긴 나이임에도 여전히 아름답고 팽팽한 외모의 소유자였다. 다정다감하고 인자한 그녀는 미소에게 있어선 현모양처의 롤모델이었다.

영준이 내려오기를 기다리는 동안 미소는 최 여사와 응접실에서 티타임을 가졌다.

“오늘따라 이야기가 길어지는 모양이네. 우리 미소, 기다리기 지루해서 어쩌지?”

이 회장 부부는 오랫동안 영준을 보좌했던 미소를 언젠가부터 막내딸 대하듯 이름으로 불렀다. 주변에 그리 흔한 일은 아니었기에 부담스럽긴 했지만 그래도 친근한 기분이 들어 나쁘진 않았다.

“아니에요, 사모님이랑 오랜만에 이렇게 앉아 말씀 나누니 좋기만 한걸요.”

“그래? 아유, 우리 예쁜 미소가 좋다니 영광인걸.”

입을 가리고 호호호 웃는 최 여사에게서 어딘지 모르게 불편한 느낌이 전해져온다 싶었더니, 아니나 다를까, 진짜 불편한 질문이 건너왔다.

“그런데…… 미소 그만둔다고 했다며?”

“아, 네.”

“왜애? 우리 영준이가 까다롭게 굴어서?”

“그런 거 아니에요.”

“그럼?”

“그냥요.”

“그냥은 무슨 그냥? 갑자기 이유가 뭔데?”

"음. 저도 이제 슬슬 시집갈 준비 해야죠."

그 말이 미처 끝나기도 전, 최 여사가 화들짝 놀라며 찻잔 손잡이를 놓쳤다. 뜨거운 차가 테이블로 확 쏟아졌고, 찻잔은 최고급 카펫에 떨어져 뒹굴며 보기 흉한 얼룩을 남겼다.

"앗, 사모님! 괜찮으세요?"

데이진 않았는지 최 여사의 손을 살핀 미소는 재빨리 몸을 숙이고 상황을 수습했다.

그때까지도 멍하니 있던 최 여사는 뒤늦게 정신이 들었는지 미소의 손목을 붙들고 늘어지며 다급하게 물었다.

"잠깐! 미소, 우리 영준이랑 사귀는 거 아니었어?"

"네에? 아, 아니에요, 사모님! 절대! 절대로 아니에요!"

미소가 얼굴을 확 붉히며 정색을 하고 부정하자 최 여사의 안색은 조금 더 어두워졌다.

"아아! 그럼, 따로 애인이 있었구나!"

"아, 아니요. 그런 거 아니에요."

"그런 게 아닌데 시집이라니?"

"이제 좀 쉬면서 사람도 만나보고, 때 놓치기 전에 얼른 갈까 해서요."

"그…… 그렇……, 아이, 어지러워……."

최 여사가 갑자기 관자놀이를 문지르며 휘청거리자 미소는 얼른 그녀를 부축했다.

"사모님, 괜찮으세요?"

"아, 응. 괜찮아. 조금 놀라서……."

미소가 따라주는 물을 마신 후 한동안 정신을 차리려 애를 쓰던 최 여사가 조심스럽게 입을 뗐다.

"저기, 이건 내가 개인적으로 묻는 거니까 절대 오해하지 말고, 혹시라도 영준이한테 말 옮기지도 말고, 응?"

그녀가 무슨 소리를 하려는 건지 전혀 알 수 없었던 미소는 얼떨떨해하며 고개를 주억거렸다.

"네."

"저기…… 그러니까, 우리 영준이가 혹시…… 게, 게, 게, 게……. 읍읍."

최 여사는 '게이' 소리를 끝까지 못하고 입을 가린 채 고개를 숙여버렸다.

"회장님은 바쁘기도 하고 몸도 안 좋고 해서 눈여겨보시진 않았던 모양인데, 영준이 그 애가 이런저런 모임에 데리고 다니는 여자애들은 애인도 뭐도 아니야. 그저 남에게 보이기 위한, 으음, 뭐랄까. 액세서리 같은 거. 그렇지? 맞지?"

나이스, 사모님, 정답! 역시 어머니는 위대하다. 미소는 저도 모르게 힘차게 고개를 끄덕였다.

"아니, 그래서 난 당연히 너희 둘이 사귀는 줄 알았지 뭐니. 그런데 그것도 아니었다니……. 그렇다면 우리 영준이는 역시 게…… 읍이 확실한 건가."

미소는 차마 거기다 대고 당신 아들은 게이가 아니라 '거울 속 자신 외엔 누구도 사랑할 수 없는, 손쓸 도리 없는 나르시시스트'라고 할 수가 없었다.

"걱정하지 마세요, 사모님. 부회장님 게이 아니에요. 오랫동안 지척에서 모셔왔으니 제가 누구보다도 잘 알아요. 돌아가신 저희 엄마 무덤에 대고 맹세할 수 있어요."

"정말?"

반색하며 고개를 든 최 여사는 또 한 번 불편한 기색을 내비쳤다.

"그럼, 저기……."

"말씀하세요, 사모님."

한동안 무지하게 불편한 침묵이 내려앉은 후 최 여사가 말문을 뗐다.

"우리 영준이 말이야. 미소가 보기엔 어때?"

의도하는 대답이 뭔지 알 순 없었지만 아들 욕을 듣고 싶어 하는 엄마는 세상에 없을 테니까.

"부회장님이야 뭐, 말하자면 입 아픈 최고의 남성이시죠. 외모, 능력, 매력, 성……격, 뭐 하나 빠지는 곳이 없는데요."

"그, 그렇지? 내가 봐도 좀 그렇긴 해."

"아, 크흠. 네."

"그럼, 우리 영준이 말인데……."

또다시 뜸을 들이던 최 여사가 덧붙인 말에, 이번엔 미소가 극심한 현기증을 일으켰다.

"미소 신랑감으론 어때?"

❦ ✣ ✤ ✣ ❦

집으로 돌아가는 길, 차 안은 내내 정적에 휩싸여 있었다. 운전 중인 영준도, 조수석에 앉아 창밖을 내다보고 있는 미소도 모두 각자의 생각에 빠져 있었기 때문이다.

"무슨 생각을 그렇게 해?"

"그냥요."

미소가 처음 영준을 만났을 때, 그는 스물네 살에 벌써 모든 것을 다 이룬 남자였다.

비단 금숟가락을 물고 태어난 것 때문만은 아닐 것 같았다. 당당하고 거리낌이라곤 하나 없는 그 모습과 태도는 제가 가진 것에다 피나는 노력을 더 보탠 결과물로 보였다. '나는 하나도 남김없이 다 쏟아부었어. 그러는 넌?' 하고 묻는 것만 같았다. 그 자신감이 그렇게 부러울 수가 없었다.

수능성적표를 손에 쥐고 추운 거리로 쫓겨난 날 이후 미소에게는 묘한 습관이 생겼다. 바로 억지로 웃는 것이다.

학교를 벗어난 지 일주일, 아니 단 하루 만에 깨달을 수 있었다. 교과서에서 배웠던 건 적어도 여기선 아무 쓸모가 없다는 것을.

아르바이트를 하면서 그녀가 만났던 사람들은 너무나

이상했다.

편의점에서 일하던 중 외국인이 들어오자 젊은 남자 사장은 잽싸게 그 자리를 피했다. 간단한 영어회화도 못 했던 그는 첫 알바비를 주던 순간 '월급 타면 원래 한턱 쏘는 거야.'라며 억지로 만 원을 뺏어가 근처 분식집에서 간식거리를 사왔다. 그날 먹은 떡볶이와 순대는 더럽게 쓰고 맛없었다.

PC방 야간아르바이트는 한 살 연상인 여학생과 함께했는데, 그녀는 덧셈 암산도 제대로 못 해 한참이나 계산기를 찾아다녔다. 처음엔 장난하는 줄로만 알았다. 그랬던 그녀는 먼저 들어온 텃세를 제대로 부렸다. 먹다 남은 음식찌꺼기들, 더러운 재떨이, 막힌 화장실 청소하기 등, 제가 하기 싫은 일을 모두 미소에게 몰아주었다. 싫다고 하면 피우던 담배를 눈앞에다 흔들어대며 '눈 깔아, 이년아.'라고 했다.

그들뿐만이 아니었다. 미소를 둘러싼 주위의 모두가 이상했다. 너무 쉬운 걸 모르는 사람도 태반이었다. 중학 수준의 영어단어를 모르는 사람도 있고, 심지어 인수분해 기본공식도, 신라가 삼국통일을 한 때가 언제인지를 모르는 사람도 있었다. 그중 수능 상위 1퍼센트, 내신 1등급, 전교 1등을 매번 놓치지 않았던 사람은 어디에도 없었다.

난 저 사람들보다 훨씬 더 공부도 잘하고 성실했는데 왜 이렇게 살아야 하지? 저 사람들 놀 때 열심히 공부했는데 왜 이렇게 됐지?

그런 생각에 골몰하다 보니 머리가 점점 굳어가는 것만 같았다. 학교에서 공부만 하느라 아무것도 모르고 세상에서 제일 잘났다고 자만했던 자신, 그리고 자기보다 훨씬 못하다고 생각한 사람들 아래에 있는 자신.

너무나 억울했다.

그 억울함을 누르기 위해 미소가 택한 해결안은 웃는 것이었다. 더럽고 치사하고 화가 날 때도, 암울한 상황에 슬플 때도, 이유 없이 짜증이 날 때도 그냥 웃었다. 그렇게 하지 않으면 정말 매일매일 화내고 울고 짜증을 낼 것 같아서. 화내고 울고 짜증내다 아르바이트 잘리면 안 되니까. 언니들이 빨리 의사면허를 따 돈을 벌 수 있을 때까진 속상해도 어떻게든 참고 버텨야 하니까.

그렇게 겉으로 웃으며 속으론 점점 더 비뚤어져가고 있었다.

그걸 제대로 깨뜨려줬던 사람이 바로 영준이었다.

뭐 이런 사람이 다 있나 싶었다.

모르는 게 없었다. 해외에 나가기 전에 기본적인 건 갖추어야 한다며 공부시키는 것도 정말 이 갈릴 정도로 혹독했다. 입시 공부도 그렇게 코피 쏟아가며 한 적이 없었는데 말이다.

처음엔 돈이 목적이었지만 다음엔 따라잡고 싶었다. 1등을 놓쳐본 적 없었다는 자존심에 악착같이 달라붙었다.

그렇지만 아무리 해도 영준은 늘 미소의 머리 위에 있었다. 도저히 따라갈 수가 없었다.

노력해도 절대 따라갈 수 없는 사람. 그렇지만 좌절하거나 포기하고 싶은 생각은 들지 않았다. 우습게도, 그가 그냥 잘난 게 아니라 '너무' 잘났기 때문이다.

영준이 아무리 힘든 일을 시켜도 몸은 힘들지언정 그 전처럼 억울하지는 않았다. 적어도 자신보다 훨씬 더 나은 사람 밑에서 고생하는 거니까 기분이 덜 더러웠다.

어쩌면 그렇게 말도 안 되는 비겁한 이유로 현실과 타협했던 건지도 몰랐다.

그러나 미국 현지생활 일주일 만에 고비가 닥쳤다.

해외에서 정식으로 비서실무를 맡아 해본 적이 없었던 미소였기에 의전이나 스케줄 정리 같은 데서 실수가 잦을 수밖에 없었다. 다행히 영준은 작은 실수는 그냥 넘어가주는 눈치였기에 그녀는 고마운 마음으로 더 열심히 하려고 노력하고 있었다. 그런데 큰일이 터졌다.

중요한 인사(人士)에게서 디너 초대를 받았는데, 현지 비서와 커뮤니케이션이 미흡했던 듯 드레스코드를 잘못 잡았다. 가져간 옷은 캐주얼 정장이었는데, 턱시도를 입어야 하는 자리였다. 다시 옷을 가지러 가기엔 시간이 촉박해 결국 식장에 들어가지도 못하고 돌아올 수밖에 없었다.

불같이 화를 내는 영준의 얼굴 위로 그간의 일들이 스쳐 지나갔다.

너무 피곤했다. 한국에, 집에 가고 싶었다. 이 어린 나이에 돈 벌겠다고 나와 이 고생을 하는데 이게 다 누구 좋으라고 하는 일인지 너무 억울했다. 눈앞에서 그녀의 실수를 조목조목 짚어가며 꾸지람을 하는 그 매끈한 면상에다 후련하게 어퍼컷을 날린 뒤 다 때려치우고 어딘가로 도망치고 싶었다. 답 없는 제 인생이 너무나 갑갑하고 한심했다.

그래도 끝까지 참았어야 했는데, 순간 눈이 뒤집힌 미소는 똑같이 소리 높여 영준에게 대거리하고 말았다. 어쩌다 욕설도 내뱉었던 것 같다. 맘속에 있는 걸 시원하게 다 쏟아낸 후 그대로 도망쳤다. 어쩌면 아무 상관도 없는 그간의 화풀이까지 그에게 다 했던 건지도 몰랐다.

그러나 후련함도 잠시뿐.

숙소로 돌아간 후, 미소는 그제야 자기가 무슨 짓을 저질렀는지 깨달을 수 있었다.

그녀가 돈을 벌지 못하면 언니들은 학교를 쉴 수밖에 없었다. 그럼 언니들이 빨리 졸업하고 의사면허 따서 목돈으로 빚을 팍팍 갚겠다는 계획도 물거품이 되는 거다. 이 짓을 얼마나 더 오래 해야 할지 도저히 계산이 안 나왔다.

거기다 적반하장도 유분수지, 실수를 저지른 건 명백히 그녀인데 오히려 더 화를 낸 것 같아 너무나 미안했다. 다시 영준을 볼 면목이 없었다. 자존심 강한 남자니 분명 해고통보를 할 것만 같았다.

어떡하지, 어떡하지, 불안해서 벌벌 떨고 있던 중 휴대전화로 문자메시지 하나가 도착했다. 발신인은 영준이었는데 도저히 확인할 수가 없었다.

내일부터 나오지 말라고 하면 어떡하지, 잘린 거면 어떡하지. 용기가 없어 한쪽 눈을 감은 채 한쪽 눈으로 슬쩍 휴대전화를 곁눈질한 미소는 저도 모르게 눈물을 쏟아내고 말았다.

[감히 나한테 대든 그 근성만은 인정. 내일은 5시까지 출근해.]

그길로 미소는 밤새 울면서 타이 묶는 방법을 익혔다. 그렇게라도 미안하고 고마운 마음을 표현하고 싶었다.

새벽같이 건너간 그녀가 완벽한 손길로 타이를 매주자, 영준은 무척 만족스레 씩 웃기만 할 뿐 아무 말도 하지 않았다.

웃는 얼굴이 참 매력적이라고 생각했다. 비웃는 듯 보일 정도로 한쪽 입꼬리만 살짝 당겨올리는 게 왠지 멋있어 보였다. 타이를 매주기 위해 가까이 다가갔을 때 맡은 체향에 가슴이 두근거리고 얼굴이 화끈거리는 건 밤새 울었기 때문인 줄 알았다.

그래. 그러고 보니 그런 시절도 있었구나.

하도 오래전 일이라 까맣게 잊고 있었다.

"아까 어머니랑 꽤 오랫동안 이야기하는 것 같던데."

옛 생각을 하다 화들짝 놀란 미소는 주위를 두리번거렸다. 어느새 영준의 차는 미소의 집 앞에 도착해 있었다.

영준의 풋풋했던 얼굴은 어느덧 무척 남성다운 이미지로 탈바꿈해 있었다. 하루하루는 그렇게 길었는데 9년이란 세월이 이렇게 훌쩍 지나가버렸나 싶어 뭐라 말할 수 없는 기분이었다.

"예에, 좀."

그녀가 평소답지 않게 어물어물 얼버무리자 그는 심각한 표정으로 운전대를 툭툭 치며 물었다.

"뭐라고 하셔?"

그제야 뒤늦게 정신이 번쩍 든 미소는 무릎 위의 손을 오므려 야무지게 주먹을 쥐고 단호하게 말했다.

"저기요, 부회장님."

"응."

"언제까지 면접 퇴짜 놓으실 거예요?"

"무슨 소리야?"

"지금 일주일째 일부러 퇴짜 놓고 계시잖아요."

"아닌뒈. 진쫘 매음에 앤 들어서 그러는 건뒈."

입술을 쭉 내밀고 약 올리듯 대답하는 영준의 얼굴은 꼭 초딩 같았다. 아아, 9년 전의 그는 재수 없긴 해도 꽤 괜찮은 남자였는데 어쩌다 이렇게 변했을까.

"지난주에 오지란 씨가 제 집으로 찾아왔었어요."

"뭐? 언제."

"부회장님이 오셔서 헛소리하신 바로 직후에요."

"헛소리라니, 해도 너무하는군. 다음 모임부턴 부르지 마."

"그러지 않아도 벌써 제 선에서 잘랐어요."

"잘했어."

"어쨌든 오지란 씨뿐이 아니에요. 지금껏 부회장님한테 눈독들이던 다른 여자분들도 모두 부회장님하고 제가 그렇고 그런 관계인 줄로만 알고 있더라고요."

"그래?"

영준은 아무렇지도 않게 창밖을 내다보고만 있다.

"아무래도 너무 오랫동안 같이 있었던 것 같아요."

"우리 중에 그걸 모르는 사람이 어디 있어?"

"그 뜻이 아니잖아요. 제가 드리려는 말씀은, 충분히 오해 살 만하지 않느냐 이거예요. 오늘은 부회장님 어머님까지 그런 말씀을 하시더라고요."

"음."

여전히 무덤덤한 반응.

미소는 마침내 참지 못하고 빽 소리를 질러버렸다.

"'음.'이 아니라니까요! 그건 사람들이 저를 부회장님 정부라고 생각한단 말이잖아요! 이건 진짜 심각한 문제예요!"

"김 비서가 언제부터 그렇게 남들 이목 신경 쓰고 살았어?"

"호랑이 담배 피우던 시절부터요!"

투덜거리는 미소를 힐끗 쳐다본 영준은 깊은 생각에 잠겼다. 결혼이란 어차피 서류놀음에 지나지 않는다. 서류놀음. 젠장. 그깟 거 뭐라고. 못 할 거 뭐 있나? 결혼을 한다 해도 어차피 이 생활에 변화는 없다. 매일 아침 미소의 손길을 거쳐 출근, 미소와 업무, 미소와 퇴근. 달라지는 게 있다면 미소와 함께 잠자리에 든다는 것뿐.

잠자리.

영준의 미간이 살짝 좁아졌다.

뭐, 괜찮지 않을까. 어쩌면 그 지긋지긋한 악몽도 덜어줄지 모르는 일이니, 걸어봐도 좋지 않을까. 김미소라면.

이제껏 명확하지 못한 가정(假定)에 기대는 건 패배자들이나 하는 짓이라고 여겼던 영준이었다. 그렇지만 지금은 모양 빠지는 것 따져가며 한가하게 굴 때가 아니었다.

이대로 미소를 떠나보낼 순 없었다. 무슨 수를 써서라도 절대 놓치고 싶지 않았다. 그게 편안한 동료에 대한 집착에서든지, 아니면 다른 어떤 이유에서 비롯된 욕심이든지 간에.

"좋아. 그간의 정을 봐서 내가 백보 양보하지."

"뭘요?"

"그렇게까지 결혼을 하고 싶은 거라면 해. 간단하잖아. 서류만 올리고 지금처럼 지내면 되니까."

"무슨 말씀을 하시는 거예요, 지금?"

"결혼하자고. 나랑."

영준이 무섭도록 진지하게 내놓는 말에 미소의 얼굴이 화악 붉어졌다.

"느웨에에에에에?"

한참이나 뻐끔거리며 어쩔 줄을 몰라 하는 그녀를 귀엽다는 듯 바라보던 그가 다시 한 번 또박또박 말했다.

"결혼해줄게."

"아…… 어머, 부회장님……. 전…… 저는 그런 줄도 모르고……. 세상에나, 이걸 어쩌면 좋아."

"왜? 너무 감동적이야?"

곧 울음이라도 터뜨릴 듯한 얼굴로 한동안 영준을 바라보던 미소는 눈을 질끈 감고서 고백했다.

"죄송해요."

"응?"

"그때 제가 드렸던 말씀을 제대로 이해 못 하신 것 같네요. 부회장님은……."

이어진 말에 멍하니 미소의 얼굴을 쳐다보고 있던 영준의 눈동자에서 초점이 사라졌다.

"제 스타일이 아니세요."

"뭐?"

"제 스타일 아니시라고요. 전 첫째도 배려, 둘째도 배려. 배려심 많고 다정한 남자가 좋아요. 결혼은 담뿍 사랑받으면서 하고 싶거든요. 정말 죄송해요."

"김 비서……? 뭐라고? 지금 뭐라는 거야? 내가…… 내가 알아들을 수 있게…… 말을 해봐."

뭔가에 홀린 듯 중얼중얼하는 영준을 똑바로 마주한 미소는 잔인하게도 확인사살까지 감행했다.

"좋은 인연 만나세요."

"어……."

미소가 차에서 홀랑 내려 제집으로 들어가버릴 때까지 영준은 그저 눈을 크게 뜬 채 밀랍인형처럼 굳어 있기만 할 뿐이었다.

악플보다 무플이 무섭다

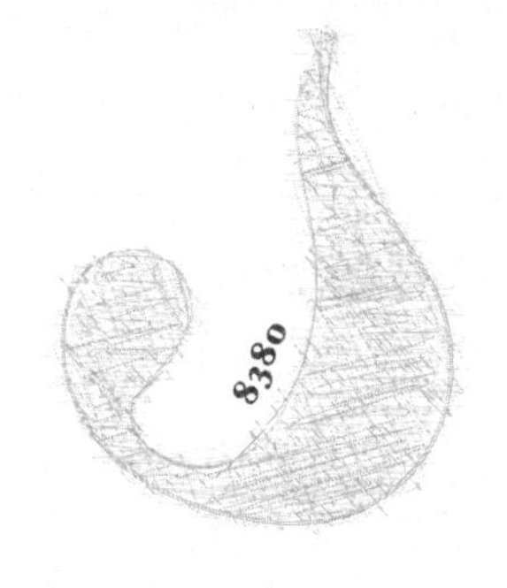

집에 들어와 불을 켜고 책상에다 백을 내려놓는 순간 전화벨이 울렸다.

미소가 받을까 말까 고민하는 동안 전화는 저 혼자 신나게 울리다 그냥 끊겨버렸다.

"휴우."

귀고리를 빼며 습관적으로 창가로 다가간 미소는 원룸촌의 좁고 어두운 골목에 아직도 떡하니 주차되어 있는 영준의 은색 마세라티를 발견하고 가슴이 철렁 내려앉았다. 9년 전 그에게 마구 대들고 도망쳤을 때의 심정이랄까.

그때, 백 속에서 방정맞은 알림음이 울렸다.

– 카톡 왔숑!

귀고리를 책상에 올려두고 휴대전화를 꺼낸 미소는 짤막한 메시지를 확인했다. 말을 걸어온 사람은 익히 예상했던 대로 영준이었다.

[왜 그래?]

[죄송해요. 며칠 전 사귀자고 하셨을 때는 정말 장난치

시는 줄로만 알았어요.]

[아니, 지난 일은 됐고, 내가 김 비서 스타일이 아니라며.]

[거짓말할 순 없잖아요.]

[김 비서 미쳤어? 내가 마음에 안 든다니, 어떻게 그런 인간이 있을 수가 있지? 도대체 내 어디가 마음에 안 드는데? 제정신이야?]

대박. 실화냐. 역시 머릿속에는 온통 제 생각뿐, 남 생각이라곤 눈곱만큼도 없는 사람답다.

[아니, 잠깐. 진정하세요, 부회장님. 그러니까 부회장님이 마음에 안 든다는 게 아니고요. 사실 굉장히 멋진 분이라고 생각해요. 저같이 평범한 여자한테는 과분하다 못해 아주 황송한 분이시죠.]

그건 진심이었다. 솔직히 지난 9년간 그의 비서생활을 하지 않았더라면 감히 쳐다볼 수조차 없을, 저 높은 곳에 있는 사람이었으니까. 여러 의미로.

[그럼 그냥 결혼하면 되잖아.]

응? 어라? 이게 아닌데.

방글방글 웃던 미소의 입술 끝이 뻣뻣해졌다. 할 말이 없어 억지로 웃으며 대화창에다 세미콜론을 마구 쳐 넣는 그녀의 손길은 어느새 가늘게 떨리고 있었다.

[;;;;;;;;;;;;;;; 그러니까, 전 부회장님의 이런 점이 마음에 안 드는 거예요.]

[아깐 마음에 안 드는 게 아니라며. 왜 자꾸 말을 바꿔?]

[아오! 장난치지 마시고요.]

[장난 아닌데. 난 지금 무척 심각하다고.]

[지금 하시는 것 보세요. 부회장님은 항상 혼자서 마음대로 결정하고 명령하면 끝이죠. 명령을 따르는 사람 입장은 전혀 생각지 않으시잖아요.]

옳지. 그간 쌓였던 게 슬슬 다 나온다.

[그래서? 이제 와서 나 때문에 지난 9년간 곤란했다고 시위라도 하겠다는 거야?]

[아니요, 그게 아니라.]

깜박거리는 커서를 한참이나 보던 미소는 입술을 깨물고 다다다다, 손가락을 놀렸다. 카톡은 이래서 편하다. 매일 얼굴을 마주하고도 절대 이야기할 수 없었던 속내까지 다 꺼내놓을 수 있으니까.

[아 네. 솔직히 곤란했어요. 독선적이고 이기적이고 결벽증 가까이 깔끔 떨고 완벽주의자에다가 하루 종일 거울 보면서 자기 모습에 감탄하는 부회장님 모시면서 제가 얼마나 고생했는지 아세요? 그리고 그동안 새벽부터 밤까지 내 시간이라곤 한번 갖지도 못한 채 시키시는 그 일들을 다 해치웠으니 당연히 곤란했죠!!!!!!!!!!!!!!!]

아이고, 후련해. 그걸로도 모자란 것 같아 미소는 문장 끝에다 느낌표를 열다섯 개 꼭꼭 찍어 날려주었다.

답톡이 돌아온 것은 꽤 오랜 시간이 흐른 뒤였다.

[지금 그게 다 내 탓이라는 것처럼 들리는데.]

[그럼 누구 탓이겠어요?]

[싫다고 하지 않았잖아.]

[네?]

[미소가 싫다고 말했으면 그렇게 다 맡기진 않았을 거야. 아, 대리운전만 빼고.]

그러고 보니 영준이 뭔가를 시켰을 때 끝까지 거절한 적은 없었던 것 같다. 고분고분 그저 시키는 대로 일만 했을 뿐. 으음. 그렇게 따지자면 쌍방과실인가. 애매한 접촉사고 피해자의 심경이 이럴까 싶었다.

말문이 막혀 황당한 표정으로 화면만 쳐다보던 미소는 하고 싶은 말을 마음속으로 정리한 후 차분하게 대화창으로 옮겼다.

[뭐, 아무튼 부회장님 말씀대로 지난 일은 됐고요. 아무래도 지친 것 같아요.]

[일은 줄여주겠다고 확실히 약속했어.]

[아뇨, 그게 아니라.]

[그럼 뭔데.]

[전에 말씀드렸던 대로 저는 이제 일도 돈도 다 필요 없고, 그냥 온전히 사랑받으면서 편하게 살고 싶다고요. 목적이 어디에 있든, 프러포즈도 아무 생각도 없이 무슨 선심 쓰듯 생색내면서 하는 거 말고 정말 마음에서 우러나

는, 그런 감동적인 프러포즈 받고 싶고요. 현실이라면 그동안 질리도록 경험했으니 로맨스도 좀 찾아야 하지 않겠어요? 결혼하자고는 하셨지만, 솔직히 로맨스 같은 거 부회장님한테는 절대 무리잖아요. 부회장님 본인과의 로맨스라면 모를까.]

[정말 그렇게 생각해?]

[네. 덧붙여 배려라곤 아메바 눈곱만치도 없으시고요.]

그때, 갑자기 또 다른 메시지가 침입했다.

– 카톡 왔숑!

아아, 이 심각한 와중에 누구냐. 잠시 대화창을 벗어나 확인하니 박유식에게서 메시지가 도착해 있었다.

'박 박사님' 창을 열자 긴장감 제대로 날려 보내주시는 메시지가 떴다.

[미소 비서, 늦은 시각에 진짜 미안한데 나 지금 한창 물살 타고 있는 와중에 하트가 떨어졌거든. 얼른 하나 쏴줘! 쌩유!]

아오! 있는 놈들이 더하다더니, 좀 사서 써라! 그리고 애니팡 유행 지난 지가 언제냐, 이 소신 있는 인간들아!

평소 박 박사의 성격으로 봐서 지금 하트를 보내주지 않으면 영준과의 대화를 계속해서 방해할 게 뻔했다.

다급해진 미소는 서둘러 애니팡 앱을 실행했다.

그새를 못 참고 영준에게서 답톡이 날아왔다.

이 인간들아, 나도 좀 살자! 차근차근 해결해줄 테니까 좀 기다려봐!

하루 종일 바빠 죽는 사람들이라 여유도 없을 텐데 지독한 인간들. 미소의 카톡 애니팡 친구들 중 랭킹 1, 2위를 나란히 차지하고 있는 건 영준과 박 박사였다. 사실, 영준의 저 넘을 수 없는 점수는 미소와의 합작품이긴 했다. 물론 박 박사는 꿈에도 모를 테지만.

다급한 마음에 후다닥 하트를 날린 미소는 영준과의 대화창을 열며 다시 창가로 다가갔다.

그런데 조금 전까지만 해도 골목 어귀에 주차되어 있던 영준의 차는 어느새 떠나고 없었다.

"어? 벌써 가셨네?"

자리가 비어 있는 것을 보니 왠지 휑한 기분이 들며 뭐라 말할 수 없이 가슴이 허전했다.

"이상하다? 왜 갑자……기?"

휴대전화 화면을 보니, 거기엔 도무지 이해할 수 없는 메시지가 남아 있었다.

[이 세상엔 내 앞에서 '배려'에 대한 이야기를 꺼내선 절대 안 되는 사람이 단 두 명 있어. 한 명은 형. 그리고 나머지 한 명이 바로 김미소야. 기억해둬.]

이게 무슨 뜻인지는 둘째 치고…….

사고가 터졌다.

한창 심각한 대화 나누던 중 그가 갑자기 차 몰고 떠난 이유가 이제야 이해됐다.

"아……악? 나, 방금 누구한테 하트 보낸 거야?"

❦✣❦✣❦

끼이익, 끼이익.

도와줘. 제발, 누가 좀 도와줘. 무서워 죽을 것 같아. 아파, 아파. 풀어줘. 이것 좀 제발 풀어줘. 너무 아프다고. 왜 나한테 이런 일이 생긴 거지. 도대체 왜.

'왜냐고요?'

누구? 아, 미소구나!

'왜냐하면 부회장님은 내 스타일이 아니니까요. 자. 하트나 하나 먹고 떨어지센.'

뭐……라고?

'아! 그러고 보니 부회장님한테 딱 어울리는 여자가 있네요.'

자꾸 무슨 헛소리를 하는 거야?

'저기요. 저기 있잖아요. 어서 돌아서서 똑바로 올려다 보세요.'

끼이익, 끼이익, 끼이익.

"헉!"

벌떡 일어난 영준이 양손으로 목을 움켜쥐고 고통스러워하기 시작했다.

"허억허억……. 크으윽……."

혼자 자기엔 지나치게 넓은 침대에서 이리 구르고 저리 구르며 괴로워하던 그는 한참 만에야 가까스로 숨을 고를 수 있었다.

"하아, 하아, 하아……."

반복되던 악몽에 이상한 것까지 섞여들었다. 미소에게서 황당하게 차인 후유증인지도.

숨을 몰아쉬며 새벽 2시를 가리키고 있는 시계를 쳐다보는데 휴대전화 메시지 알림음이 울렸다.

혹시나 하는 마음에 손을 뻗은 그의 얼굴이 더욱더 차갑게 굳었다.

[영준아, 넌 지금쯤 좋은 꿈을 꾸며 편안히 자고 있겠지. 깊이 잠들 수 있다는 건 행복한 일이라고 생각한다. 형은 네가 너무나 부럽다.]

"제기랄. 부럽긴 개뿔이 부럽냐, 순 나쁜 자식아……. 너 때문에 내가 이 고생을……."

영준은 마라톤 완주라도 한 사람처럼 온통 땀에 젖은 몸을 굴려 침대를 내려온 후 엉금엉금 기어 욕실로 갔다.

곧장 샤워부스로 간 그는 수전을 끝까지 돌린 후 폭포수처럼 쏟아지는 냉수 아래로 옷을 입은 채 그대로 들어갔다. 얼음장처럼 차가운 물을 뒤집어쓰자 심장이 멈춘 듯 숨을 쉴 수가 없었다.

"으윽. 하아…… 하아……."

아직도 어둠에 잠겨 있는 욕실 창밖을 내다보던 그가 돌연 몸서리치더니 끔찍한 소리를 질렀다.

"아아! 제발 그만 좀 하자, 이제! 그만할 때도 됐잖아. 빌어먹을!"

주먹으로 타일 바닥을 몇 번이고 내리치던 그는 길게 한숨을 내쉰 후 웅크리고 앉아 무릎을 끌어안았다.

젖은 파자마 바지가 말려올라간 자리, 그의 양쪽 발목엔 깊고 선명한 흉터 한 줄씩이 남아 있었다.

❦ ✣ ✤ ✣ ❦

"짜고 자극적인 음식보다는 싱겁고 담백한 음식을 좋아하는 사람도 있으니까. '취향입니다, 존중해주세요.'라는 말도 있잖아. 미소 비서는 너처럼 화려한 남자만 9년 보다 보니 이제 평범한 남자가 좋은가 보다. 취존, 취존."

이잉, 이잉, 이잉.

"이대로는 못 보내."

"왜? 천하의 이영준이 미소 비서한테 푹 빠지기라도 한 거?"

이잉, 이잉, 삐익, 삐야악, 휘유우웅 뾰뵤뵹, 뾰뵤뵹. 이잉.

"미소가 없으면 안 돼. 일 못 한다고."

"그럼 미친 척하고 매달려봐."

이잉, 이잉, 삐익, 삐야악.

"그런 짓을 하느니 차라리 죽는 게 나을지도……."

"그럼 죽든지. 오, 오오, 이거, 느낌 좋은데. 이대로만 간다면 신기록…… 앗싸."

이잉, 이잉, 이잉, 휘유우웅, 뾰뵤봉, 뾰뵤봉…….

퍽!

영준의 감정 실린 주먹 한 방에 유식의 손에 들려 있던 스마트폰이 속절없이 날아갔다. 그리고 그의 애니팡 최고 기록의 기회도 함께 날아갔다.

"아악! 아악! 이영준 이 짐승! 확 같이 터뜨려버릴까 보다!"

'타임오버.' 하는 성우 언니 목소리가 어찌나 야속한지, 유식은 눈물이 다 날 것만 같았다. 흐느적흐느적 걸어가 바닥에 떨어진 폰을 집어 든 그는 가자미눈을 하고 영준을 흘겨봤다가 심상치 않은 분위기를 감지하고 얌전히 소파에 앉았다.

섹시한 자태로 소파에 길게 드러누워 천장을 보고 있는 영준은 어젯밤 무참하게 차이고 오늘까지도 그 후유증에 정신을 못 차리고 있는 남자라곤 생각되지 않을 정도로 여전히 매력적이었다.

"천하의 이영준이 무려 9년이나 오른팔로 여겼던 비서한테 까이다니. 몹시 유감이다. 게다가 한창 심각하게 싸우다 뜬금없이 하트를 날리다니, 엽기가 따로 없군. 너무하잖아. 미소 비서 그렇게 안 봤는데 사람이 영 못쓰겠……."

"입 다물어."
"넵."
오전 임원회의가 끝나자마자 유식의 방으로 건너온 영준은 줄곧 저 상태였다. 어떻게 하나, 어떻게 해야 하나, 끝도 없이 혼자서 구시렁거리고 있었다.
"비 맞은 중이 따로 없구먼."
째릿 노려보는 영준의 시선에 순간 몸이 얼어붙을 것만 같았던 유식은 소름이 돋아난 팔뚝을 문지르며 입을 다물었다.

시작은 어디였을까.
처음으로 그녀가 타이를 매주었던 날이었을 거다. 그 손길이 무척 기분 좋았다. 좋은 꿈을 꾸는 것처럼 나른하고 잠이 올 정도로 포근했다. 젊은 여자의 손길인데도 전혀 불쾌하거나 소름 끼치지 않아서 개인적인 시중을 부탁하는 일이 점점 더 늘어났다.
미소를 만나기 전엔 집 밖에서 술을 마시는 일이 전무했다. 차를 대신 몰아줄 사람이 없었기 때문에.
택시기사도, 대리운전기사도, 심지어 의전차량을 모는 회사 소속 기사도 믿을 수가 없었다. 믿을 수 없는 사람이 모는 차에 흐릿한 정신으로 혼자 타고 있는 건 상상만으로도 끔찍한 일이었다.
그렇지만 미소는 달랐다.

그래서 부회장 자리에 앉은 후 사교모임을 더 이상 피할 수 없는 시점에 이르렀을 때 미소에게 운전면허를 따도록 했다. 못하는 게 없이 똑똑한 그녀는 속성으로 면허를 딴 후 이후 급할 때 기사 역할까지 도맡아 했다.

그뿐만이 아니었다.

공식적인 자리, 필히 커플로 참석해야 하는 자리에는 파트너가 필요했다. 맞추기 힘든 다른 여자들보다 미소가 훨씬 더 편했기에 그녀에게 동석하도록 했다.

처음엔 주저하는 듯하던 그녀는 영준조차 놀랄 정도로 전혀 주눅 들지도 않고 훌륭하게 파트너 역할을 완수했다. 그래서 이후로 공식모임 때 파트너 역할까지도 맡겨버렸다.

거기다 말하자면 입이 아플 정도로 막중하고 방대한 메인비서업무까지. 미소의 말대로 지난 9년간 그녀를 너무 부려먹었던 건 사실이다.

아무리 본인이 싫단 말을 하지 않았대도 그건 변명이 될 수 없다. 그녀가 혼자서 과도하게 많은 업무를 맡았었다는 건 굳이 깊이 생각하지 않아도 알 수 있으니까.

게다가, 집안 사정 때문에 그만둘 수도 없는 상황이라 애초에 싫다는 말을 안 한 게 아니라 못 한 걸 수도 있다.

편안한 현실에 만족하며 10년 가까이 의지하다 보니 앞으로도 당연히 함께해줄 거라고 쉽게 믿어버렸던 걸까.

영준은 문득 몹시 혼란스러워졌다.

그가 지금 미소에게 느끼는 이 감정은 허전함일까, 배신감일까, 아니면 다른 어떤 것일까.

생각에 잠긴 영준을 바라보고만 있던 유식이 조용히 입을 열었다.

"우리 엄만 진짜 조용한 분이셨어. 평생 아버지 받들고 자식들 뒷바라지하면서 한 번도 큰소리 낸 적 없을 정도로."

유식이 뜬금없는 소릴 내놓자 영준은 상념에서 깨어나 그를 바라봤다.

"그랬던 엄마가 아버지 환갑잔치 끝나자마자 줄기차게 곰국을 끓이시더군."

"곰국?"

"그래. 곰국은 매번 꼭 일주일 분이었대. 그런데 엄마는 항상 보름이나 지난 후에 돌아왔어. 아버지 없이 혼자 한 외국여행이 그렇게 재미있을 수 없었다나. 반면에 아버지는 엄마 없는 동안 몸무게가 1킬로그램씩 빠졌어. 엄마의 여행은 이후로도 몇 번이나 계속됐지. 그러다 엄마는 영영 집을 나가버렸어. 다 늙어서 말이야."

"변죽 울리지 말고 결론만 말해."

"아버지랑 엄마는 결국 이혼했어."

"혹시 이혼에도 가족력이……."

"닥쳐."

가슴을 팡팡 두드리며 발끈하던 유식은 다시 담담히 말했다.

"오랫동안 궁금했는데, 작년에 우연한 기회를 통해 아버지한테 물어봤어. 엄마랑 왜 그랬는지."

"그래서?"

"딱 한마디 하시더군."

"뭐라고."

"악플보다 무서운 게 무플이더구나."

영준의 얼굴이 형편없이 구겨졌다.

"그러니까 네 말은, 김 비서가 조용히 일만 하다 떠나려는 이유가 그동안 나한테 일말의 관심도 없어서였다?"

"애석하지만 그렇지 않겠느냐?"

길게 한숨을 내쉰 영준은 으드득 하고 이를 갈더니 자리에서 일어섰다.

"어떻게 하려고?"

유식이 묻자 영준은 재킷 앞섶을 잡고 탁 펴며 옷매무새를 고치더니 싸늘하게 대꾸했다.

"두고 봐. 올 땐 제 맘이었겠지만, 갈 땐 아니란다."

오후 늦게 최종면접을 보러 소회의실로 들어간 지원자를 기다리며 미소는 멍하니 메모지에 끼적끼적 낙서를 하고 있었다.

[이 세상엔 내 앞에서 '배려'에 대한 이야기를 꺼내선 절대 안 되는 사람이 단 두 명 있어. 한 명은 형. 그리고 나머지 한 명이 바로 김미소야. 기억해둬.]

영준에겐 두 살 연상인 형이 한 명 있었다. 여행을 핑계로 이곳저곳을 떠돌아다니고 있다는 그가 장남임에도 경영에 참여하지 않는 것은 그저 건강상의 문제라고만 알고 있었다.

뭐, 형제간에 어떤 일이 있었는지는 둘 사이의 문제니까 제쳐두고, 나머지 한 명이 김미소라니. 그건 무슨 뜻이었을까.

지금까지 일하는 동안 그가 눈물겨운 배려를 보여줬다거나 황송할 정도로 사정 봐가면서 일을 시켰다면 이해하겠지만 아무리 생각해봐도 저건 뜻을 모르겠다.

"휴우."

길게 한숨을 내쉬는 순간, 정장 포켓에 넣어두었던 개인 휴대전화가 몸을 떨었다.

결과가 눈에 훤히 보이는 면접이 한창일 소회의실의 굳게 닫힌 문을 힐끗 쳐다본 미소는 조심스럽게 전화를 받았다. 발신인은 여고 동창이었다.

"정희야! 오랜만이네."

– 잘 있었지, 미소야? 지금 통화 괜찮아?

“업무 중이라 길게는 힘들어. 용건만 간단히.”

– 너 이번 주말에 시간 나니?

“왜? 무슨 일 있어?”

– 영선이 말이야.

영선은 유명 신문사 편집부에서 일하고 있는 친구다.

– 걔 분명 연애하는 눈치라고 내가 그때 얘기했었잖아? 내 눈은 못 속이지, 같은 신문사 사회부 기자한테 이달 말에 시집간대. 영선이는 지금 너무 바빠서 연락 못 돌린대서 내가 총대 메고 전화로 알리고 있다.

“어머, 그래? 축하해줘야겠네. 그런데 이달 말이라니, 그렇게 급하게?”

– 이유가 뭐겠니. 안 봐도 비디오지. 마음이 급해 커브길에서 과속하셨단다.

“어머머.”

– 아무튼, 이번 주 토요일 오후에 앨범 촬영한다는데, 시간 되면 우리가 가서 들러리 좀 해주자.

“그럼 우리 대장님한테 여쭤보고 전화할게. 물론 안 된다고 하실 게 확실하지만.”

– 그래.

“정희 넌? 결혼 안 해? 꽤 오래 사귀지 않았나?”

– 아…… 나? 난 형편이 좀 그래서……. 그냥 살림 합쳐 살다가 식은 나중에 올릴까 고민 중이야.

"아, 응. 그렇구나."

정희는 한 남자와 벌써 5년 가까이 연애 중이었다. 하지만 무리하게 사업을 일으켰다 실패했다던 남자 쪽 사정 때문에 결혼식은 엄두도 못 내고 있는 모양이다.

미소는 상념의 결과물로 메모지 위에 남은 졸라맨 그림들과 의미 없는 기하학무늬들을 내려다봤다. 그 낙서들 중엔 달러 표시들도 몇 개 있다.

어느 날 말희 언니가 말했다. 아니, 말희 언니인지 필남 언니인지 아니면 고교 동창 중 누구였는지 다시 생각해보니 잘 모르겠다. 별로 상관은 없지만.

「가난이 창문 틈으로 새어 들어오면 사랑은 대문으로 광탈.」

국내 10대 그룹 중 하나인 유일그룹 총수의 아들, 그것도 현재 상황으로선 라이벌조차 없는 유력 후계자. 평생 돈 걱정이 뭔지 모르고 살아온, 그리고 앞으로 남은 인생 그렇게 살아갈 남자의 청혼을 거절하다니. 미쳤나 보다.

로맨스가 밥 먹여주나? 그냥 못 이긴 척 오케이할 걸 그랬나? 그렇지만, 영준의 청혼을 거절한다고 해서 꼭 가난한 남자만 만나라는 법은 없지 않나? 사람이 밥만 먹고 살 순 없지 않나?

그리고 꼭 해결해야 할 일이 남아 있기도 했다.

기억 속 그 오빠 말이다.

눈물 나게 따뜻했던 그 손의 주인을 찾고 싶었다. 미치도록.

– 미소 넌? 아직도 남친 없어?

"에효. 소개팅 좀 시켜주라."

– 전에 몇 번이나 시켜준다니까 네가 시간 못 뺐잖아, 이것아!

"하아. 그건 그러네. 어……? 아니, 잠깐."

심드렁하게 볼펜을 돌리던 미소가 갑자기 눈을 크게 뜨더니 물었다.

"영선이 신랑 될 사람이 사회부 기자라고?"

– 응. 왜?

"됐다!"

어쩌면 옛날 어린이 관련 사건사고 기사에서 실마리를 찾을 수도 있겠다는 생각이 들었다. 네다섯 살 때 즈음인 것 같으니까 25년쯤 전이겠지. 너무 오래전이라 일반인이 온라인에서 찾을 수는 없지만 신문사에 있는 사람은 쉽게 정보에 접근할 수 있을 테니까.

그때, 소회의실 안쪽에서 발소리가 났다. 어느새 면접이 끝났나 보다.

"아무튼 알았어, 정희야. 내가 퇴근 후에 전화할게."

전화를 끊고 밝은 얼굴로 자리에서 일어난 미소는 문을 열고 나오는 지원자를 맞았다.

"고생 많으셨지요?"

"아닙니다. 고생은 뭘요. 소문으로 들었던 것보다 굉장히 좋은 분이시던데요."

음? 어라? 오늘 반응은 뭔가 좀 다르다?

미소는 어색하게 웃으며 열 번째 지원자인 김지아를 스캔했다.

그녀는 이전의 타 지원자들과 마찬가지로 자신과 비슷한 이미지에 비슷한 키, 비슷한 체구였지만 우거지상으로 나오면서 투덜거리거나 울먹거렸던 그들과 달랐다. 만족스럽게 웃고 있었다.

"부회장님께서 곤란한 질문을 하시지는 않던가요?"

나가는 길을 안내하며 미소가 묻는 말에 김지아는 고개를 끄덕이며 대답했다.

"네. 어렵긴 해도 크게 곤란한 질문은 없었어요. 경영학 전공하셨다면서 문학 쪽에도 굉장히 해박하시더라고요. 헤밍웨이의 작품세계에 대해서 짧은 시간 동안 아주 심도 깊은 토론을 나눴어요."

"헤밍웨이요? 쿨럭."

"네. 그뿐만 아니라 면접 마칠 무렵엔 인생에 대한 조언까지 해주시더라고요. 젊으신 분이 어쩜 그렇게. 정말 인상 깊었어요."

"인생에 대한 조언……이라니요?"

"자기 자신을 진정으로 사랑하는 사람만이 최고가 될 수 있다고요. 진짜 감동했다니까요."

아. 참으로 주옥같은 말이다. 그 소릴 한 장본인이 실제로 어떤 사람인가 하는 사실만 배제한다면.

엘리베이터 홀 앞에서 지원자를 배웅한 후로도 한참이나 혼란스러운 마음을 감출 수 없던 미소는 고개를 갸웃거리며 소회의실로 돌아왔다.

영준은 해 지는 창가에 서서 30층 아래 전경을 내려다보고 있었다.

그의 뒷모습이 드리운 기다란 그림자를 보는 순간, 미소는 문득 가슴 한쪽이 덜컥 내려앉으며 기분이 묘해졌다. 이유까지는 잘 모르겠지만.

"아, 김 비서 왔어?"

"네. 배웅하고 돌아왔습니다."

"그래."

다른 때 같으면 심각하게 업무 이야기를 꺼내거나 짓궂은 장난을 치거나 하며 잠시도 한가할 타이밍을 주지 않았을 영준이었는데, 그는 여전히 그녀를 등진 채 서서 발아래의 세상을 내려다보고 있었다. 마치 한 마리 외로운 늑대처럼 말이다.

황금빛 석양이 내려앉은 단정한 머리카락, 강인하고 탄탄한 어깨와 등, 늘씬하고 곧은 허리, 그리고 그 아래 우아하고도 섹시한 라인으로 뻗은 긴 다리까지. 오랜만에 자세히 뜯어본 영준의 뒷모습은 황홀할 정도로 매력적이고 한

편으론 무척 새삼스러웠다.

"김 비서 말이 맞았어."

"네?"

"그래. 나는 이기적이고 독선적이지. 그러니 미소가 이런 나를 떠나려는 것도 무리는 아니야."

왠지 실망한 듯 들리는 그 소리에, 방글방글 웃고 있던 미소의 얼굴에서 웃음기가 사라졌다.

어라, 이 사람이 갑자기 왜 이러지? 내가 너무 심했나?

그녀는 몹시 미안해진 나머지 뻣뻣해져 그의 뒷모습을 바라보며 어쩔 줄을 몰라 하기 시작했다.

"부회장님, 저, 저기, 일전의 그거 말인데요, 제가 꼭 그런 뜻으로 드린 말씀은 아니었고요……."

"아니. 이제야 깨달았어."

잠시 호흡을 가다듬은 영준은 담담하게 이었다.

"지금껏 살아오는 동안 난 갖고 싶은 모든 것들을 다 손에 넣을 수 있었지. 단 하나, 김미소라는 여자만 빼고."

"아……!"

의외의 반응에 다소 충격을 받았는지 미소가 굳은 표정으로 입을 다문 가운데, 영준은 낮고 굵은, 그러나 더없이 감미로운 목소리로 말을 이었다.

"조금 전 면접 봤던 김지아 씨, 내일부터 출근하라고 전해. 그리고 미소는 인수인계 한 달만 더 고생해주고. 그동안……."

말을 끊은 영준은 나직이 덧붙였다. 세월의 덧없음을 한탄하듯 한숨 섞인 목소리로.

"그동안 정말 고마웠어. 진심이야."

"어머, 부회장니임……."

"내가 할 말은 그게 다야. 김 비서도 나한테 더 하고 싶은 말 있거든 여기서 해."

"아니, 뭐, 그간 고생을 하긴 했지만 그거야 남들도 다 하는 고생이었고…… 저도 그동안 정말…… 정말로 감사했어요. 남은 한 달 동안…… 흐흡, 열과 성을 다해…… 모시겠습니다."

"고마워. 나가봐."

소회의실에 침묵이 내려앉았다. 이윽고 자박자박 힘없는 발소리가 이어진 후 조용히 문 닫히는 소리까지 났다.

"후우."

영준이 어깨를 펴고 한숨을 내쉬는 순간 다시 문이 벌컥 열리더니 유식의 호들갑스러운 목소리가 터져 나왔다.

"야! 이영준! 뭐야! 너 방금 무슨 일 있었어?"

"아니, 왜?"

"미소 비서 왜 그래? 언뜻 보니까 우는 것 같던데?"

아니, 그새 울기까지? 내 연기가 너무 리얼했나? 하나쯤은 부족한 게 있어도 좋으련만, 이 몹쓸 재능 같으니라고.

속으로 한껏 자신을 추어올린 후 뒤를 돌아본 영준은 무표정하게 대꾸했다.

"눈썹 들어갔나 보지, 뭐."

"그렇진 않은 것 같던데."

"됐고, 용건이 뭐야?"

"이번에도 퇴짜인지 궁금해서 구경하러 왔지."

"아니. 내일부터 바로 출근하라고 했어."

"헉! 야, 인마! 너 그럼 진짜 미소 비서 이대로 보낼 거야?"

펄쩍 뛰며 언성을 높이는 유식을 느긋하게 건너다본 영준은 돌연 사악한 웃음을 짓더니 내뱉었다.

"누구 맘대로."

"응?"

영준은 우아한 손놀림으로 머리를 쓸어넘기더니 진지한 어조로 말했다.

"감히 나를 차고 떠나겠다는 생각을 하다니. 그건 엄연히 죄지. 죄질로 따지자면 얄짤없이 종신형 감이라고."

"그럼 붙잡겠다는 뜻?"

"당연하지. 죽을 때까지 나한테서 못 벗어날걸."

"흐음. 단칼에 청혼 거절한 여자인데 그게 가능할까?"

"지금부터 똑똑히 지켜봐. 진정한 블록버스터가 뭔지 보여주겠어."

눈을 빛내며 웃던 영준이 뜬금없는 소릴 덧붙였다.

"박 박사 머리는 일 외엔 별로 쓸 데가 없던데, 아버지는 다르시더군."

"뭐?"

"악플보다 무플이 더 무섭다는 거 말이야. 꽤 쓸 만하던데."

"김 비서!"

"네!"

토요일 오전, 집에서 업무를 보고 있는 중이었다. 영준은 습관적으로 '김 비서'를 외쳐 불렀지만 서재 문밖에선 전혀 다른 목소리가 돌아왔다. 뒤늦게 미소가 없다는 것을 상기한 그는 인상을 찌푸렸다.

"필요하신 거라도 있으신지요?"

미소의 후임으로 들어온 김지아는 감정 없는 얼굴이 마치 로봇을 대하고 있는 것만 같았다. 미소가 알려준 매뉴얼을 그대로 따르곤 있었지만 인간미라곤 하나도 없어 보였다.

"아무것도 아니에요. 나가봐요."

미소였다면 영준이 지금 불편해하고 있다는 것을 금방 알아차리고 해결책을 제시해줬을 텐데 김지아는 그렇지 않았다. 색안경을 쓰고 봐서 그런지 노력하는 모습조차 보이지 않았다.

"아, 저…… 부회장님."

"네."

영준이 사무적으로 대꾸하자 김지아는 한동안 주저하다 물었다.

"어제 보니 비서업무 중 부회장님 개인적인 시중도 일부 포함되어 있는 것 같던데 혹시 저도……."

"개인적인 시중이라니요?"

영준이 지그시 건너다보자 그녀는 쩔쩔매다 가까스로 대답했다.

"예, 예를 들자면 타이를 매드린다거나……."

물론 의전의 일환이겠지만, 솔직히 비서가 상사와 마주 서서 직접 타이를 매주는 게 정상인가 싶었다. 아니, 자세히 보니 타이뿐만 아니라 한두 건이 아니다. 곁에서 보기에 두 사람의 관계는 일반적이고 상식적인 상사와 부하직원의 관계로 보기 어려웠다.

어쩌면…… 혹시……. 그런 걸 이어받을 줄 알았다면 좀 더 고민해보는 거였는데. 지아의 표정이 말도 못 하게 복잡해졌다.

"아, 그거."

영준이 산뜻하게 정리했다.

"그런 건 신경 쓰지 말아요. 해준다고 덤벼도 내 쪽에서 절대 사절이니까. 어딜 감히."

으음.

무표정했던 지아의 얼굴이 좀 더 무표정해졌다. 아, 이 기분은 뭐지? 뭔가 후련하고 상쾌하면서도 드럽게 찜찜한 기분?

"네. 그럼 앞으로 제가 할 일은……."

영준이 지아의 말허리를 딱 끊었다.

"말 나온 김에 여기서 확실히 하죠. 김지아 씨는 앞으로 김미소 비서 백업 역할이에요."

그만두고 나가는 사람 후임으로 들어와 인수인계 중인데 앞으로 백업 역할이라니, 알 수가 없다.

"앞으로 미소 비서 업무만 보조해주면 됩니다. 그 외의 다른 일, 특히 내 개인적인 쪽에 관련된 일은 할 필요 없어요. 해서도 안 되고."

"네?"

면접 시 들었던 것과는 완전히 다른 조건이었다. 그녀가 도무지 이해할 수가 없어 쳐다봤지만 그는 아무렇지도 않게 제 말만 쏟아냈다.

"걱정할 것 없습니다. 업무량은 줄어도 고용계약서에 명시했던 페이는 그대로 나갈 테니까."

"그럼……."

"미소 비서는 퇴직 않고 계속 일할 겁니다. 그렇게 알고 딱 한 달만 지금처럼 인수인계하는 척해요. 오늘 들은 얘긴 아무 데서도 하지 말고요. 이해했습니까?"

'아뇨, 이해 못 했어요. 이해는 개뿔, 뭔 소린지 한 개도 모르겠는뎁쇼.'라고 말하고 싶었지만 영준은 더 이상의 질문을 허락할 것 같지 않았다.

"뭐 해요?"

"네?"

"나가봐요."

우아한 손짓으로 김지아를 쫓아 내보낸 영준은 자리에서 곧장 일어났다.

끼이익.

의자가 내는 소리에 잠시 몸서리를 친 그는 서재에 딸린 욕실로 뚜벅뚜벅 걸어갔다.

"아."

그는 세면대 앞의 거울에서 입을 아 벌린 후 혀를 쑥 내밀었다. 혓바닥 끝에 하얗게 혓바늘이 돋아 있었다. 요즘 줄곧 잠을 못 잔 데다 신경까지 예민해져서 생긴 일이었다.

짧은 한숨을 내쉰 그는 수납장 이곳저곳을 뒤져 알보칠 병을 꺼냈다. 면봉은 어디 있나. 미소가 있다면 진작 찾아서 착착 가져다주었을 텐데.

역시, 그녀가 없는 앞으로의 삶은 상상할 수 없었다.

거울을 보고 또 한 번 혓바닥을 쑥 내민 영준은 약액을 묻힌 면봉을 환부에 살짝 댔다.

"크윽…… 쓰읍. 아…… 흐흐흐."

한동안 세면대 모서리를 꽉 붙들고 고통에 몸부림치던

그는 어느 순간 고개를 번쩍 들더니 독하게 중얼거렸다.

"감히 내게 이런 아픔을 주다니."

하긴. 너무 호락호락한 것도 재미는 없으니까. 이런 것도 엄연히 미소의 장점이겠지.

"평범한 남자? 평범한 로맨스? 좋아하시네. 날 두고 그런 게 가능할지, 어디 두고 보자고."

❦ ✣ ✤ ✣ ❦

「김 비서.」

「네, 부회장님.」

「아니, 미소 비서 말고.」

최종면접을 통과한 후 곧바로 출근한 지아는 미소보다 두 살 연하였고 김씨였다.

어제 미소는 인수인계를 위해 새벽부터 저녁시간까지 온종일 지아를 대동하고 업무를 봤다. 그 하루 동안 영준은 꼭 작정이라도 한 양 미소를 외면했다. 시킬 일이 있으면 '김 비서!' 하고 불러서 꼭 '아니, 미소 비서 말고.'를 덧붙였다. 일부러 보란 듯이 말이다.

「그동안 고마웠어.」

영준에게서 그 소리를 들었던 날 밤, 한숨도 자지 못했다.

지난 9년간 단 한 번도 본 적 없던 모습이었다. 경직된 어깨, 살짝 숙인 고개, 너무나 외롭고 쓸쓸해 보여 꼭 안아주고픈 뒷모습 말이다.

'내가 너무했나?', '어머, 너무했던 것 같아.', '그래, 확실히 너무했어!', '내가 죽일 년이지!'까지 이어지는 생각이 밤새 무한반복되었고, 프러포즈를 그런 식으로 무례하게 거절한 데 대해선 확실히 사과해야겠다고 다짐한 터였다.

그런데 계속되는 무관심, 방치 플레이라니.

그때 이후로 지금까지 영준과는 시선 한 번도 마주치지 못했었다. 이 역시 9년간 전혀 없었던 일이었기에 몹시 서운하고 당황스러웠다.

어떻게 해야 하지. 어떻게.

괜스레 초조해져서 그런지 백만 년 만에 얻은 개인시간도 가시방석이나 마찬가지였다.

아직 일에 익숙지 않을 지아가 제대로 영준을 보필하고 있을지, 혹시 실수라도 해 그의 심기를 어지럽히진 않을지 미소의 머릿속엔 온통 걱정뿐이었다.

"듣고 있어, 미소야?"

"응? 아…… 으응."

"아까부터 왜 그렇게 멍 때리고 있어?"

"아, 아니야. 무슨 얘기 중이었지?"

"응. 수연이 남편 바람피운 현장 덮친 얘기."

절친 웨딩앨범 촬영 들러리 온 계집애들이 할 얘기가 있고 못 할 얘기가 있지, 한심하구만.

"어머, 그래? 어떻게, 어떻게? 나도 좀 알자. 혹시 아니? 나중에 써먹을 데 있을지."

얼씨구. 속도위반으로 결혼 앞둔 주인공은 한술 더 뜬다.

"심부름센터에 의뢰해 남편 미행해가지고 모텔 쳐들어갔는데, 난리도 아니었단다. 침대 위에서 홀딱 벗고 혼비백산해 튀어 내려오는 남편을 보고 다리는 후들거리고 눈앞은 캄캄한데 등에 업은 애가 빽빽 우는 소리에 간신히 정신 차리고 상간녀 머리채부터 붙잡았다나."

"흠. 남편부터 밟았어야지."

"남편은 천천히 두고두고 고문하면 되니까. 일단 화풀이 먼저."

"음. 그것도 그러네."

가만히 듣고만 있던 미소의 머릿속에 몽실몽실 화면들이 떠올랐다. 영준의 일상에 밀착해 그의 업무를 하나부터 열까지 보좌하는 김지아, 영준에게 타이를 매주는 김지아, 영준에게 차를 따라주는 김지아, 영준이 아플 때 이마를 짚어주는 김지아, 공식석상에서 영준의 파트너 역할을 하는 김지아, 그리고 9년쯤 후 집 앞 차 안에서 영준에게서 프러포즈를 받게 될 김지아, 그리고 언젠가 영준과 함께 나란히 침대에 누울…….

머리채라는 건 어디서부터 잡아야 하는 걸까? 두피 쪽부터? 아니면 머리카락 끝자락부터? 상대가 긴 머리라면 미끄러지지 않을까? 잡아서 한 바퀴 돌려야 하나?

기분이 왜 이렇지? 내 인생 찾기 위해 저 말기 나르시시스트 환자 내팽개치고 나오려 마음먹은 내가 왜?

"미소 너 아까부터 왜 그래? 얼굴이 새하얘졌어. 어디 아파?"

"아, 아니야. 속이 좀 더부룩하네."

아니, 아니, 이건 그거다. 너무 오랜만에 바깥나들이 한 죄수의 기분. 사람이 일주일만 갇혀 있어도 멍해지는 것은 인지상정. 9년이나 주말도 없이 묶여 있었으니 적응 안 되는 게 당연하지.

"여기요."

미소는 지나가던 종업원을 불렀다. 요란한 차림의 패밀리레스토랑 종업원은 재빨리 다가와 몸을 숙였다.

"네, 고객님. 필요하신 거라도 계십니까?"

"음료 리필 좀 해주세요."

"네. 고객님, 음료는 탄산음료 종류만 가능하세요. 콜라 되시고 사이다 되시고 환타 되시고, 환타는 파인애플 맛, 오렌지 맛이 있으시고……."

아. 업장의 방침인지는 몰라도 잘못 쓰인 높임말은 듣기에 몹시 거북하다. 영준이라면 분명 이런 상황에서 그냥

넘어가지 않고 한껏 거드름을 빼며 이랬겠지.

"첨가물 용액인 저질 탄산음료 따위를 나와 동급으로 취급하다니. 어딜 감히! 이런 격 떨어지는 곳에서 더 이상 식사하고 싶지 않아. 김 비서, 그만 일어나."

영준의 생생한 목소리와 표정을 떠올린 미소는 저도 모르게 폭소를 터뜨리고 말았다.

"푸, 푸하하, 아, 미안해요. 흐흐흐. 사이다로 주세욧, 푸흡."

"네. 잠시만 기다려주시면 준비해드리겠습니다."

종업원은 이내 어색하게 웃더니 뭔가를 꺼내 미소의 일행 앞에다 내놓았다.

"고객님, 지금 고객님들을 상대로 설문조사를 하고 있는데, 잠시만 시간되시겠습니까? 작성해주시면 서비스로 저희 사이드 요리 하나가 나가세요. 오래 걸리시는 거 아니시니 한번 해보시는 것도 괜찮으실 것 같으세요."

"으윽."

계속 듣고 있자니 오글오글, 미칠 듯 오그라드시는 말을 더 참을 수 없었던 미소는 고개를 끄덕거리고 다급하게 설문조사지를 맡았다.

종업원이 사라진 후 친구들에게 종이 한 장씩을 나누어 준 미소는 대화가 끊긴 이 기회를 붙잡아 전부터 줄곧 하고 싶었던 말을 끄집어냈다.

"저기, 영선아."

"응?"

"재춘 씨가 사회부 기자라고 했지?"

"응. 그래."

"혹시, 예전 사건 같은 것 좀 알아봐줄 수 없을까?"

"사건?"

자리에 둘러앉은 다섯 명 친구들의 시선이 미소에게 집중됐다.

"아, 아니, 뭐 그렇게 심각한 건 아니고. 우리 네다섯 살 때쯤 서울에서 있었던 어린이 관련 사건사고인데."

듣고 있던 영선의 표정이 미묘해졌다.

"범위가 너무 넓은데. 뭘 찾는지 몰라도 그렇게 해선 케이스가 너무 많아 힘들 것 같아."

잠시 동안 생각에 잠겼던 미소는 마음을 정했는지 고개를 끄덕이며 덧붙였다.

"그럼 유괴사건으로 한정해줘. 아마도 시기는 이맘때 즈음이었던 것 같아."

"뭐? 유괴? 너…… 어렸을 때 무슨 일 있었어?"

영선의 물음에 미소는 뒤늦게 화들짝 놀라며 손을 내저었다.

"아, 아니야! 나는 아니고 누가 좀 알아봐달라고 해서."

"그래? 뭐, 일단 얘기는 해볼게."

"고마워."

"축의금 많이 내라."

"으이그."

그때, 테이블에 고개를 처박고 설문지를 보고 있던 누군가가 투덜거렸다.

"에이, 무슨 설문조사 질문이 다 이따위야? 미혼 대상이라고 위에다 좀 적어주든지. 괜히 봤잖아."

설문지를 살피던 미소의 표정 역시 오묘해졌다.

[호감 있는 이성과 함께 가보고 싶은 곳을 간단히 적을 것.]

[호감 있는 이성이 생긴다면 하고 싶은 일을 간단히 적을 것.]

[호감 있는 이성에게서 받고 싶은 선물이 있다면 간단히 적을 것.]

질문은 비교적 간단했다. 그렇지만 뭔가가 좀 수상했다. 어딘지 모르게 신경 끝에 거슬린다고나 할까. 당최 주제가 뭔지 알 수가 없다. 거기다 요즘 세상에 '간단히 적을 것'이라고 딱딱한 명령조로 내는 설문조사가 있을까? 그것도 경어 깍듯이 쓰려다 탄산음료와 고객을 동급으로 만들어버리는 식당에서?

뭔가 의심스러워져 고개를 든 미소는 주변을 둘러봤다.

다른 테이블 손님들 역시 이 기묘한 설문조사에 응하느라 여념이 없었다.

뭔가 지독하게 익숙한 느낌이 드는 건 기분 탓이겠지, 아마도.

고개를 갸웃거린 미소는 볼펜을 들고서 설문에 답하기 시작했다.

* * *

"와. 실화냐. 징그러운 자식, 꼭 이렇게까지 해야 했어? 그냥 본인한테 직접 물어볼 것이지, 스펙타클하게 쪼잔하긴."

쉰 장 가까이 되는 설문지에서 미소의 이름을 찾기 위해 고군분투 중이던 유식이 허탈한 웃음을 흘렸다.

"호감 있는 이성과 함께 가고 싶은 곳을 묻는 데다 당당하게 '모텔'이라고 적은 자식은 또 뭐야. 아아, 이 모진 세상에 도대체 낭만이란 게 있는 걸까."

거실 한쪽의 포켓볼테이블 앞에 서 있던 영준은 큐 끝에 초크를 문지르며 명령했다.

"헛소리 그만하고 빨리 찾기나 해."

입을 삐죽 내밀고 종이를 팔락팔락 넘기던 유식이 갑자기 탄성을 흘렸다.

"앗, 찾았다!"

"뭐라고 쓰여 있는데?"

설문지를 꼼꼼히 읽어내리던 유식은 코 밑을 쓱 문지르더니 피식 웃음을 터뜨렸다.

"사라진 줄만 알았던 낭만이 여기 있었네."

"무슨 소리야?"

고개를 든 유식은 부드럽게 웃으며 말했다.

"가고 싶은 곳은 놀이공원. 하고 싶은 건 한강변에서 함께 불꽃축제 보기. 받고 싶은 선물은 장미꽃 아흔아홉 송이와 집 앞 골목에서의 로맨틱한 키스라는데."

우거지상이 된 영준의 입술 사이로 한마디가 새어나왔다.

"진부하기 짝이 없군."

"그래? 딱 미소 비서다운 것 같은데."

테이블로 상체를 숙인 후 몸 뒤로 길게 큐를 뽑아낸 영준은 심각하게 중얼거렸다.

"흐음. 다음 주부터 바빠질 텐데 그걸 다 언제 하지?"

빠악!

튀어나간 큐볼은 6번 볼을 포켓으로 밀어넣은 후 제자리에서 뱅글뱅글 돌았다.

한동안 생각에 잠겨 있던 그는 테이블 위에 남은 7, 8, 9번 볼을 내려다보며 자신에 찬 어조로 말했다.

"말하자면 효율성의 문제로군. 머리를 써야겠어."

다시 한 번 몸을 숙인 영준이 힘껏 큐를 밀어 치자, 큐볼은 빠른 속도로 튀어나가 남은 볼을 순서대로 모두 포켓인 시켰다.

“오, 역시 이영준. 그걸 다 한 큐에 해결하다니.”

당연하다는 듯 자신만만하게 몸을 일으킨 영준은 가슴을 쫙 펴고서 가뿐한 한숨을 내쉬었다. 셔츠 소매를 걷어붙인 양팔로 옆구리를 짚은 그의 늘씬한 자태는 바라보는 안구가 송구스러워질 정도로 눈부셨다.

“박 박사, 지금 미소한테 전화해서 혹시나 내일 오후 5시 이후로 못 움직이게 발 좀 묶어놔.”

“혹시 선약이 있으면 어쩌지?”

“지난 9년간 특별한 일 아니면 주말도 없이 일했던 사람이야. 겨우 하루 쉰다고 없던 약속이 금세 생기겠어? 분명 집 대청소 계획 잡아뒀을 거야. 확인해봐.”

의심스러운 눈으로 영준을 힐끗 올려다본 유식은 고분고분 미소에게 전화를 걸었다.

“아. 미소 비서. 나야, 박 박사. 응. 뭐 해? 아, 친구가 결혼한다고? 이야, 잘됐네. 축하한다고 전해줘. 응. 아, 나? 나야 뭐 집에서 빈둥거리고 있지. 점심때 친구들 만나서 뭐 먹었어? 오, 정말? 거기 파스타 괜찮지? 앗, 신메뉴 스테이크? 어땠어? 맛있었어? 돌판에 올려주는 건가? 어, 아니라고? 그거 실망인데.”

아줌마들의 그것처럼 끝도 없이 늘어지는 수다에 영준이 눈살을 찌푸리자 유식은 서둘러 본론을 꺼냈다.

"저기, 다른 건 아니고. 미소 비서 내일 뭐 해? 응? 집 대청소한다고? 헐, 대박. 아, 아니, 아무것도 아니야. 그럼 오후엔 특별히 할 일 없겠네? 저녁때 나랑 영화나 한 편 볼래? 영준이? 아, 영준이는 내일 바빠서 시간 못 낸대. 응. 블록버스터 영화 좋아하는구나. 오케이. 그럼 그거 보자. 내가 예매하고 5시에 집 근처로 데리러 갈게."

전화를 끊은 유식은 뭔가에 홀린 듯 멍하니 영준을 건너다봤다.

"뭘 봐?"

"진짜 대청소한다는데? 너희 둘 혹시 텔레파시 통하냐?"

"하도 오래 같이 있었더니 척 하면 탁이지."

"희한하네. 그런데 그렇게 좋은 감이 왜 정작 중요한 데선 안 통하는 걸까?"

영준이 눈을 희번덕이자 유식은 얼른 입을 다물어버렸다.

다음 날인 11월 11일 일요일 오후 5시.

집 앞으로 나온 미소는 함께 영화 보기로 약속했던 유식 대신 영준을 발견했다.

"어머. 부회장님, 안녕하세요."

방글방글, 방글방글, 끝없이 방글방글 웃는 미소를 내려다보고 있던 영준은 담담하게 내뱉었다.

"사람 앞에 두고 그렇게 노골적으로 당황한 표정 하지 마. 실례잖아."

"죄송합니다. 그런데 여긴 어쩐 일로 오셨대요?"

"할 얘기가 있어서 왔어."

"죄송하지만 지금은 좀 곤란한데요. 박유식 사장님하고 선약이……."

"박 박사 오늘 안 와."

"네?"

"내가 시킨 거니까."

미소의 얼굴에서 마침내 웃음기가 사라졌다. 그녀는 눈을 크게 뜨고서 물었다.

"굳이 왜……? 그냥 저한테 말씀하셨으면 됐을 텐데."

"내가 만나자고 했으면 불편해했을 거 아냐."

늘 저밖에 모르던 영준이 웬일로 남 걱정을 다 해주나 싶어 미소는 당황한 나머지 얼굴이 빨개졌다.

"그, 그렇지…… 않아요."

"일단 타. 바람이나 좀 쐬러 갈까."

영준이 조수석 문까지 열어주자 미소는 더욱더 얼굴을 붉히며 얌전히 차에 올랐다.

타워 레스토랑의 360도 파노라마 창 아래엔 폐장 직전의 놀이공원 전경이 넓게 펼쳐져 있었다. 유일그룹 자회사인 거대 유원지 유일랜드는 까만 어둠을 배경으로 보석 같은 빛을 발하고 있었다.

유일랜드의 마스코트 캐릭터인 송아지 인형을 만지작거리며, 미소는 슬쩍 영준을 건너다봤다.

창밖으로 시선을 향한 채 느긋하게 최상급 한우스테이크 한 점을 입안으로 옮긴 그는 그림 같은 포즈로 냅킨을 들어올려 그 끝으로 입술을 살며시 찍어내더니 나직이 중얼거렸다.

"조금 질긴 것 같은데."

저질 입맛이라 그런지는 몰라도, 고기는 미소 입안에서 그저 살살 녹아내리기만 했다.

"셰프를 부를까요?"

미소가 습관적으로 벌떡 일어나려 하자 영준은 오른손을 들어 그녀를 제지했다.

"아니야. 편하게 식사해."

"아…… 네."

다시 접시를 내려다본 미소는 어깨를 좁히고 어색하게 웃었다.

"이런 데 오실 줄 알았더라면 옷을 제대로 갖춰 입고 왔을 텐데요."

"아무도 없는데 뭐 어때. 괜찮아."

전망과 시설이 예술적인 이곳은 유일그룹 사장급 이상이 귀빈 접대 시 이용하는 예약제 프라이빗 레스토랑이었다. 고풍스럽고 화려한 인테리어의 넓은 실내가 아까울 정도로 몇 개 없는 테이블, 그마저도 텅 비어 있는 주변을 둘러보며 미소는 청바지와 티셔츠, 바람막이 점퍼 차림의 자신을 타박했다.

"그보다 갑자기 무슨 일이세요?"

"별건 아니야. 그렇게 오랫동안 힘들게 일했는데 김 비서한테 제대로 고맙다는 얘기도 안 한 것 같아서. 이건 그간 수고했다고 주는 선물이야."

"어머, 부회장님……."

감동한 듯 미소의 뺨이 슬며시 홍조로 물들었다. 은은한 조명에 비친 그녀의 얼굴은 집무실이나 집에서 늘 봤던 그 얼굴이었지만 오늘따라 왠지 특별하게 느껴졌다.

마주 앉아 있던 영준의 얼굴이 순간 확 달아올랐다.

"어……."

내가 갑자기 왜 이러지? 당황스러워진 영준은 서둘러 찬물을 들이켜고 헛기침을 했다. 다행히도 뜨거워졌던 얼굴은 금세 정상으로 돌아왔다.

"이렇게 느긋하게 둘이서 식사하는 거, 꽤 오랜만이지?"

"네."

"마지막이 언제였더라?"

"올해 4월이요."

"아. 김 비서 생일날."

"네."

한동안 쭈뼛거리던 미소가 살금살금 영준의 눈치를 보더니 고백했다.

"저기…… 부회장님. 지금에야 드리는 말씀이지만요, 그날 집에 갈 때 저한테 주셨던 케이크 있잖아요……."

케이크는 영준이 특별히 유명 제과장인에게 직접 제작을 의뢰했던 것이었다. 그 위에다 '김 비서, 만수무강해.'라고 제법 유머 돋는 메시지까지 넣었던.

"그게 왜."

"인증샷 찍으려고 꺼내다 방바닥에 완전 제대로 투하해서……."

웃고 있던 영준의 눈썹이 살짝 움찔했다. 그만둔다고 이제 아주 막가는구나. 틈만 나면 디스?

"아아, 괜찮아, 괜찮아. 다 지난 일인걸, 뭐."

"죄송해요."

"아니야. 신경 쓰지 마."

대화가 딱 끊기자 두 사람은 어색하게 창밖을 내다봤다.

접시에 나이프와 포크 부딪치는 소리만 달그락달그락 이어지는 동안 어둠은 점점 더 짙어져 어느덧 폐장시간이 다가왔다.

폐장을 알리는 장내방송 아래로 올드 팝송이 은은하게 깔리자 미소는 왠지 씁쓸한 기분이 들어 서둘러 화제를 내놓았다.

"아. 저, 다섯 살 때까지 이 근처 재개발지구에서 살았어요."

영준은 꼭 제 눈으로 직접 보기라도 한 것처럼 고개를 끄덕이며 대꾸했다.

"그래. 그땐 이 부근이 다 주택가였지."

"맞아요. 다 기억나지는 않지만 집 앞 골목 풍경은 아직도 생생해요. 저희 집이 있던 골목 어귀에 커다란 전봇대가 있었는데, 거기에 괴물처럼 이상한 얼룩이 있었거든요. 밤이 되면 전봇대 그림자가 길게 늘어나서 되게 무서웠어요. 그리고 골목 끝에 있던 집엔……."

미소가 입을 다물었다. 뭔가 기억하기 싫은 것을 떠올린 듯 몸서리친 그녀는 고개를 갸웃거리다 말을 이었다.

"뜬금없이 골목 끝 집 얘긴 왜 했을까요?"

"그걸 나한테 물으면 어떡해? 그래서 그 집이 뭐."

"아…… 기억이 안 나요."

"바보냐."

영준이 툭 내뱉은 말에 미소는 이마에 힘줄을 불끈 세우고 방글방글 웃으며 대꾸했다.

"어므나, 위대하신 우리 부회장님은 어렸을 때 기억이 아주 슈퍼아몰레드 디스플레이 급으로 선명하신가 봐요."

"그래. 젖병 빨기가 어찌나 힘들던지. 종종 먹다 지쳐 잠들곤 했다고."

영준이 가끔씩 저렇게 하는 말은 너무 능청스러워 도무지 농담처럼 들리지 않았다.

"어이구, 예, 그러셨쎄요?"

미소가 우스꽝스러운 표정으로 눈을 흘기자 영준은 피식 웃었다.

"이사는 언제 갔어?"

"잘은 모르겠지만 재개발 이주민 중 우리 집이 거의 꼴찌에 가깝게 나갔다고 들었어요."

"그래? 왜?"

"보상금 때문만은 아니었고요, 엄마가 많이 아프셨거든요. 그때 아버지는 엄마 간병 때문에 밤엔 거의 집에 없어서 언니들하고 늦게까지 놀다 자곤 했어요. 이사는 아마 엄마 돌아가시고 상 치른 후에 했을 거예요."

"유감이야."

"뭐, 엄마 얼굴도 잘 기억 안 나는 어릴 때였는걸요."

미소는 어깨를 으쓱하며 방글방글 웃었고, 영준은 이번

엔 짓궂은 장난을 걸거나 농담을 하며 분위기를 깨는 대신 조용히 고개를 끄덕여주었다.

"그쯤이면 부회장님은 아홉 살이었겠네요. 천진난만한 어린 시절의 부회장님은 왠지 상상이 잘 안 되는데요."

"상상 안 해도 돼. 절대 천진난만하지 않았으니까."

"어머, 그럼요?"

"그때도 난 지금처럼 모든 분야에서 발군의 실력을 자랑하는 수재였지."

"하아. 녜, 녜. 어련하시겠습니까."

"정말이야. 그렇지만……."

"그렇지만?"

"별로 즐거운 시절은 아니었어. 특히 4학년 땐."

"왜요?"

미소가 눈을 동그랗게 뜨고 건너다보자 영준은 마른 입술을 물로 축이며 어깨를 으쓱했다.

"뭐, 여러 이유. 그중에서도…… 2년 월반하는 바람에 형이랑 같은 학년이었거든. 어른들은 날 위한답시고 형이랑 같은 반에 넣어줬겠지만, 그게 오히려 더 힘들었어. 형 친구들하고 진짜 많이 싸웠어. 나이 어린 게 건방지다고 툭툭 건드리고 때리고, 그래서 나도 지기 싫어서 이를 악물고 죽도록 덤볐으니까."

"그래도 형님이 있었으니 다행이네요."

"다행은 무슨. 그 인간은 오히려 그쪽에 합세해서 날 쥐

어쨌다고. 아, 순 그지 같은 자식이야."

짓궂게 키득거리는 영준에게선 어린 시절 개구쟁이 모습이 엿보이는 것만 같았다.

퇴직 일로 관계가 서먹해지기 전으로 돌아간 것 같아, 미소는 한결 편안해졌다.

"형님이 니스에 계신다면서요?"

"응."

"그런데 프랑스 출장 나가셔도 한 번도 안 들르시잖아요? 혹시…… 사이가 별로 안 좋으세요?"

영준의 눈빛이 약간 짙어졌다. 한동안 물끄러미 접시를 내려다보던 그는 나이프와 포크를 내려놓고서 화제를 돌렸다.

"개 키워봤어?"

"네?"

"개 말이야. 반려견."

말을 돌리다니, 드문 일이었다. 영준은 자존심 강하고 무엇 하나 거리낄 것 없는 데다 애매한 걸 질색하는 성격이라, 그가 대답을 피한다는 건 상상할 수 없는 일이었다.

"아니요."

"난 오래전 최고 혈통의 골든레트리버 한 마리를 키웠어. 이름은 빅뱅안드로메다슈퍼노바소닉이었지."

"쿨럭."

미소는 중2병 제대로 돋는 이름에 도무지 어쩔 줄을 몰랐다.

"그 개 이름, 어렸을 때 부회장님이 지으신 거죠?"

"어떻게 알았어?"

미소가 터지려는 웃음을 억지로 참으며 손을 내젓자 영준은 피식 웃더니 이야기를 계속했다.

"빅뱅안드로메다슈퍼노바소닉은 무척 순했지. 잘 짖지도 않고 영리하고, 내 말을 잘 들어줬어. 그랬던 빅뱅안드로……."

"그냥 줄여서 빅뱅이라고 부르면 안 될까요?"

미소가 중간에 끼어들어 부탁하자 영준은 몹시 못마땅하게 그녀를 바라보다 다시 말했다.

"어쨌든 그 녀석, 이상한 버릇이 있어서 개껌을 주면 꼭 땅에다 묻더라고. 아무도 모를 거라고 생각하는 건지. 그것도 묻어뒀다가 나중에 꺼내기나 하면 좋으련만, 매번 묻어둔 채 그대로 잊어버리는 거야."

"사람으로 치자면 건망증이었을까요?"

"그럴지도."

"그런데 그게 왜요?"

"빅뱅은 딱 10년을 살고 폐렴으로 죽었어."

"어머, 안타까워라. 많이 슬펐겠어요. 혹시 우셨어요?"

"울었을 것 같아? 내가?"

"아니요."

영준이 무슨 말을 하고 싶은 건지 전혀 이해할 수가 없었던 미소는 의아해하며 눈을 깜박였고, 그는 한참이나 지난 후에 담담하게 덧붙였다.

"빅뱅은 오래전에 죽고 없지만, 지금도 우리 집 마당 어딘가엔 그 녀석이 묻었던 개껌이 남아 있겠지?"

"아마도요."

"기억은."

잠깐 말을 끊고 입을 다물었던 그가 이야길 이었다. 꽤 아프게 들리는 어조로.

"기억은 그런 거라고 생각해. 깊이 묻고 덮은 후 외면한다고 해서 있었던 사실 자체가 사라지는 건 아니지."

"그럴듯하네요."

"형하고 사이가 안 좋은 건 아니야. 형하곤, 말하자면…… 빅뱅의 개껌 같은 사이랄까. 이해하겠지?"

빅뱅안드로메다슈퍼노바소닉의 개껌 같은 사이란다. 형이랑 사이가 좋은 건지 나쁜 건지, 이게 뭔 개껌 같은 소리인지 도무지 알 수가 없었다.

방글방글 웃으며 한참이나 영준을 바라보던 미소가 툭 내뱉었다.

"넵. 완벽히 이해했습니다."

"그럼 됐어."

이젠 뭐가 뭔지도 모르겠다는 기분으로 창밖으로 고개를 돌린 미소는 어느새 텅 비어버린 유일랜드를 향해 중얼거렸다.

"문 닫았네요. 아쉬워라. 조금 일찍 올 걸 그랬나 봐요."

"유일랜드, 가본 적 있어?"

"어렸을 때 딱 한 번이요. 초등학교 2학년 때 아버지가 데려와주셨죠. 언니들은 놀이기구 타느라 정신없는데 전 구경만 했어요."

"왜?"

"오래전이라 이유까진 잘 모르겠어요. 그런데 커서 생각해보니 대충 이해는 가더라고요."

"뭐가."

"애가 셋인데 자유이용권을 다 끊으려면 비싸잖아요. 그리고 비싼 돈 주고 끊어줘 봤자, 전 어린 데다 겁도 많아서 아마 탈 수 있는 것도 별로 없었을 거예요."

영준이 흐음 하고 한숨을 내쉬는 순간 미소는 변명하듯 한마디 덧붙였다.

"그래도 회전목마는 탔어요."

"재미있었어?"

"네. 엄청요."

"그래? 그럼 같이 놀이기구 타러 갈래?"

"다음에 기회 되면요."

아, 그러고 보니 다음은…… 없겠구나.

퇴직하고 나면 이제 유일그룹 부회장하고의 접점은 없어진다. 영준이 언젠가 부회장에서 회장으로 한 단계 더 올라간다면, 죽을 때까지 한 번이라도 마주칠 확률보다 화장실에서 벼락을 맞을 확률이 아마 더 크겠지.

미소의 얼굴에 어느새 그늘이 드리워졌다.

"조심해. 추한 꼴 보이면 가만 안 둔다."

"네?"

"식사 마치고 바로 타면 멀미할 것 같아서 하는 말이야."

"무슨……? 설마……!"

"내가 미소에게 주는 선물이라고 했잖아."

그녀가 눈을 커다랗게 뜨자 영준은 자신만만한 태도로 손가락을 들어 창밖을 가리켰다.

"오늘만 특별 야간개장하도록 지시했어. 그리고 프리패스는……."

우아한 선을 그리며 허공을 돌아온 영준의 손가락이 그의 잘생긴 얼굴을 똑바로 가리켰다.

"바로 여기 있지."

"아아…… 부회장님. 저는…… 저는 정말이지."

"응? 왜 그래?"

"정말 감사하지만 이건 좀……."

"그렇게 부끄러워할 것 없어."

"아니, 부끄럽다기보다는……."

"이런 건 꽥꽥 질러줘야 제맛이라고."

"하, 하, 하, 하, 한 번만 사, 사, 사, 살려주십시오! 이거 혹시 멈추는 방법 없나요? 난 몰라, 악! 난 몰라, 벌써 꼭대기, 꼭대기, 꼭대기이! 으흐흑!"

"지상 56미터인데? 여기서 멈추는 게 더 무섭지 않겠어?"

"시, 시, 시, 시, 싫어요. 제발 내려주세요."

"원했잖아. 사양하지 말고 마음껏 즐겨."

"으, 으, 시, 싫어! 싫어싫어싫어싫어! 난 진짜 부회장님 이런 점이 제일 싫! 캬아아아아아아아아아아아아아악!"

까만 밤하늘에 미소와 영준이 내지르는 비명이 길게 울리다 잦아들었다.

"수전증 있나 보네."

미소의 손에 들린 생수병은 손이 떨리는 박자에 딱딱 맞춰 미친 듯이 흔들리고 있었다.

"부회장님은 저런 걸 두 번이나 타고도 괜찮으세요? 안 무서워요? 정말?"

"그래. 진짜 공포란 건 저렇게 시시한 놀이기구 따위를 타고 느낄 수 있는 게 아니니까."

"그럼요? 부회장님은 뭐가 무서운데요?"

"그건……."

미소는 눈을 동그랗게 뜨고 영준을 올려다봤다.

"비밀."

호기심만 잔뜩 유발해놓고서 그가 짓궂게 입을 다물어 버리자 그녀는 길게 한숨을 내쉬었다.

"하아…… 내가 말을 말지."

롤러코스터 앞의 벤치에 앉은 미소는 고개를 숙인 채 계속해서 부들부들 떨었다. 생전 처음 맞닥뜨리는 고공과 순간가속에 고스란히 노출된 후유증에다 추위까지 더해 떨림은 도무지 멈추질 않았다.

"추워?"

"네, 조금."

고개를 숙인 그녀의 눈에 반질반질한 갈색 옥스퍼드 구두 앞코가 들어왔다. 그리고 이어서 어깨로 포근한 감각, 그리고 매혹적인 향기가 내려앉았다.

"아……."

영준의 재킷은 아주 크고 따스했다. 그리고 꼭 그에게 안긴 것 같은 기분이 들어 무척 부끄러웠다.

"다음은 뭘 탈까. 이것보다 좀 더 화끈한 건 없나?"

심하게 붉어진 얼굴을 들키고 싶지 않았던 미소는 쉽사리 고개를 들 수가 없었다.

"원하는 게 있거든 뭐든지 말해. 오늘 여긴 내가 미소한테 통째로 내준 거니까."

짓궂게 건너온 저 말에 맞받아쳐야 하는데 어쩐지 전처럼 자연스럽게 대꾸할 수가 없었다. 왜 그런지 알 수는 없지만.

"꼭……."

"응?"

한참이나 가슴을 진정시킨 미소가 고개를 번쩍 들더니 툭 내뱉었다.

“꼭 유일랜드가 부회장님 것인 듯 말씀하시네요.”

“내 건데.”

“그렇지 않아요!”

눈을 흘기는 미소를 느긋이 내려다본 영준이 싸늘하게 덧붙였다.

“설마 ‘유일랜드는 모든 어린이들의 것입니다.’ 따위의 유치한 농담을 할 생각은 아니겠지?”

그 소리에 미소가 방글방글 웃으며 손바닥을 마주 대고 싹싹 비비자 영준은 피식 웃으며 말했다.

“이번 딱 한 번만 너그러이 봐주지.”

“사전에 두 번째 기회란 건 없는 분께서 웬일로요?”

“내 맘.”

영준이 불쑥 손을 내밀었다.

“자리 옮기시게요?”

“회전목마 타러 가야지.”

“어머.”

그 소리에 반색하며 방글방글 웃은 미소는 그의 손을 물끄러미 쳐다보다 가만히 잡아보았다.

영준의 손을 잡는 게 이번이 처음은 아니다. 공식석상에서 파트너 역할을 하며 에스코트를 받을 때 손을 잡거나 팔짱을 끼는 게 보통이었으니까.

그렇지만 지금은 그때와 달랐다. 남에게 보여주기 위한 게 아니었다. 업무가 아니었다.

손을 잡고서 질질 끌듯 성큼성큼 걸어가버리는 영준의 뒷모습을 보며 미소는 저도 모르게 키득키득 웃고 말았다.

꼭 잡은 그의 손은 아련한 옛 추억을 떠올리게 할 정도로 따뜻했다. 이 사람에게도 이런 면이 있었나 싶어 꽤 놀라웠다.

“왜 웃어?”

“아무것도 아니에요.”

“싱겁기는.”

이것만큼은 유치해서 도저히 못 타겠다는 영준을 내버려둔 채, 미소는 혼자서 원 없이 회전목마를 탔다.

타고, 타고, 또 타고, 속이 울렁거려 더 이상은 못 견디겠다는 생각이 들 때 즈음 “스톱!”을 외친 미소가 취객처럼 비틀거리며 내려왔을 때 영준은 아까 그 자리에 그대로 서서 그녀를 기다리고 있었다.

그가 그녀의 가방을 들고서 마치 처음부터 거기 있던 사람인 것처럼 자연스럽게 기다리고 있는 건 감동적이기까지 했다.

“더 타도 괜찮은데.”

“이 정도면 충분해요. 질릴 때까지 탄걸요.”

“그래?”

사뿐사뿐 다가가 영준의 곁에 선 미소는 다소 썰렁한 터틀넥 티셔츠 차림의 그에게 물었다.

"재킷 돌려드릴까요?"

"됐어."

"추위 많이 타시잖아요. 춥지 않으세요?"

"말 한번 잘했어. 아까부터 추워 죽는 줄 알았다고."

"그럼 돌려드릴게요."

"됐다니까."

계속해서 돌아오는 심드렁한 대답에 미소가 쿡쿡 웃음을 흘리는 순간, 멈추었던 회전목마가 다시 돌아가기 시작했다.

반짝반짝 돌아가는 화려한 불빛, 향수를 불러일으키는 오르간 소리, 그리고 잠이 올 것처럼 포근하고 따뜻한 재킷의 온기에 괜스레 눈물이 날 것만 같았다.

오래전, 아버지의 손을 잡고서 내 차례는 대체 언제 올까 맘 졸이던 그 시절로 다시 돌아간 것만 같았다.

어른의 추억이란 이런 걸까. 이렇게 코가 맵고 가슴이 아린.

"예전에 저희 집이 있던 자리는 어디쯤일까요?"

"글쎄."

미소는 가만히 손을 내밀어 영준의 따뜻한 손을 다시 잡아보았다. 기분 탓인지, 그의 어깨가 잠깐 움찔한 것 같기도 했다.

"이 회전목마 자리라면 좋겠어요."

멍하니 회전목마를 바라보고 있던 영준은 한참이나 지난 후에 툭 내뱉었다.

"귀신의 집 아닐까? 아니, 어쩌면 공중화장실이나 사파리의 곰 소굴일지도."

"아아, 정말. 해도 너무하시네요."

"너무하긴 뭐가 너무해. 하루 이틀도 아니고. 이제 그만 가지."

"칫. 그래도 너무한 건 너무한 거예요."

계속해서 투덜거리긴 했어도, 미소는 자리를 뜨는 동안 끝까지 영준의 손을 놓지 않았다.

미소가 수상한 낌새를 눈치챈 건 회전목마 앞을 떠난 지 얼마 되지 않았을 때였다.

성큼성큼 걸음을 옮기는 영준은 아까와는 달리 확실한 목적지를 둔 듯했다. 거기다 그는 벌써 세 차례나 손목시계를 살피는 중이다. 꼭 누구랑 만날 약속이라도 한 것처럼 말이다.

유일랜드엔 동서 방향을 가로지르는 인공운하인 더원리버가 흐르고 있었는데, 그 한쪽에 매 삼십 분마다 운행하는 소형 유람선 '퀸 드래건'이 정박해 있었다. 영준은 바로 그 '퀸 드래건'을 향해 똑바로 걸어가고 있었다.

"이거 지금 타시게요?"

"왜? 무서워? 정기적으로 안전점검하는 거 알잖아. 괜찮아."

"음, 아니요……. 그런 건 아니고요."

운하 여기저기엔 백조인지 오리인지 모를 흰 새 몇 무리들이 꼭 계략이라도 꾸미는 모양새로 여기저기 모여앉아 있었다. 힐끗 새들을 쳐다본 미소는 어쩐지 개운치 못한 기분으로 배에 올랐고, 두 사람이 타자마자 퀸 드래건 호는 기다렸다는 듯 뱃고동을 울리며 출발했다.

시원한 소리를 내며 뱃머리가 물살을 가르는 것을 구경하던 미소는 마스코트 인형을 만지작거리며 물었다.

"유일랜드 마스코트는 왜 송아지예요?"

하늘을 올려다보고 있던 영준이 담담한 어조로 대답했다.

"증조할아버지가 소띠."

"아아."

고개를 끄덕이던 미소는 문득 눈을 가늘게 뜨고 다시 영준에게 물었다.

"그럼 혹시 퀸 드래건은……?"

"증조할머니는 용띠."

못 살아.

떨떠름하게 영준의 얼굴을 바라보는 순간, 그의 얼굴이 갑자기 눈부실 정도로 환하게 밝아졌다.

펑, 퍼엉!

귀청을 때리는 폭음과 함께 하늘 전체에 색색의 불꽃이 터지기 시작했다.

"어머나! 이게 뭐예요?"

"말했잖아. 퇴직! 선물이라고."

'퇴직'이란 단어에 묘하게 악센트가 붙었다는 것은 알고 있었지만, 미소는 눈앞의 황홀경에 넋을 잃는 바람에 아무 말도 할 수 없었다.

크고 작은 불꽃들이 마치 꽃처럼 피어나다 민들레 홀씨가 흩어지듯 넓게 퍼져 아스라이 사라졌다. 순차적으로 하늘을 수놓는 아름다운 불꽃들을 올려다보며 미소는 벌어지는 입을 도무지 다물 수 없었다.

"와! 정말…… 예뻐요! 불꽃 터지는 걸 이렇게 가까이에서 보는 건 처음이야……. 와아, 어쩜 좋아! 너무 예뻐어어!"

얼마나 좋았는지 미소는 급기야 어린아이처럼 손뼉을 치며 깡충깡충 뛰기까지 했다.

"저것 좀 보세요, 부회장님! 빨리요!"

"어……."

영준의 표정이 멍해지더니 눈동자가 빠르게 진동했다. 어라. 가만. 내가 여기에 왜 왔더라? 지금 뭐 하고 있는 거지? 여긴 어디? 난 누구?

"예쁘지 않아요?"

"응……. 예쁘네."

언제부턴가 영준의 눈은 화려한 불꽃놀이가 아니라 미소의 얼굴에 고정된 채다.

부드러운 색색의 빛이 어린 미소의 얼굴은 전에도 그랬지만 참 선이 곱고, 아까울 정도로 예뻤다.

한동안 일에 치여 제대로 봐주지 않았던 그녀의 얼굴을 보는 동안 그는 다시 오래전으로 돌아간 기분이었다.

잊어버렸다고 하면 다 괜찮을 것 같았다.

형이 들고 온 조각 때문에 딱 한 개 남아도는 퍼즐 조각. 그것으로 인해 모두들 고통스러워하고 있으니 나 혼자만 잊어버린 척하면 모두가 망가지는 것을 막을 수 있을 거라 생각했다.

그래서 깊게 판 구덩이에다 묻고 그대로 덮어버렸다. 한 번도 없었던 친구 대신 내 이야기를 열심히 들어주었던 애완견이 습관처럼 묻고서 잊어버렸던 개껌처럼. 짧았지만 영원 같았던 그 시간도, 끔찍했던 기억들도 모두 꼭꼭 덮고 발로 밟아 단단하게 매장해버렸다.

그 순간 주변의 모든 것은 다 거짓말처럼 제자리로 돌아왔다. 그렇지만 오랜 시간이 흐른 후에야 알게 됐다. 그때 '나'도 함께 파묻어버렸다는 것을.

부족한 것을 채우려고 노력하는 건 인간의 기본적인 본능이다.

묻었기에 없어져버린 '나'를 채우기 위해 더욱더 '나'에 집착하고 매달렸지만, 몇 달이 지나도, 몇 년이 지나도, 여전히 '나'는 없었다. 어디에도.

그런데.

「내 이름은 김미소야. 오빠 이름은 뭐야?」

길었던 시간을 뛰어넘어 다시 미소를 만났을 때. 그 하얗고 말간 얼굴에 떠오른 복숭앗빛 홍조를 봤을 때. 오른뺨 깊이 패는 볼우물을 봤을 때. '김미소입니다.' 하고 가늘게 떨리는 목소리를 듣고서 의심을 확신으로 굳혔던 그때.

두근두근.

어딘지는 모르겠지만 어딘가에는 분명히 묻혀 있을 심장이 뛰는 게 느껴졌다.

두근두근.

「나 알지요?」

「네.」

「그래요? 내가 누군데요?」

「회장님 아드님이요.」

보통 5세 이전의 기억은 무의식으로 들어간다고 하더니, 미소 역시 그날 일과 '나'의 존재를 착실히 잊어버린 듯했다.

뭐, 다소 서운하긴 했어도 괜찮았다. 그녀가 그날의 일을 잊는 건 '나'의 오랜 바람이기도 했으니까.

그래. 괜찮다.

눈에 보이지 않는다고 다 없어지는 건 아니다. 그 증거가 여기 있으니까. '나'를 알고 있는 그녀가 있으니까. 이렇게 눈앞에 보란 듯이 서 있으니까.

괜찮다. 이제 괜찮다.

미소로 인해 심장과 '나'를 되찾은 이후 9년 동안의 삶은 지극히 평온했고 더 이상 바랄 것이 없었다.

그저 이대로만 쭉 간다면 괜찮을 거라고 생각했는데. 그랬는데.

이제 와서 어디로 가려는 거지, 넌.

"멋져라. 부회장님 곁에 있으니 이런 호사도 누리고, 좋네요."

상념에서 깨어난 영준은 하늘을 올려다보며 되물었다.

"좋아?"

"네. 완전 좋아요."

좋구나, 응? 그렇게 좋구나, 응? 멀쩡한 남자 자존심에다, 가슴팍에다 이따만 한 대못을 연속으로 쾅쾅 박아놓고 넌 지금 웃음이 나오는구나, 응?

"원 없이 보게 해주고는 싶지만."

"네?"

지시가 너무 급히 내려오는 바람에 폭죽을 충분히 구하

지 못했다고 했다. 영준이 '아마 몇 발 안 남았을걸.' 하고 생각하자마자 커다란 하트 모양 불꽃이 하늘 한가운데에 빵 터졌다. 마지막이라는 뜻이었다.

"와아."

마침내 사방이 조용해지자 미소는 물개박수를 짝짝 치며 기뻐했다.

"정말 고맙습니다."

"이 정도쯤이야."

어깨를 으쓱하는 영준의 옆얼굴을 빤히 올려다보며 미소는 뭔가 할 말이라도 있는 듯 방글방글 웃었다.

"왜."

"감동했어요. 진심이에요. 정말 고마워요, 부회장님."

걱정이라곤 하나 없는 밝은 얼굴로 방글방글, 방글방글, 끝없이 방글방글 웃는 미소를 한참이나 들여다보던 영준은 약간 주저하다 천천히 손을 내밀었다.

그러고 보니, 그간 제대로 표현한 적이 없었던 것도 같다.

"고맙긴."

내가 고맙지.

"부회장님……?"

들어올린 손을 별안간 쭉 뻗은 영준은 어린아이 칭찬하듯 미소의 정수리를 부드럽게 쓰다듬더니 머리카락을 마구 헝클어뜨렸다.

"악! 갑자기 왜 이러세요!"

"내 맘."

휙 돌아서서 뚜벅뚜벅 걸어가버리는 영준의 뒷모습을 미소는 오랫동안 의미심장한 눈으로 바라보았다.

"오늘 정말 즐거웠어요."

"즐거웠다니 다행이네."

"이렇게 맘 놓고 놀아본 건 정말 오랜만인 것 같아요."

"나도."

"내일 아침 일찍 댁으로 출근할게요. 그럼 조심히 들어가시고 편안한 밤 보내……."

"잠깐."

집 앞에서 차를 세워두고 작별인사를 하던 중, 영준이 미소의 말을 중간에 끊었다.

집까지 데려다줄 땐 늘 차 안에서 인사하고 쌩 가버리던 사람이 웬일로 차에서 내려 마주 서나 싶더니 뭔가 꿍꿍이라도 있었던 모양이다.

뚜벅뚜벅 걸음을 옮겨 차의 후미로 향하는 영준의 뒤통수에다 대고 미소가 조용한, 그러나 날카로운 한마디를 날렸다.

"설마 장미꽃 아흔아홉 송이가 트렁크에 실려 있는 건 아니겠지요?"

걸음을 딱 멈춘 영준이 무표정한 얼굴로 뒤를 돌아봤다.

"맞아. 있어."

"트렁크에서 몇 시간이나 굴러다녔을 꽃다발이 어떻게 됐을지 안 봐도 슈퍼아몰레드 화질로 선명한데요."

"그래?"

자신 있게 씩 웃은 영준은 다시 걸음을 옮겨 트렁크를 열고 그 안의 스티로폼 아이스박스에서 꽃다발을 꺼내 완충재를 툭툭 턴 후 들고 나타났다. 독한 인간 같으니라고.

풍성하고 탐스러운 붉은 장미꽃다발은 어느 한 군데 다친 이파리 하나 없는 상태로 뚜둥한 위용을 자랑했다.

미소는 진한 향기를 풀풀 풍기는 거대한 장미꽃다발을 건네받고 담담히 말했다.

"별 이상한 설문조사가 다 있구나 싶었어요. 놀랐네요. 저를 위해서 이렇게까지 고생해주시다니."

"고생은 무슨. 김 비서를 위해서 이 정도야 기본이지."

여전히 느긋하게 씩 웃는 영준을 방글방글 쳐다보던 미소가 물었다.

"이런 걸로 꼬드기면 제가 홀라당 넘어가서 '앞으로 평생 열심히 일하겠습니다!' 할 줄 아셨어요?"

"아, 역시 미소는 못 당하겠어."

한동안 서로를 보고 소리 내어 웃던 중, 미소는 가방에서 뭔가를 주섬주섬 꺼내 건넸다.

"오늘 빼빼로데이래요. 박 박사님한테 전해달라고 부탁드리려고 했는데, 받으세요."

유일그룹의 제과계열사인 유일제과에서는 3년 전 신제

품 뚱스틱을 발매했다. 볼륨감 풍성한 그 스틱과자는 날씬한 빼빼로에 맞설 대항마로 야심차게 출시됐지만, 시장에 풀린 지 3개월 만에 그냥 망한 것도 아니고 아주 똥망해 퇴출됐다.

"하필 눈엣가시인 경쟁사 제품을 선물로 주다니, 역시 센스가……."

아니나 다를까, 그냥 넘어가질 않는구나. 미소는 인상을 찡그리며 툴툴거렸다.

"아아, 이런 건 마음이니까 이것저것 따지지 말고 그냥 좀 받아주시면 안 돼요?"

"마음?"

미소가 살며시 내민 두 개의 꾸러미를 내려다본 영준이 배배 꼬인 어조로 내뱉었다.

"아. 김 비서의 마음은 마트에서 산 빼빼로, 그것도 박 박사 거랑 내 거랑 하나씩 휙휙 던져주는, 그런 마음이로구나."

"마음대로 생각하세요. 딸기 맛은 박 박사님 거, 초코 맛은 부회장님 거예요. 덧붙이자면, 부회장님 게 더 크고 비싼 거예요."

"좋아. 그거 하난 마음에 드네."

그 소리에 미소가 다시 방글방글 웃었다.

"오늘 정말 감사했어요. 그 저변에 깔린 주 목적은 깡그리 잊을게요."

"아니. 죽을 때까지 잊지 마. 더 나아가 내세(來世)까지 꼭 기억해둬."

툭 내뱉은 영준은 가볍게 목례한 후 차로 다가갔다.

"안녕히 가세요."

문을 열고 운전석에 앉는 영준을 향해 손을 흔들던 미소는 그가 다시 내려 이쪽으로 성큼성큼 다가오자 눈을 동그랗게 떴다.

"뭐 잊으신 거라도……?"

아무 말도 하지 않은 채 몹시 심각한 표정으로 다가온 영준은 한 걸음만 더 다가오면 서로의 가슴이 맞닿을 거리에서 그녀를 똑바로 내려다봤다.

고개를 꺾어 영준의 얼굴을 올려다보던 미소가 방글방글 웃으며 가만히 손을 내밀었다.

슬쩍, 그의 입술에 그녀의 손끝이 내려앉는가 싶더니.

"이건 절대 안 돼욧."

영준의 얼굴을 우악스럽게 밀어낸 미소는 이내 그길로 쌩하고 내빼버렸다.

골목 어귀에 홀로 남은 영준은 고개를 숙이고 한참이나 키득거리다 이내 차를 몰고 사라졌다.

영준을 보낸 후 피곤했던 나머지 씻자마자 잠이 들었던

미소는 밝은 빛에 눈을 떴다. 커튼 치는 것을 잊었는지 창문을 통해 보름달빛이 환하게 쏟아지고 있었다.

꿈을 꾸었다. 오래전 그날의 꿈을.

「여기가 너희 집이야?」

「응.」

「어서 들어가. 자다가 나왔다며.」

「오빠, 아직도 다리 아파?」

「아니.」

「그런데 왜 절뚝거려?」

「이건…… 그냥.」

「오빠 집은 어디야? 다음에 놀러 갈게.」

「우리 집은 여기서 멀어.」

「많이?」

「그래.」

「그럼 울 아빠한테 자전거 태워달라고 해서 가면 되지.」

「아니야. 내가 곧 놀러 올게.」

「정말?」

「그래. 정말.」

「오빠 이름 절대 안 잊어먹을게. ……오빠.」

「바보. 그게 아니라니까. 내 이름은 성……, 이성……이라고!」

새벽 3시를 가리키고 있는 시계를 보며 미소는 여전히 꿈을 꾸는 듯한 눈을 하고 중얼거렸다.

"그날도 이렇게 달이 밝았는데……. 이성……진? 이성환, 이성현……? 아아, 뭐였더라?"

❦ ✣ ✤ ✣ ❦

미소와 노느라 미뤄두었던 해외사업부 화상 업무보고를 듣고 나니 벌써 새벽 3시였다. 지금 눈을 붙이더라도 두 시간밖에 못 잘 상황. 그냥 밤을 새우는 게 나을 듯했다.

찌뿌드드한 어깨를 툭툭 치며 서재책상 앞에서 일어난 영준은 책상 구석에 놓인 빼빼로 꾸러미 두 개를 뒤적이다 그중 빨간색 부직포로 예쁘게 포장된 꾸러미를 집어 올렸다.

손재주가 좋은 미소는 전부터 곧잘 뭔가를 뚝딱 만들어 선물하곤 했는데, '마음'을 강조한 거라 그런지 이번 선물은 조금 더 특별하게 느껴졌다.

이리저리 두리번거린 영준은 빼빼로 꾸러미를 소중히 들고서 서재 한쪽 벽으로 다가갔다.

지금까지 여러 대회에서 탄 상장과 금메달, 1등 트로피들이 전시되어 있는 거대한 장식장 문을 연 그는 눈에 잘 띄는 선반에 놓인 트로피들을 한쪽으로 싹 밀어놓은 후 생긴 자리에 미소의 선물을 안착시켰다.

"흐음. 그림 좋은데."

장식장 문을 잘 닫고 다시 책상으로 돌아온 그는 남은 한 개의 꾸러미를 내려다봤다.

'박 박사님께.'라고 쓰인 메모를 떼어 휴지통에 던져 넣은 그는 포장을 마구 풀어헤친 후 딸기 맛 빼빼로를 하나 꺼내 똑똑 끊어 먹더니 인상을 찌푸렸다.

"에엑, 입맛만 버렸네. 맛이 왜 이래?"

남은 빼빼로를 툭 던지고선 그는 담배를 하나 꺼내 물고 곧장 창가로 가 불을 붙인 후 깊은 숨을 빨아들였다.

「이런 걸로 꼬드기면 제가 홀라당 넘어가서 '앞으로 평생 열심히 일하겠습니다!' 할 줄 아셨어요?」

「아, 역시 미소는 못 당하겠어.」

"바보. 못 당하긴 내가 뭘 못 당해."

공중에다 하얀 연기를 길게 뿜어낸 영준은 씨익 웃으며 중얼거렸다.

"잠복기가 무서운 게 뭔지 알아? 감염됐다는 사실을 본인은 전혀 모른다는 거지."

블록버스터의 저주는 이미 시작됐거든. 너는 모르고 있겠지만.

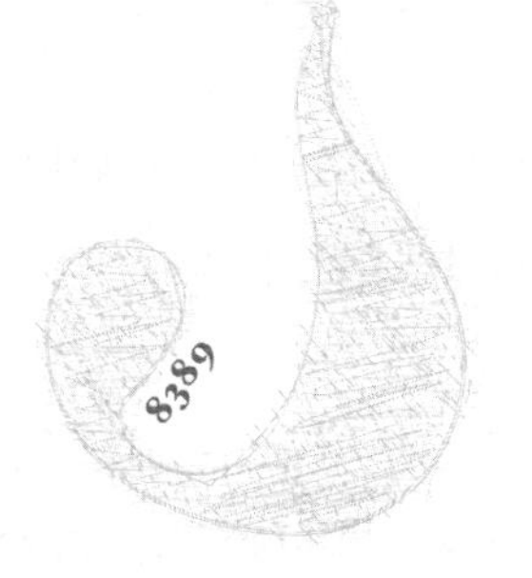

토요일인 오늘, 매일 오전 7시 30분에 있던 유일그룹의 임원회의가 삼십 분 앞당겨졌다. 한 해에 한 번 있는 총 단합체육대회가 있는 날이기 때문이었다. 오늘은 모처럼 영준도 직접 회사로 출근해 회의에 참석했고, 그 때문인지 보통 한 시간 정도면 마무리되었던 회의는 좀 더 길어져서 꽤 늦은 시각에 마무리되었다.

회의실을 빠져나오던 영준은 곁에서 콧노래를 흥얼거리며 걷고 있는 유식을 힐끗 쳐다봤다.

오늘 영준 대신 개회사를 낭독할 예정인 유식은 와인색 회사 체육복을 입고 출근했는데, 어울리지 않게 목에다 화려한 무늬의 스카프를 매고 있었다.

"박 박사, 어디 아프냐?"

"왜."

"그 촌스러운 스카프는 뭐야?"

"촌스럽다니. 뽀인트라고, 매력 뽀인트. 오늘 꼭 잘 보이고 싶은 사람이 있어서. 흠흠."

"잘 보이고 싶은 사람이라니, 누군데?"

유식은 품에서 지갑을 꺼내고 주위를 살피더니 뭐 좋은 거나 보여주는 것처럼 사진 한 장을 꺼내 영준에게 보여주었다.

"누구야, 이 관상용 피라냐같이 생긴……?"

영준의 말이 미처 다 끝나기도 전, 유식이 목소리를 높이며 마구 흥분해댔다.

"뭐? 피라냐라니! 어떻게 우리 프린세시즈의 리더 머메이드한테 그딴 망발을 할 수 있어?"

체육대회 폐막식에 유명 걸그룹을 초청했다더니, 아무래도 그 이야기인 듯했다.

"한 번만 더 머메이드를 모욕하면 가만 안 둘 거야! 내 손에 죽는다, 너!"

"어디 죽여봐."

영준이 싸늘하게 뇌까리자 유식은 금세 기가 죽어 부르르 떨다 목소리를 낮추었다.

"와이프도 떠났고 내게 남은 거라곤 우리 머메이드밖에 없단 말이다. 그러지 좀 마라."

"사람 보는 눈이 그것밖에 안 되냐? 그 과하게 화려한 얼굴이 예뻐 보여? 김 비서 민낯이 훨씬 나은데."

몹시 한심하게 건너다보는 영준의 태도에 발끈한 유식이 소리쳤다.

"삼촌 팬 듣는 앞에서 우리 머메이드 욕하지 마! 우리 머메이드는 오디션에서 무려 500대 1의 경쟁률을 뚫고 입성한 전설의 레전드임에도 겸손하고 착해 칭송이 자자한 처자라규!"

"병이 깊다. 중증이구나."

"어린 나이에 얼마나 예쁘냐, 응? 아유우. 이슬만 먹고 살게 생기지 않았어?"

"사람이 이슬만 먹으면 당장 굶어 죽지. 가끔씩 널 보면 일이라도 잘해서 다행이라는 생각이 든다. 나이가 몇인데 아직도 현실과 판타지를 오락가락해?"

동정 가득한 영준의 표정에 오기가 생긴 유식이 단호하게 말했다.

"어차피 만족 못 할 거, 추한 현실보다는 차라리 저 너머의 판타지를 택하겠다용!"

"듣기 싫은 말투는 집어치워. 그리고 하나도 와 닿질 않는다고."

"생각해봐. 미소 비서는 술도 먹고 곱창도 먹고 닭발도 먹고 산낙지도 먹고 마늘 먹으면 마늘 냄새도 나고 방귀도 뀌고 트림도 하고 아침에 일어나면 눈곱도 붙고, 아! 똥도 싸지. 아마 지금도 이 빌딩 어딘가의 화장실 변기에 앉아서 끙끙……."

무표정했던 영준의 얼굴이 돌연 험악해졌다.

"닥쳐."

"밀어내기 한판……."

"닥치라니까!"

퍽!

들고 있던 서류철을 유식의 얼굴에다 확 던져버린 영준은 휙 돌아서서 뚜벅뚜벅 걸어가버렸다.

코끝이 빨개진 유식은 영준의 뒷모습을 보고 또 한 번 부르르 떨다 내뱉었다.

"아오오! 저 성질!"

❣ ✣ ✤ ✣ ❣

"시원하게 밀어내셨어요?"

"하아……. 역시 잘 안 되네."

"물가리스라도 매일 드셔보세요. 전 효과 많이 봤는데."

미소는 벌써 사흘째 쾌변하지 못해 탱탱해진 아랫배를 살살 문지르며 길게 한숨을 내쉬었다.

"전에 몇 주 먹어봤는데, 나는 신경성인지 별로 도움 안 되더라고."

비서실 책상에 앉아 걱정스레 올려다보는 지아는 책 한 권을 들고 있었다. 아련하게 느껴지는 푸른 바탕 표지엔 '오래된 이야기'라는 제목이 인쇄되어 있었다.

"무슨 책?"

"아, 로맨스소설이요."

"어머. 나도 로맨스소설 좋아하는데. 바빠서 통 읽을 새도 없었지만.”

미소는 반가운 표정으로 걸어가 지아가 들고 있던 책을 건네받아 살펴보았다.

“어머, 모르페우스 작가님 작품이잖아?”

“네. 어젯밤에 오랜만에 꺼내 들었는데, 정말 대단하다니까요, 모피 님은. 그 세밀한 심리묘사와 에로티시즘이라니. 한번 들면 도무지 중간에 놓을 수가 없어요.”

“음. ‘눈빛만으로 올 킬’이 참 좋았는데. ‘가져, 날’도 좋았고요. 아! 시리즈였던 ‘삼키겠어, 널’은 정말 완전……!”

“맞아요! 완전……!”

크흐흐, 하고 웃으며 얼굴을 확 붉힌 두 사람은 동시에 외쳤다.

“끝내주게 야했지?”

“대박 야했죠?”

부끄러워 발을 동동 구른 두 사람은 얼굴에 손부채질을 했다.

“남자인데도 여자 마음을 어찌나 잘 아는지…….”

지아가 중얼거리는 말에 미소가 눈을 동그랗게 떴다.

“에엥? 모르페우스 작가가 남자라고?”

“모르셨구나! 모피 님 남자예요. 지금 아마 삼십 대 중반일걸요. 데뷔 초창기였던 10년 전쯤 개인홈피에 가입했던 사람들은 직접 만나기도 했었다나 봐요. 키도 크고 잘생기고 색기가 아주 대단해서 눈빛만으로도 진짜 올 킬해버렸다는 소문도 있었고 언뜻 듣기로는 대단한 재력가의 장남이라는 이야기도 있고……. 뭐, 사실인지 아닌지까지는 잘 모르겠지만요."

"어머머. 신기해라. 그 홈페이지 어디야?"

"지금은 폭파됐어요. 이 책도 실은 그 홈피에서 개인지로 한정 출간했던 작품이고요. 짜자잔. 이게 바로 그 모르페우스 작가의 레알 첫 작품이랍니다."

"어? 첫 작품은 '너의 해열제가 되고파' 아니었던가?"

"그건 출간작 중에서고, 실제로는 이 '오래된 이야기'가 최초 작품이에요."

"호오."

"이 책은 지금 한 권에 십오만 원이나 해요. 그것도 없어서 못 구한다니까요. 저도 아는 언니 통해서 작년에 간신히 한 권 구했어요. 십만 원 주고."

"세상에, 무슨 책이 그렇게나 비싸대?"

"그래도 돈 들인 보람은 있었어요. 자전적 소설인데 재밌거든요. 엄청."

"그럼 나도 좀 빌려줘."

"어…… 이건 안 되는데……."

"진짜 깨끗이 보고 돌려줄게. 딱 한 번만."

"으아앙……."

둘이서 실랑이를 하고 있는 사이, 출입문 쪽에서 인기척이 났다. 회의를 막 마치고 돌아온 영준이었다.

"다녀오셨어요?"

"준비는 다 끝났어?"

"네. 컨디션 최상입니다."

영준은 회사 체육복 차림의 미소와 지아를 쳐다본 후 물었다.

"출전 종목이 뭐랬지?"

"저는 100미터 달리기, 릴레이 달리기랑 훌라후프, 그리고 김지아 비서는 빵 따먹기랑 킹카 퀸카 2인 3각 경주요."

"두 사람 다 전 종목 목숨 걸고 1등 할 각오는 돼 있지?"

그렇게 묻는 영준에게선 '절대 농담 아님.'이란 분위기가 노골적으로 풍겼다.

기가 질린 지아는 덜컥 겁을 집어먹고 살살 눈치를 봤지만 미소는 아무렇지도 않은 듯 방글방글 웃으며 느긋하게 대답했다.

"으음. 왕년 실력이 나올지 모르겠네요."

"1등 할 자신 없으면 아예 나가지도 마."

"에이. 그래도 그럴 수 있나요. 이런 건 참가하는 것만으로도 의의가 있는 거라고요."

미소의 말이 끝나자마자 영준은 눈을 크게 뜨더니 정색을 했다.

"무슨 말도 안 되는 소릴 하고 앉았어? 그런 건 경쟁에서 진 사람들이 변명 삼아 하는 소리잖아."

"넵. 그럼 최선을 다하겠습니다."

"말귀를 전혀 못 알아듣는군. 옛말에 수사불패(雖死不敗)라고 했어. 죽을지언정 지지는 말란 말이야. 최선을 다하는 걸로는 모자라. 무조건 내 앞에 1등을 가져와."

"옛썰!"

미소가 방글방글 웃으며 경례하는 시늉을 하자 영준은 그제야 만족스러운 듯 희미하게 웃고서 집무실로 들어가 버렸다.

지아는 닫힌 문을 슬금슬금 곁눈질하며 입을 삐죽 내밀고 투덜거렸다.

"부회장님은 아무리 봐도 좀 그래요."

"뭐가?"

"1등 아니면 다 꼴찌인 것처럼 말씀하시잖아요. 이런 사내 체육대회에서 누가 목숨 걸고 덤빈다고……."

"어머? 그런가?"

방글방글 웃으며 건너다보는 미소의 눈에는 어느새 살기가 잔뜩 어려 있었다. '1등은 오직 나만의 것!'이라는 의지가 활활 불타오르고 있었다.

그러고 보니 9년 동안 콤비로 지냈다던 저 보스와 비서는 어딘지 모르게 다른 듯 닮아 있었다. 한쪽은 대놓고 잘났고 다른 한쪽은 겸손한 척하면서 잘났고.

"지아 씨, 어서 짐 챙겨. 부회장님 출발하시면 우리도 슬슬……."

그때, 집무실 안쪽에서 정체를 알 수 없는 둔탁한 소리가 났다. 뭔가 무거운 것이 떨어져 바닥에 부딪치는 소리 같았다. 그리고 이어진 영준의 고함.

"김 비서!"

아랫배 깊숙한 곳에서 성대를 거치지 않고 곧장 터져 나온 듯한 고성이었다.

거기에 배어 있는 선연한 분노와 초조함에 지아는 저도 모르게 몸서리를 치고 말았다. 두피를 포함한 온몸의 모공이 일제히 수축되며 털이 바짝 곤두서는 기분이었다.

"네!"

무슨 일이 생겼다는 것을 직감한 두 사람은 용수철처럼 튀어올라 집무실 안으로 돌입했다.

키보드에서 튀어나온 키 캡들이 사방에 어지러이 널려 있어 둘러보니, 바꾼 지 얼마 되지 않은 새 랩톱이 영준이 짚고 서 있는 집무책상 아래에 박살난 채 널브러져 있었다.

어두운 안색으로 무표정하게 서 있는 영준과 그의 주변을 한눈에 살핀 미소는 재빨리 그의 곁으로 다가가더니 이내 이해할 수 없는 행동을 했다. 책상 구석 사무용품함에서 가위를 꺼내더니 쪼그리고 앉아 랩톱의 파워케이블을 묶어둔 나일론 케이블타이를 급히 잘라낸 것이다. 잘라낸 케이블타이를 얼른 주머니에 쑤셔넣어 숨긴 그녀는 벌떡 일어나 그제야 영준의 상태를 확인했다.

"부회장님, 괜찮으세요? 안 다치셨어요?"

"누구야. 방금 그걸로 전선 정리한 사람."

이미 다 알고 있다는 듯, 영준의 서늘하기 짝이 없는 시선이 곧장 지아에게로 향했다.

그와 눈길이 마주치는 순간 지아는 오싹해진 나머지 입도 몸도 꽁꽁 얼어붙고 말았다.

"죄송해요. 제가 그랬어요. 아유, 깜박 잊었네요. 한 번만 봐주세요."

미소가 방글방글 웃으며 내놓은 애교 섞인 대답에도 영준은 한참이나 더 지아를 노려보더니 이내 뚜벅뚜벅 문으로 향했다.

"부회장님, 랩톱은 수리 맡길까요, 아니면……."

"자료 백업하고 갖다 버려."

"네에. 먼저 출발하세요, 저흰 조금 이따 따라가겠습니다."

방글방글 웃는 미소의 얼굴을 슬쩍 곁눈질한 영준은 뭔가를 더 말하려다 말고 몹시 못마땅한 얼굴로 방을 나가버렸다.

영준이 나간 후 집무실 문이 쾅 닫히자마자 지아는 가슴 앞에다 손을 모으고 그때까지 참았던 숨을 길게 내쉬었다.

"흐아아……."

"지아 씨. 내가 몇 번이나 말했잖아. 부회장님 질색하시니까 케이블타이는 절대 쓰지 말라고."

"아아, 깜박 잊어버리고 그만……."

"내가 있었으니 망정이지, 잘못했으면 수습딱지도 못 떼고 잘릴 뻔했어."

그 소리를 들은 지아는 멍하니 서 있다 말고 억울한 듯 투덜거렸다.

"아니, 이게 그렇게나 큰일인가요? 세상에 케이블타이로 전선 정리하는 그 당연한 일 때문에 멀쩡한 노트북을 버리는 사람이 어디 있어요?"

지아는 망가진 랩톱을 차분히 수습하는 미소를 황당하다는 표정으로 내려다보았다. 흥분해서인지 목소리 톤도 살짝 높아졌다.

"그냥 좋게 얘기할 수도 있는 거 아니에요? 부회장님은 어쩜 성격이 저러시죠? 부장님은 어떻게 저런 분을 9년이나 모셨어요? 완전 재수 없지 않아요?"

그 소리에 미소가 돌연 발끈했다.

"어머머, 지금 그게 무슨 소리야? 실수한 건 지아 씨잖아."

"아……."

"난 거미가 싫어. 공중에 매달린 거미만 보면 진짜 기절할 것처럼 싫다고. 지아 씨도 공중화장실의 뚜껑 닫힌 변기 싫다고 했잖아. 누구나 죽도록 싫은 거 하나씩은 있지 않아? 그런 걸 가지고 재수 없다느니, 어쩐다느니, 사람이 대체 왜 그래?"

"죄, 죄송합니다."

"죄송하면 다가 아니야. 그리고 말이야 바른말이지, 우리 부회장님이 조금 독단적인 면은 있긴 해도 사실 저만큼 잘난 사람이 어디 있어? 주변을 좀 둘러봐. 어디 우리 부회장님 발끝이라도 따라갈 만한 사람이 있는지……."

다다다다, 끊임없이 이어지는 미소의 잔소리를 듣던 지아는 무슨 일인지 엄마를 떠올렸다.

올해로 결혼 30년 차인 엄마는 근래 들어 줄곧 아버지와 냉전 중이었는데, 아버지와 눈만 마주쳐도 '아이고, 아이고, 지겨워! 내가 저 화상 좀 안 보고 살면 원이 없겠네!' 하고 투덜거렸다. 그 상태가 일주일쯤 지속됐을 때 엄마와 절친한 앞집 아줌마가 놀러 와 '지아 아빠는 생긴 건 멀쩡한데 사람이 영 못쓰겠구먼.'이라고 했다. 앞집 아줌마는 그 즉시 엄마에게 '이 여편네가 미쳤나!' 소리와 함께 험한 욕을 듣고 집으로 돌아갔다. 그 이후 앞집 아줌마와 엄마는 함께 묫던 계까지 깼다. 아무리 미워 죽이고 싶다 해도 남편 욕은 전적으로 아내만의 권리인가 보다.

"알았지? 명심하고 앞으론 조심해."

"넵. 죄송합니다."

고개 숙이는 지아를 바라보던 미소가 문득 의미심장한 눈빛을 하고 방글방글 웃었다.

"미안해?"

"네."

"진짜?"

"네. 진짜."

"정 미안하면 아까 그 책 좀 빌려주라. 깨끗하게 보고 돌려줄게."

"아…… 넵."

떨떠름한 표정의 지아와 정반대로 미소는 방글방글, 방글방글, 끝없이 방글거리고 있었다.

❦ ✣ ✤ ✣ ❦

대규모 종합운동장의 실내체육관 안은 곳곳에 붙은 대형 플래카드와 수많은 인파, 엄청난 함성으로 온통 후끈했다. 관중석도 각 부서별로 빨강, 파랑, 노랑 등 원색의 조끼를 맞춰 입고서 정렬해 앉은 임직원들로 꼭 아름다운 색종이를 흩뿌려놓은 듯 보였다.

그러나 열정에도 한계가 있는지, 오후 4시쯤 되어 폐막식이 가까워지니 얼굴만으로도 입사 연차와 직급을 구분할 수 있을 정도가 되었다. 이십 대 사원들은 아직도 힘이 펄펄 끓어 넘쳤고, 과장급 이상은 진작부터 얼굴이 누렇게 뜨기 시작했던 것이다.

훌라후프 경기가 끝나자 운동장은 방금 대회를 마치고 흩어진 사원들과 다음 대회를 준비하는 사원들이 뒤섞여 아수라장이 따로 없었다. 그 난리통에 누군가가 미소를 불러댔다.

"부장님! 김미소 부장님!"

"응?"

익숙한 목소리에 뒤를 돌아본 미소는 애타게 자신을 부르는 박 대리를 발견했다.

"부장님!"

"아, 박 대리. 에헤. 나 1등 먹었지롱! 마지막엔 살짝 아슬아슬했지만, 그래도 질 수야 있나. 후후후."

"안 그래도 대단하시던데요. 그 가느다란 개미허리를 어쩜 그렇게 잘 돌리세요? 다들 혀를 내둘렀지 뭐예요."

"과찬의 말씀. 그런데 박 대리 뛸 준비 안 하고 뭐 해? 바로 다음이 2인 3각 아니야? 지아 씨는 왜 안 보이지?"

"아, 그 얘긴데요, 지아 씨가 아무래도 아까 먹은 게 잘못됐나 봐요. 화장실을 벌써 다섯 번이나 들락거리더니 도저히 못 나가겠다고 하네요."

"어머머, 큰일이네. 뭐가 잘못됐을까?"

"아까 빵 따먹기 할 때 단팥빵 앙금이 좀 시큼했다더라고요."

"아유우, 어떡해."

"부장님이 지아 씨 대신 좀 출전해주심 안 될까요?"

"안 될 거야 없지. 어서 갑시다."

2인 3각 경기장소로 자리를 옮기던 중, 박 대리가 의미심장한 미소를 짓더니 조용히 귀띔했다.

"계 타신 거예요, 부장님."

"응?"

"실은, 지아 씨 파트너가 고귀남 과장이거든요."

"고귀남 과장? 그게 누군데?"

"어머, 고귀남 모르세요? 사내 킹카 중의 킹카잖아요. 이름부터 킹카 스멜이 풀풀 풍기지 않아요?"

"킹카라고? 오우! 대애박!"

"저기 보세요, 저기. 저 사람이 고 과장이에요. 키도 크고 와안전 잘생기지 않았어요?"

"어디, 어디!"

박 비서가 가리키는 곳을 본 미소의 고개가 2시 방향으로 삐딱하게 기울었다. 완전 잘생겼다는데…… 어……. 솔직히 잘 모르겠다.

"서울대 출신에 집안도 그렇게 좋대요. 들리는 소문엔 자기 명의로 강남에 아파트도 한 채 있다고 하고. 나이는 서른셋인데 지금은 여친 없대요. 진짜 괜찮지 않아요?"

"아…… 으음."

서울대 출신에 해외유학파, 무려 유일그룹 회장의 아들, 강남의 백 평대 펜트하우스 아파트를 포함한 자기 명의의 부동산과 금융자산만 해도 헤아릴 수 없을 만큼 대규모인, 거기다 나이 서른셋에 아직 여친이 한 번도 없었던 남자를 9년이나 지척에서 모셨었는데 괜찮다는 소리가 바로 튀어나올 리 만무했다.

그런데 어라? 이 찜찜한 기분은 뭐지?

미소가 뭔가 좀 석연치 않은 기분으로 턱을 만지작거리는 순간, 장내에 방송이 울렸다.

– 2인 3각 출전 선수들은 자리에서 준비해주세요.

"미인이시네요."

"네?"

"미인이시라고요. 동안이시고요."

미소가 주최 측에서 준비해준 색깔 밧줄로 서로의 발목을 단단히 묶는 동안 고 과장은 쉴 새 없이 시답잖은 소릴 하며 그녀의 환심을 사기 위해 노력 중이었다. 그러나 미소는 아까부터 줄곧 방글방글 웃기만 했을 뿐, 온 정신이 딴 데 가 있었다.

"발목 너무 조이는 것 같진 않으세요, 고 과장님?"

"네, 전 괜찮습니다."

"건성으로 보지 말고 제대로 보세요. 나중에 뛰다가 아프다고 하면 아주 곤란하니까요."

"에이, 뛰다가 아프면 쉬엄쉬엄 하죠, 뭐."

"안 돼욧! 무조건 1등으로 들어가야 해요."

"하하하. 겨우 사내 체육대회에서 무슨……."

"아니, '겨우'라니, 무슨 속 편한 소릴 하고 계세요? '옛말에 수사불패라고 했어. 최선을 다하는 걸로는 모자라니 무조건 1등을 가져와.'라고 말씀하셨습니다!"

"누가요?"

"부회장님이요."

"아……. 예에. 쿨럭."

"목숨 걸고 뛰세요. 아셨어요?"

"넵!"

여러 의미로 목숨 걸어야 할 듯하다.

"파이팅!"

"파, 파이팅."

마주 보고 주먹 부르쥐며 파이팅을 외치다 보니 어째 친밀도도 좀 높아진 듯하여, 고귀남은 그새 슬쩍 말을 붙이기 시작했다.

"그런데…… 김미소 부장님, 학교는 어디 나오셨습니까?"

"정상여고요."

"아이구, 우리 부장님, 미모만 여신 급이신 줄 알았는데 유머감각은 조물주 급이시군요. 하하하."

유머 아닌데. 진짜인데.

"전 서울대 경영학과 나왔습니다. 부회장님 후배죠."

"아, 네에. 그러시구나."

"그런데 어익후. 제 키가 좀 많이 커서요. 183이나 되거든요. 불편하실 텐데, 이거 죄송해서 어쩌나요?"

이건 무슨 신종 잘난 척인지. 잘난 척을 하려면 화끈하게 하고 말려면 말고, 어느 쪽인지 태도를 확실히 하라고.

자리에서 일어난 미소는 그의 머리에서부터 발끝까지를

쭉 훑어본 후 방글방글 웃으며 대답했다.

"부회장님보다 작으신걸요, 뭐. 괜찮아요. 이대로 전력 질주할 테니까 발 움직여보세요."

한데 엮은 발을 살짝 움직여보며 고 과장은 계속해서 대화에 집착했다.

"곧 그만두신다고 들었는데, 정말이신가요?"

"네."

"시원섭섭하시겠습니다."

"그러네요."

"그만두고는 어디로 가십니까?"

"아직 안 정했어요. 좀 쉴까 해서요."

"아하. 그렇죠. 사실 여자분들은 이렇게 밖에 나와서 종일 일하는 거, 좀 힘들잖아요."

"아닌데요. 전혀."

"아하, 그렇구나, 아니시구나……."

한참이나 어색하게 쭈뼛거리던 고 과장은 함께 달리기 위해 줄을 서는 순간 그 의도가 한눈에 빤히 보이는 질문을 던졌다.

"실례지만…… 부장님 혹시 지금 사귀는 분은 있으세요?"

"아뇨."

괜스레 얼굴을 붉힌 그는 뒷머리를 북북 긁더니 덧붙여 물었다.

"놀이공원은 좋아하십니까?"

"네."

"이번 주말에는 뭐 하세요?"

"글쎄요, 아직 계획 없는데요. 일단 쉴 수 있을지부터 모르겠고요."

미소는 고귀남의 얼굴을 여전히 방글방글 웃는 얼굴로 쳐다봤고, 그는 멋쩍은 듯 얼굴을 붉혔다.

"그럼, 시간 되실 때 저랑 식사하실래요?"

"아……?"

어머, 어머, 어떡해. 자세히 보니 이 남자……. 고귀남의 얼굴을 빤히 쳐다보던 미소가 돌연 얼굴을 확 붉히며 고개를 돌렸다.

"아하하. 그렇게 부끄러워하실 필요는 없습니다. 큰 의미를 두고 드린 말씀은 아니니까요. 실은 이번에 녹원호텔 뷔페이용권 두 장을 선물 받았는데 같이 갈 사람이 없어서요. 아시는지 모르겠지만 녹원호텔 뷔페가 좀 비싸고 괜찮습니다. 하핫."

"아…… 저는……."

어떡해, 이걸 어떡하면 좋아.

저 사람, 코털 삐져나왔어. 알려줘야 하나. 알려준다면 어떻게 알려줘야 하지? 아니, 도대체 코털이 왜 밖으로 마실 나와 있는 건데? 보통 남자들도 거울 자주 보지 않나?

말을 잇지 못한 채 얼굴만 붉히고 쩔쩔매는 미소를 바라보며 고귀남은 흐뭇하게 웃었다.

"하하하. 그렇게 안 보이시는데 성격이 굉장히 내성적이신가 봐요."

"아, 아니, 뭐 그런 건 아니고요……."

"식사하신 후에는 같이 유일랜드도 가고요. 제가 자유이용권 끊어드릴게요. 유일랜드 비싸긴 해도 오후권 끊고 직원할인 받으면 가성비 괜찮아요. 어떠세요?"

가성비 얘기가 여기서 왜 나오는지는 둘째 치고. 외향적 코털남이여, 그대는 진정한 자유이용권의 의미를 모르고 있도다.

미소는 떨떠름한 표정으로 고귀남의 얼굴을 바라봤다가 별안간 뭔가에 얻어맞은 듯 눈앞이 캄캄해졌다.

"어? 잠깐! 그러고 보니……."

당황한 미소는 눈을 크게 뜨고서 고개를 홱홱 돌려 주위를 둘러봤다.

킹카 퀸카 2인 3각이라는 타이틀에 걸맞게 사방엔 소위 잘나간다는 솔로 남사원들이 포진해 있었다.

그런데 킹카는 대체 어디에 있는 거지? 킹카는커녕 아무리 둘러봐도 포유류 내지는 어패류들만 보일 뿐이었다. 이곳은 동물원이다! 아쿠아리움이라고!

미소는 아까부터 느끼고 있던 찜찜한 기분의 정체를 그제야 깨달을 수 있었다. 너무 오랫동안 영준의 곁에 머물렀기에 그동안 알아차리지 못했던, 그리고 더 볼 것도 없이 백 퍼센트 정확한 팩트였다.

이제 앞으로 어딜 가도, 누굴 만나도 동물원 내지 아쿠아리움에 온 기분을 느끼게 될 거란 것!

이영준이라는 인간과 함께했던 지난 9년 사이 이미 눈이 에베레스트산 정상에 안착했는데 누굴 만난들 성에 찰 수가 있을까. 애초에 대조군이 이영준인 상황에서 평범한 연애 같은 건 시작조차 할 수 없을 게 분명했다.

고개를 홱 돌린 미소는 절망한 눈으로 저 멀리 본부석을 바라봤다.

그러면 그렇지.

거기엔 후광 옵션이라도 단 듯한 영준이 매력적인 자태로 다리를 꼬고 앉아, 그럴 줄 알았다는 듯 느긋한 표정으로 그녀를 내려다보고 있었다.

❦ ✣ ✤ ✣ ❦

"으아아, 지친다. 빨리 안 끝나나. 우리 머메이드는 언제 만날 수 있는 거지? 후아암."

늘어지게 하품을 한 유식은 눈가에 배어나온 눈물을 손등으로 쓱 닦아내며 홍삼파우치를 쪽쪽 빨았다.

곁에 앉은 영준은 여유로운 표정으로 운동장을 굽어보는 중이다. 그의 시선 끝엔 2인 3각 경기에 출전하기 위해 대기 중인 미소가 있었다.

"어라? 미소 비서 저기서 뭐 한대? 김지아 비서는 안 보이는 걸 보니 대타로 나오나 보네. 그나저나……."

유식은 슬쩍 영준의 눈치를 살피며 덧붙였다.

"큰일 났구먼! 사내 킹카 솔로들이 다 모였는데, 우리 미소 비서 저기서 누구랑 눈이라도 맞으면 어쩌나."

"그럴 리가."

"자신만만해하다 자빠져서 큰코다친다, 너."

"미소는 어떤 놈하고도 눈 못 맞아. 저주에 걸렸으니까."

"뭐?"

"블록버스터의 저주라고나 할까."

"밑도 끝도 없이 무슨 소리야?"

영준은 느긋하고 우아한 손짓으로 운동장 한가운데를 가리켰다.

"블록버스터. 많은 자본을 들여 만든 대작. 투자 규모가 크면 클수록 흥행은 더욱더 보장되지."

"그걸 누가 몰라? 그런데 저주라니……?"

"제작비로 삼억 달러를 퍼부은 아이맥스 SF영화를 본 직후 저예산 삼류 에로영화를 봤어."

"헉!"

"과연 화면이 눈에 들어오기나 할까?"

아니나 다를까, 미소는 멀리서 딱 봐도 몹시 떨떠름한 표정으로 달릴 차례를 기다리고 있었다. 그리고 그녀가 옆에 끼고 있는 남자는 미혼 여사원들 사이에서 꽤 유명한 녀석이었건만 비주얼부터 이미 비 내리는 흑백 무성영화 스크린이었다. 가엾게도.

"아아, 이영준, 무서운 아이……!"

유식은 저도 모르게 공포의 눈알 비우기를 시전하며 영준을 바라봤다.

빙글빙글 웃으며 운동장을 바라보는 영준에게선 노골적으로 사악한 오라가 풍기고 있었다.

"어디, 할 수 있는 한 끝까지 발버둥 쳐보시지. 김. 미. 소."

영준이 씨익 웃는 순간, 탕 하고 출발신호가 울리며 남녀 커플들이 일제히 달려 나가기 시작했다.

발목이 묶여서인지 모두들 익숙지 않은 호흡에 비틀거리다 넘어지고 구르고 우스꽝스러운 꼴을 보이기 시작했다.

선남선녀들의 단체 몸개그를 보던 유식은 박장대소하다 눈물까지 찔끔 흘리고 말았다.

"이야아, 이거 누가 기획한 거지? 진짜 대박이네. 푸하하."

그런데 바로 그때였다.

한 커플이 비상식적인 스피드를 보이며 단독선두로 나서기 시작했다. 척척 다른 커플들을 제치고 달려가는 폼이 꼭 발에 모터라도 달린 모양새였다.

누군가 하고 호기심에 쳐다보는 영준의 인상이 한순간

에 싹 변했다.

“이영준, 왜 갑자기 표정이 썩어?”

“저…….”

“아이고, 저런! 누군가 했더니 우리 미소 비서 커플이네?”

영준의 얼굴이 맹렬하게 달아오르는 것을 확인한 유식은 빈 홍삼파우치를 흔들며 깐족거렸다.

“멋있다 진짜. 그림자가 거의 하난데? 거의 날 때부터 하나인 듯한 호흡. 아니, 아주 한 몸이야, 한 몸. 잘하면 정분 나겠어.”

“저게 진짜…….”

빈 파우치를 휴지통에 던지며 유식은 눈치 없이 중얼거렸다.

“흐음. 블록버스터의 저주라.”

“입 다물어.”

“잘 만들어진 한 편의 반전(反轉)영화를 보는 것 같구먼. 이건, 극이 끝날 때까지 도저히 눈을 뗄 수가 없어. 손에 땀을 쥐게 하는 전개야.”

“박 박사.”

“그건 그렇고, 어휴, 저 정도로 바싹 밀착해 서로 옆구리 끼고 있으면 분명히 그…… 아무튼 스칠 텐데 어떡하지?”

“너 그 입 닥치라고 했드.”

어금니를 꽉 문 채 운동장을 향한 영준의 얼굴은 제대로 사천왕상이었다.

아닌 게 아니라, 미소는 잘 알지도 못하는 남자의 옆구리를 한 치의 틈도 없이 딱 감싸 안고서 '핫둘, 핫둘' 구령까지 붙여가며 착실하게 뛰고 있었다.

유식의 말마따나 신체 일부가 스칠지도 모르는데, 저 짐승 같은 놈이 속으로 어떤 음흉한 맘을 품고 있는지도 모르는데, 도대체 그깟 1등이 뭐라고 뒤에서 누가 쫓아오지나 않을까 돌아보기까지 하면서 젖 먹던 힘까지 다해 달리고 있단 말인가.

"저 바보가 미쳤나! 참가하는 것만으로도 의미 있는 이런 사내 체육대회 따위에 누가 목숨 걸고 달리……!"

어라? 그러고 보니.

「말귀를 전혀 못 알아듣는군. 옛말에 수사불패(雖死不敗)라고 했어. 최선을 다하는 걸로는 모자라. 무조건 1등을 가져와.」

아아, 내가 내 눈깔 찔렀다는 말은 이런 때 쓰는 거구나.

"영준아? 이영준? 너 괜찮아?"

"으윽. 제엔장!"

의자 팔걸이를 으스러져라 쥐고 있는 영준은 거의 공중부양 상태였다. 상태가 생각보다 심각하다는 것을 눈치챘는지, 유식은 가방을 뒤적여 몹시 걱정스러운 표정으로 뭔가를 건넸다.

“너무 흥분하지 말고 이거라도 마셔봐.”

유식이 뚜껑을 따 건네준 액상 우황청심원을 단번에 원샷한 영준은 길게 한숨을 내쉬고 심호흡에 힘썼다.

그래. 문책은 나중에 해도 될 일이다. 일단 이 뛰는 가슴부터 진정시킨 후…….

그때 아나운서가 흥을 주체하지 못하는 목소리로 선언했다.

– 눼에! 영광의 1등은, 여러분 다들 보셔서 아시겠죠? 아주 발군의 팀워크를 보여주신 두 분, 에, 딱 예감이 들지 않습니까? 무슨 예감? 무슨 예감? 네에! 그러췌! 커플예감! 사귀어라, 사귀어라!

다 함께 박자 맞추어 “사귀어라!”를 연호하는 군중들 덕분에 대단결 분위기는 어느새 후끈 달아올라, ‘하나 된 몸, 유일’이란 슬로건이 부끄럽지 않을 정도의 장관을 연출하고 있었다. 주최측에서 기대했던 더없이 훈훈한 풍경이었다.

딱 하나, 그 ‘하나 된 몸, 유일’의 두뇌 부분이 심각한 의식불명 상태라는 것을 뺀다면 말이다.

“유치하군. 집단행사라니, 전근대적이야.”

싸늘한 눈을 한 영준이 툭 내뱉은 말에 유식은 등골이 오싹해졌다. 이거 예감이 안 좋은데, 하는 순간 예상했던 말이 이어졌다.

"내년부터 사내 체육대회 폐지."

"야, 이영준."

"더는 못 참겠어. 나 먼저 간다."

자리에서 벌떡 일어난 영준은 당황한 표정으로 따라 일어난 임원들과 수행원들을 무시한 채 냉정하게 돌아서서 계단을 향해 걸어갔다.

"어? 부회장님! 폐회사는 어떡하고요!"

유식이 다급하게 외쳐 물었지만 영준은 뒤도 돌아보지 않고서 성큼성큼 걸음을 옮겨 나갔다. 그런데 그때.

"폐회사는 네가 대신 읽……? 어, 으앗!"

우당탕탕.

미처 말이 다 끝나기도 전, 영준은 발을 헛디디는 바람에 계단에서 미끄러진 후 꼴사납게 땅바닥에 처박히고 말았다.

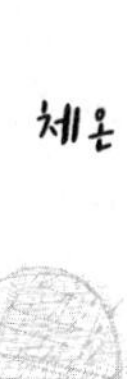

체온

"사귀어라, 사귀어라."

사방에서 소리치는 사람들 때문에 미소는 황당한 나머지 말문이 막혀버렸다.

단지 미혼남녀 두 명이 짝을 이루어 달리기에서 1등 했다는 이유로 사귀어야 한다면 이 세상에 커플 아닌 인간이 어디 있겠나. 관중의 입장에서 박자 맞추어 연호할 땐 재미있었지만 막상 자기가 그 상황에 놓이자 불쾌하기 이를 데 없었다.

인상을 찡그리며 돌아보니 고귀남은 뭐가 그리 좋은지 뺨을 발그레 붉히며 헤벌쭉 웃고 있었다. 넌 뭐가 좋다고 웃고 앉았어! 날도 추운데 연약한 코털이나 어서 귀가시키라고!

이를 악물고 1등을 거머쥐긴 했지만 이건 웃어야 할지 울어야 할지.

괜스레 꼭뒤가 따끔따끔해진 미소는 몸을 돌려 본부석 쪽을 올려다봤다.

그런데 뭔가가 이상했다. 분명 그곳에 있어야 할 영준이 어째 보이질 않는다. 아까까지만 해도 엄지손가락 딱 들고 원형경기장을 내려다보는 네로 황제처럼 당당하고 거만하게 앉아 있었던 사람이.

영준뿐만이 아니었다. 유식을 포함한 임원진들과 수행원들도 모두 자리를 비웠다. 이런 일이 있을 리가 없는데.

그때 영준의 개인경호원 한 명이 다급한 표정으로 나타나 본부석 아래 의무팀 쪽으로 격하게 손을 흔들며 무전기에다 대고 뭐라고 소리쳤다. 그의 신변에 무슨 일이 생긴 게 분명했다.

마치 정전이라도 된 듯 미소의 눈앞이 캄캄해졌다. 심장 뛰는 소리만 쿵쾅쿵쾅 어지러이 울릴 뿐 귀도 먹먹해졌다.

"부회장님!"

어느새 그녀의 몸은 본능적으로 영준에게로 향하고 있었다.

"으악! 스톱스톱스톱스톱! 아파파파파파파!"

죽겠다고 지르는 소리에 정신을 차리고 뒤를 돌아본 미소는 온갖 엄살은 다 떨며 펄펄 뛰고 있는 고귀남을 발견했다.

"부장님! 끈! 끈이 아직 묶여 있잖아요! 아윽!"

미소는 발목에 묶었던 노끈을 서둘러 풀어낸 후 뒤도 돌아보지 않은 채 본부석 쪽으로 달렸다.

"가, 갑자기 어디 가세요! 부장님! 김미소 부장님! 시상식은 하고 가야죠! 부장니이이임!"

넓은 운동장을 쏜살같이 가로지른 미소가 본부석으로 이어지는 선수 출입구로 들어가자 경호원들이 통로를 막아섰다. 서둘러 출입증을 보이고 다시 달려가는 동안 그녀는 숨이 턱에 차다 못해 호흡곤란이 올 정도였지만 그래도 도무지 속도를 줄일 수가 없었다. 당장 가서 두 눈으로 영준의 상태를 확인하겠다는 것 외엔 어떤 생각도 들지 않았다.

실내체육관의 좁고 긴 복도를 그렇게 얼마나 내달렸을까.

숨이 막혀 눈앞이 가물가물해진 순간 검은 양복을 입은 수행원들이 한곳에 벌떼처럼 모여 있는 게 미소의 눈에 띄었다. 역시나. 영준은 그 한가운데 한쪽 무릎을 굽히고 바닥에 주저앉아 있다.

"부회장니이임!"

고막이 찢어질 듯 날카로운 목소리가 좁은 통로에 울리자 사람들의 시선이 그녀에게 쏠렸다.

"무슨……! 부회장님, 이게 대체 무슨 일이에요! 하악, 하악!"

격한 숨을 몰아쉬며 한달음에 달려온 미소는 덩치 큰 경호원들 사이를 비집고 들어가 영준을 내려다봤다.

그는 미소를 보자마자 왼쪽 발목을 손으로 감싼 채 인상을 잔뜩 찌푸리며 고개를 돌려버렸다.

"다치셨어요? 아니, 갑자기 왜요? 어디서? 하아, 하아, 얼마나 다친 건데요? 네?"

미소는 숨도 제대로 못 쉬면서 절박한 목소리로 다그쳤지만 영준은 그녀를 딱 외면하고선 아무런 대답도 하지 않았다.

"많이 아파요? 어디, 어디! 어디가 아프세요?"

"사람들 많으니 조용히 해."

"아니, 그러니까 어디가 아프시냐고욧!"

"김 비서."

"아프면 아프다고 말씀 좀 해보세요!"

"미소 목청 좋은 거 다 알아. 그러니까 목소리 좀 낮추라고."

"아니 왜 말을 못 해요? 말 좀 해봐요!"

"김 비서……."

"어서 말씀을 해보시라니까요! 말을 해! 말을! 부회……!"

"아, 거참 시끄럽네! 시끄러워! 시끄럽다고! 시끄럽다니까아아악!"

얼굴을 붉힌 영준이 우렁차게 고함치자 주변 수행원들의 어깨가 잔뜩 움츠러들었다. 지금 누가 누구더러 시끄럽다고 하는 건지.

"별것도 아닌 일로 왜 이렇게 난리야! 계단에서 미끄러진 것뿐이라고!"

말과는 달리 그의 갈색 캐주얼 슈트 여기저기에는 회색 먼지가 잔뜩 묻어 있다. 그냥 미끄러진 정도가 아닌 건 분명했다.

"거짓말! 이 옷 좀 보세요! 옷이 왜 이래요? 미끄러진 게 아니라 굴렀죠? 구른 거죠? 맞죠? 많이 다치신 거 아니에요? 머리 부딪쳤어요? 빨리 속 시원하게 말씀 좀 해보세요!"

"괜찮아! 괜찮아! 괜찮다고!"

"술 드셨죠!"

"안 마셨어!"

"드셨구만!"

"아니, 안 마셨다니까 왜 자꾸 그래애애애!"

"아니, 그럼 뭔데요! 무슨 애도 아니고, 멀쩡한 사람이 계단에서 왜 구르는데요오옷!"

복도에 '요잇, 요잇, 요잇!' 메아리가 찡찡 울리다 잦아들었다.

둘 사이에서 벌어지는 실랑이를 구경하고 있던 임원진 포함 수행원들은 무두 적잖이 놀라고 말았다.

천하의 이영준. 너무나 잘나 재수 없지만 반면에 정말로 잘나 결코 재수 없지 않은 남자. 머리부터 발끝까지 카리스마로 점철. 어느 누구도 그에게 대들거나 이의를 제기할 수 없는 것은 당연지사였던 사나이.

그런 그가 미소의 말대꾸, 아니, 결혼 30년 차 마누라의 바가지 같은 잔소리를 순순히 다 받아주고 있는 모습은 어울리지 않는 듯하면서도 어째 묘하게 어울렸다.

한숨을 길게 내쉰 영준은 손을 내저으며 미소를 물리친 후 내뱉었다.

"정말 괜찮으니까 호들갑 그만 떨고 저리 비켜."

바닥을 짚고 자리에서 일어난 영준은 왼발이 땅에 닿자마자 나지막한 신음을 흘렸다.

"으윽!"

영준이 고통스러운 표정을 하고 비틀거리자 미소는 재빨리 그의 왼쪽 겨드랑이 아래로 파고들어 그를 부축했다.

"이것 보세요! 다치셨잖아요! 아아, 내가 증말 못 살아, 못 살아아!"

"거 되게 시끄럽게 짹짹거리네."

"병원으로 모실게요."

"내가 걸을 수 있어. 놔."

"놓긴 뭘 놔욧! 더 확실하게 기대세욧!"

"이것 좀 놓으라니까. 꼴사납게 이게 뭐냐고!"

"꼴사나운 줄 아시는 분이 그렇게 굴러요?"

티격태격하면서도 둘이서 어깨동무하고 절뚝절뚝 걸어가는 모습을 멍하니 보던 수행원들 중 한 명이 뒤늦게 정신을 차리고 영준을 부축하기 위해 나섰다.

"부회장님, 제가…… 꾸웩."

누군가가 뒤에서 수행원의 재킷 목덜미를 확 움켜잡아 당겼다. 돌아보니 박유식 사장이 배시시 웃는다.

"사장님?"

"부회장님만의 명랑 체육대회에 끼어들면 섭섭하지. 그냥 놔둬. 지금 끼어들면 그쪽, 고귀남 과장이랑 같이 승진 빌미로 해외발령 날걸."

"네에?"

❣✣✤✣❣

영준이 병원에 들렀다 자택으로 돌아온 건 이미 해가 지고 난 후였다.

환한 불이 켜진 현관 전실엔 영준의 부상 소식을 들었던 집사와 가사도우미들이 나와 온갖 호들갑을 다 떨며 대기 중이었다. 미소의 호들갑만으로도 이미 지칠 대로 지쳐 있었던 영준은 그들에게 즉시 퇴근을 명했고, 오 분도 지나지 않아 모두가 떠난 집 안은 마침내 쥐 죽은 듯 고요해졌다.

절뚝이며 발을 옮긴 영준은 암체어에 앉자마자 풋스툴에 반깁스 된 왼쪽 다리를 걸쳤다. 인대가 늘어나는 바람에 일주일 정도는 안정해야 한다고 했다.

"아야야."

길게 한숨을 내쉰 영준은 미소가 가져다준 물로 진통제

를 삼킨 후 타이 매듭을 느슨하게 했다.

"하아, 여러 사람 보는 앞에서 대체 그게 무슨 망신스러운 꼴이었는지."

"부회장님은 지금 꼴이 문제예요? 크게 다치지 않은 걸 다행으로 아세요."

"응, 난 언제나 꼴이 문제라서."

아닌 게 아니라, 정색하고 머리카락을 쓸어올리는 영준은 다소 피곤해 보이긴 했어도 임원진들 앞에서 모양 빠지는 몸개그를 했다곤 상상도 할 수 없을 정도로 준수했다.

영준의 발목에 감긴 반깁스를 힐끗 곁눈질한 미소는 빈 컵을 테이블에 올려둔 후 물었다.

"정말 괜찮으시겠어요? 입원해서 며칠 경과 보는 게 낫지 않을까요?"

"겨우 발목 삐끗한 걸 가지고 무슨 입원씩이나."

"나중에 많이 아프면 어떡해요."

미소는 인상을 쓰며 영준을 내려다봤다. 항상 방글방글 웃는 게 트레이드마크였던 미소였지만 지금의 그녀는 좀 달랐다.

"오, 미소 표정이 그렇게 멸망한 건 처음 보는데."

영준이 손가락으로 얼굴을 가리키며 약 올리듯 빙글빙글 웃었지만 미소는 여전히 미간을 잔뜩 좁히고 있었다.

"그렇게 내가 걱정돼?"

"이게 무슨 일이래요. 정말이지……."

미소가 울상을 하고 영준의 발목을 살피며 잔뜩 속상한 듯 중얼거리자 그는 아무 일도 아니라는 듯 느긋한 표정으로 내뱉었다.

"계단까지의 거리 계산을 잘못했을 뿐이야."

미소가 눈을 가늘게 뜨며 되받아쳤다.

"계단까지의 거리를 뭐하러 계산하는데요. 그냥 눈으로 보고 걷기만 하면 될 것을. 혹시 걸으면서 딴생각한 거 아니에요? 무슨 생각을 그렇게 하셨대요?"

대답하기 싫은 듯 영준이 고개를 돌리며 헛기침하자 미소는 더 이상의 추궁은 하지 않고 덧붙여 물었다.

"달리 아프신 데는 없고요?"

"손목이 약간……."

넘어지며 짚은 오른쪽 손목이 이제야 시큰거리는지 영준은 오른손목을 이리저리 돌리며 인상을 썼다.

곧장 어딘가로 향한 미소는 잠시 후 스팀타월을 들고 나타났다. 그녀는 이내 바닥에 털썩 앉아 암레스트에 걸쳐진 영준의 손목에다 타월을 살짝 대며 물었다.

"뜨겁진 않으세요?"

"응. 딱 좋네."

"부회장님 이렇게 허술한 모습 진짜 안 어울려요."

미소가 투덜거리며 영준의 손목에다 스팀타월을 감싸주자 시큰거리던 아픔이 포근함에 가려 희미해지더니 이내 그의 온몸으로 기분 좋은 온기가 퍼지기 시작했다. 곧 잠이 올 것처럼 나른해졌다.

고개를 돌린 영준은 미소의 모습을 찬찬히 살폈다.

달리기 편하도록 질끈 동여맨 포니테일, 평소와 달리 잔머리 몇 가닥이 자연스럽게 흘러내린 이마, 모양 좋은 눈썹과 길고 풍성한 속눈썹, 오뚝한 콧날, 수묵화 붓으로 한 번에 쭉 뽑은 듯 부드러운 선을 그리고 있는 입술까지.

9년 전과 비교한다면 잡티도 꽤 생겼고 그동안 늘 웃음 짓느라 눈가에 주름도 몇 개 생기긴 했지만, 미소는 그때나 지금이나 여전히 아름다웠다.

"뭘 그렇게 쳐다보세요? 얼굴에 뭐 묻었어요?"

"내가⋯⋯ 예쁘다는 말 했던 적 있었나?"

"뭐가요?"

"미소가."

제법 진지한 영준의 어투에 미소는 한동안 그의 얼굴을 빤히 들여다보다 짓궂은 어조로 툭툭 내뱉었다.

"없습니다. 전혀. 즈언혀."

"어⋯⋯ 그래?"

분위기 잡으려다 툭 튕긴 바람에 떨떠름한 표정으로 어깨를 으쓱하는 영준을 가만히 바라보던 미소는 그제야 웃음을 되찾았고, 방글방글 웃는 그녀를 보고 있으니 영준 역시 마음이 한없이 편안해져 피식 웃음을 터뜨리고 말았다.

"나가서 파스라도 좀 사올까요?"

"아니, 괜찮아."

"그래도 붙이면 한결 나으실……."

자리에서 벌떡 일어나던 미소는 찬물이라도 뒤집어쓴 양 그 자리에 못 박혀 서버렸다.

"괜찮다고 했잖아."

"아……."

미소의 손목을 움켜쥔 영준의 손은 고열에 시달리는 듯 뜨거웠다. 그 열기가 스팀타월에서 온 건지 아니면 애초부터 영준의 것이었는지 알 수는 없었지만, 꽤나 새삼스러운 체온이었다.

"앉아."

미소가 쭈뼛거리며 자리에 쪼그리고 앉은 후로도 영준은 한참이나 더 그녀의 손을 붙잡고 놓아주지 않았다.

어색한 침묵을 견디지 못했던 미소는 슬그머니 그의 손아귀를 빠져나와 바닥에 떨어진 타월을 주워 건넸다.

"고마워."

"별말씀을."

둘만 있는 게 하루 이틀 일도 아닌데, 어색해 죽을 것 같은 분위기는 점점 더해가고 있었다. 이상한 일이다. 되짚어보니, 일주일 전 빼빼로데이의 데이트 아닌 데이트 이후로 줄곧 이 상태다.

"피곤하진 않아?"

"별로요."

"난 약간 피곤한데."

"그럼 눈 좀 붙이세요."

"그럴까."

따스한 온기에 나른함은 점점 더해가 눈앞이 가물가물했다.

영준은 천장의 샹들리에를 바라보다 스르르 눈을 감았다.

미소가 앉아 있던 곳에서 사르락사르락 옷깃 스치는 소리가 들렸다. 그녀가 나직이 쉬는 한숨도, 심심한지 손톱장난을 치는 소리도 연이어 들려왔다.

"오늘…… 재밌었어?"

"네. 이 사건 터지기 전까진."

"뭐가 제일 재밌었는데?"

"릴레이 달리기요. 옛날 생각도 나고 좋더라고요."

"그래? 2인 3각 아니었고?"

"에이, 말도 마세요. 젊은 남자가 몸이 어찌나 무겁던지, 이랴이랴 모느라 얼마나 고생했는지 아세요?"

"어떻게 모르는 남자랑 그렇게 바싹 붙어서 달릴 수가 있어?"

"1등을 할 수만 있다면 뭔들 못 하겠어요?"

"하여튼 1등 지상주의가 문제야 문제. 사람들이 전부 1등만 노리니까 세상이 이렇게 각박해지는 거라고. 사내 체육대회 따위 참가하는 데 의의만 두면 될 것을 누가 그렇게 목숨 걸고 뛰어? 미련하긴."

"어……? 잠깐만요. 이거…… 뭔가 안에서 확 끓어오르는데요?"

"기분 탓이야."

"그런가요?"

"어쨌든, 그놈은 좋았어?"

"그놈이라니요?"

"2인 3각 파트너 말이야. 나한테 '이제 연애도 하고 시집도 가야죠.' 했잖아. 그 소위 킹카라던 놈은 미소가 연애하고 결혼하기에 좋은 놈이었냐고."

한동안 생각에 잠겨 있던 미소가 툭 내뱉었다.

"노코멘트 하겠어요."

"흐음……. 그래?"

"어머. 그렇게 다 안다는 표정 하지 마세요. 기분 되게 나빠요."

"그러거나 말거나. 내 알 바 아님."

"진짜 못됐어. 아무리 봐도 정이 안 간다니까요, 부회장님은."

"그런 말 쉽게 하지 마. 나 같은 남자는 어딜 가도 못 만나."

"칫."

"그만두고 싶은 생각 아직도 안 변했어?"

"글쎄요……. 뭐, 요즘은 지아 씨 덕분에 일도 많이 줄었고 제 시간도 많이 생겼고……. 부회장님도 전보다는 훨씬 조심해주시는 것 같지만…….”

“내 제안은 아직도 유효해.”

“초지일관 사양하겠습니다.”

“초지일관……이라니 너무하네, 뒤도 안 돌아보고…… 예스 해야 할 조건 아니냐…….”

“인생이 걸린 일인데 조건만 보고 그렇게 쉽게 결정할 수 있나요?”

“거참…… 더럽게…… 비싸게 구네.”

“비싸죠? 암요. 저 좀 많이 비싼 여자예요. 호호호.”

“비…….”

대화가 갑자기 뚝 끊겨 고개를 들어보니 영준은 어느새 고개를 한쪽으로 비스듬히 기울인 채 잠들어 있다.

“많이 피곤하셨나 보네.”

한동안 애틋한 표정으로 그를 바라본 그녀는 가만히 손을 내밀어 스팀타월을 만져보았다. 시답지 않은 대화를 나누는 동안 타월은 금세 미지근해졌다.

타월을 다시 데워 올 요량으로 자리에서 일어나는 순간, 영준이 꽉 잠긴 목소리로 잠꼬대를 했다.

“미소……, 가지…… 마.”

움직이지도 못한 채 그대로 엉거주춤 서 있는 미소의 양 볼은 점점 새빨갛게 달아올랐다.

❦✤✤✤❦

「자아. 엄마, 하고 불러보렴.」

「집에 보내주세요, 아줌마. 집에 가고 싶어요…….」

「엄마라고 불러보라니까? 어서! 내가 그 아이만 낳았어도 그 사람, 나 버리지 않았을 거라고.」

「아줌마…….」

「아줌마가 아니야, 엄마라니까! 어서 불러! 부르라고! 당장!」

「엄……마…….」

「나한테도 이제 이렇게 잘생긴 아들이 생겼으니 이제 그이는 다시 돌아오겠지? 아아, 정말 기뻐.」

「이제 집에 보내줘요, 네? 어머니랑 아버지랑 형이랑 다 기다리고 있을 거란 말이에요. 집에 가고 싶어, 보내줘요, 제발요.」

「저런. 가족들을 사랑하는구나?」

「네! 그러니까 빨리 보내주세요. 경찰에 절대 신고 안 할게요, 제발…….」

「사랑? 하! 웃기고 있네. 너 사랑이 뭔지는 알아? 이 세상에 사랑이란 게 있다고 생각해?」

「무슨 소린지 하나도 모르겠어요. 집에 좀 보내주세요, 제발 부탁이에요.」

「아하. 너도 이런 내가 우습니? 그래. 너도 내가 우스워.

너 같이 어린놈도 꼴에 남자라고 날 우습게 보는 거라고!」
「아…… 아니에요, 그런 거 아니에요!」
「닥쳐! 내 모든 걸 다 줬는데 그 인간이 결국 날 이렇게 만들었어. 평생 사랑해주겠다고, 이혼한 후에 꼭 결혼하겠다 해놓고서…… 멍청한 애새끼 때문에 안 되겠다며 도로 그 돼지 같은 마누라한테 가버렸단 말이야!」
「도, 도와줘! 누가 좀 도와줘요! 제발!」
「내 꼴을 봐. 이런 게 바로 사랑이야. 이런 게 바로 사랑이고 이런 게 바로 결혼이라고! 무슨 뜻인지 알겠어?」
「몰라요, 난 몰라……! 풀어줘! 여기서 내보내줘!」

"우욱!"
눈을 떠도 시야는 여전히 캄캄했다. 영준은 돌연 숨이 막혔다. 답답해진 목을 붙잡고 맹렬히 기침을 하는 순간, 등으로 익숙하고 포근한 감각이 내려앉았다. 돌아보지 않아도 미소의 손길이란 것을 알 수 있었다.
"죄송해요. 가위눌리시는 것 같아서 억지로 깨웠어요."
"아아……."
아직도 부들부들 떨리는 손은 식은땀으로 흥건했다. 그는 흐트러진 머리카락을 쓸어올리고서야 겨우 정신을 차렸다.
"잘……했어."
"저도 자주 가위눌려서 그 기분 알 것 같아요. 기분 나쁘죠, 정말?"

빨리 털어내도록 돕기라도 하려는 듯 미소는 계속해서 말을 붙이며 영준을 현실로 이끌었다.

"괜찮으세요? 찬물 좀 드릴까요?"

"으응. 고마워."

"다시 잠들면 안 돼요. 금방 가져다 드릴게요."

서둘러 걸음을 옮기는 미소를 멍하니 쳐다본 영준이 잔뜩 쉰 목소리로 물었다.

"지금…… 몇 시지?"

"8시요."

영준은 한동안 창백한 안색으로 고개를 숙이고 있다 나직이 물었다.

"김 비서. 여기서 자고 가면 안 될까?"

"네?"

"여기서 자고 가라고. 오늘만."

"자고…… 가라고요? 여기서?"

방글방글 웃던 미소가 돌연 길고 격하게 뿜었다.

"푸우우우우웃! 쿨럭!"

11월 17일 밤 8시, 인천공항 출국 게이트.

짙은 색의 선글라스를 낀 한 미남자가 마치 런웨이 워킹이라도 하듯 우아한 포즈로 걸어 나와 사방을 둘러봤다.
"어둡군."
남자가 길게 한숨을 내쉬자 근처를 지나가던 여자들이 하나둘 뒤를 돌아봤다.
"아아, 이 세상은 아직도 변하지 않았어. 어둡고, 어둡고…… 어쩜 이리도 어둡단 말인가."
애수에 찬 목소리는 촉촉함을 잔뜩 머금고 있었다.
고개를 저으며 고뇌하는 남자를 본 한 여자는 돌연 아찔한 기분에 뒷목을 붙잡았다. 생전 처음 느껴보는 감정이다. 마치 갓 태어난 동물을 마주하는 느낌이랄까. 남자에게선 거부할 수 없는 매력, 도저히 외면할 수 없는 보호본능이 진하게 느껴졌다. 어머, 어서 보듬어야 해, 이 남자를!
"하아…… 응?"
한숨을 푹푹 내쉬던 남자는 문득 뭔가를 깨달은 듯 고개를 번쩍 들더니 우아한 포즈로 선글라스를 벗었다.
"아아. 이제 좀 낫네."
그제야 시야가 탁 트이는지, 남자는 후련한 표정으로 씩 웃더니 주위를 둘러봤다.
눈이 마주친 여자가 얼굴을 확 붉히자 그는 매력 대폭발하는 눈웃음을 지으며 재킷 안주머니에서 휴대전화를 꺼냈다.
어딘가로 전화를 건 남자는 무척 반가운 듯 목소리를 높였다.

“엄마, 나예요! 귀염둥이 장남 이성연이요! 하하하. 네. 지금 막 도착했어요.”

웃고 있던 남자의 얼굴에 문득 당황한 기색이 스쳤다.

“예에? 어디냐고요? 어디긴 어디예요, 한국이지. 오늘 도착한다고 했었잖아요. 어? 응? 내가 얘기 안 했던가? 아…… 안 했구나. 그럼 거기서 언제 돌아오는데요? 뭐? 내일? 아아, 심심하게 나 혼자서 뭐 하고 기다려. 에이. 그럼 영준이 집에나 가 있을게요. 알았어요.”

전화를 끊은 남자는 한동안 씁쓸한 표정으로 액정을 매만지다 한숨을 쉬며 고개를 들었고, 조금 전 눈을 마주쳤던 여자와 또 한 번 시선을 맞닥뜨렸다.

그가 찡긋 윙크를 날리자 여자는 그의 섹시한 추파에 숨을 헉헉 몰아쉬며 비틀거렸다.

“그럼, 가볼까.”

한 걸음을 내디디는 남자의 머리카락이 바람에 나부끼자 어디선가 꽃향기가 솔솔 풍겨오는 듯했다.

형제

8389

미소와 영준은 정신이 없어 건너뛴 저녁식사 대신 커피를 마시면서 또다시 티격태격했다. 논쟁의 주제는 늘 그랬듯 아주 사소한 것이었다.

"천년만년 살 것도 아닌데 굳이 가릴 것 있겠어요? 입만 즐거우면 그만이죠."

"그러니까, 난 그 입이 안 즐거울 것 같다고."

"천상의 커피라고 하잖아요. 진짜 맛있다니까요."

"미소나 많이 마셔. 천상의 커피든 지하의 암반수든, 냄새나는 포유류의 창자를 통과해서 나온 건 마시기 싫다고."

"지금 들고 계신 그 커피가 제가 몰래 바꿔치기한 코피루왁이라면 어쩌실래요?"

"아, 그러고 보니 사과할 게 있어. 3년 전 크리스마스 때 내가 이탈리아 장인한테 직접 주문한 초콜릿이라고 선물한 적 있었지?"

"네. 생색 잔뜩 내셨던 그거…… 어어? 크윽, 설마!"

"그래. 그날 급하게 백화점에서 산 거야. 장인이 만든 건 그 전날 내가 술안주로 다 먹어버렸거든."

"정말 너무하세요! 어떻게 그럴 수가 있어요?"

"서운해?"

"그걸 지금 말씀이라고 하세요?"

"뻥이야."

"쿨럭! 아으! 으으윽……!"

"솔직히 말해. 블루마운틴이지?"

"네. 블루마운틴입니다."

"그럼 그렇지."

잔뜩 약 오른 표정으로 영준을 흘겨본 미소는 영준의 머그컵을 슬쩍 확인하고 물었다.

"벌써 다 드셔가네요. 더 내릴까요?"

커피가 아직 반도 더 남은 미소의 컵을 곁눈질한 영준이 물었다.

"왜 안 마셔?"

"너무 많아요."

"안 마실 거면 이리 줘, 내가 마시게."

"그럼 바꿀까요?"

"그러든지."

두 사람은 아무렇지도 않게 서로의 컵을 받아들고서 남은 커피를 마셨다.

호로록 소리만 나직이 울리는 응접실엔 은은한 커피 향

이 떠돌고 있었다.

머그컵 안의 맑고 검은 수면을 응시하던 미소가 조용히 물었다.

"가위, 자주 눌리세요?"

"글쎄."

긍정도 부정도 아닌, 모호한 대답.

그녀는 어깨를 좁히고 어색하게 웃더니 담담한 목소리를 냈다.

"전 언젠가부터 선잠만 자면 그렇게 가위에 눌려요. 이상한 꿈도 많이 꾸고요."

"스트레스가 많아서 그래."

"어므나. 그러게요. 그 많은 스트레스를 대체 누가 주셨을까요?"

"밀턴 프리드먼."

"아오, 진짜 얄미워 죽겠네. 어쨌든, 전에 제가 얘기했었던가요? 계속 같은 꿈을 꾼다는 거."

"금시초문인데."

야경이 비친 까만 창밖을 내다본 미소는 아련한 눈을 했다.

"어린 시절에 겪은 일인지, 전생인지, 아니면 그저 꿈인지 알 수는 없는데요……. 꿈엔 꼭 어떤 오빠가 등장해요."

영준이 다소 당황한 눈빛으로 건너다봤지만 미소는 뭔가에 홀린 듯 계속했다.

"초등학생 같았는데……. 하얀 피부에 크고 동그란 눈……. 왕자님처럼 잘생긴 오빠였어요. 내가 왜 그 밤에 그 오빠랑 거기 있었는지는 모르겠지만, 방은 너무 어둡고 좁은 데다 굉장히 추웠어요. 또……."

"박 박사가 스트레스엔 단 음식이 최고라고 하던데."

영준의 뜬금없는 소리에 상념에서 깨어난 미소는 눈을 깜박거리다 대꾸했다.

"간식 좀 올릴까요?"

"됐어."

"그런데요, 가끔씩 오싹한 기분이 드는 게……."

얘기하던 중 뭔가 실마리라도 잡았는지 미소는 쉽사리 꿈 얘기를 그만두지 않았다. 영준의 미간이 티 나도록 좁아졌지만 이번에도 역시 그녀는 알아채지 못했다.

"방문 밖에 분명 뭔가가 있었던 것 같아요. 제가 거미 공포증 갖고 있는 거 아시죠?"

거미 이야기를 꺼내놓고 몸을 한차례 부르르 떤 미소는 확신에 찬 표정과 어조로 말을 이었다.

"거미 공포증은 어쩌면 거기서 왔을지도 몰라요."

"문밖에 거미가 있어서?"

영준이 되묻는 말에 미소는 고개를 끄덕이다 자신 없는 태도로 덧붙였다.

"그치만…… 요즘 들어서 자꾸 그게 정말 거미였을까, 하는 의심이 들어요. 거미라고 하기엔 너무 크고…… 뭔가가……. 그런데 거기에 대해서 더 생각하기가 싫은 거예요. 뭐랄까, 그게 거미가 아니라면…… 왠지 더 꺼림칙하고 무서운 걸 맞닥뜨리게 될 것 같아서……."

싫은 것을 떠올린 듯 잔뜩 몸서리를 치는 미소의 얼굴은 어느새 백지장처럼 창백했다.

가만히 그녀의 얼굴을 바라보던 영준은 진지한 어조로 그녀의 말을 끊어버렸다.

"어렸을 때 갔던 곳을 성인이 된 후 다시 찾았을 때 이상한 기분을 느낀 적이 있지?"

"네."

"여기가 이렇게 좁았던가, 이게 이렇게 작았던가, 하는 거 말이야. 그런 거랑 마찬가지야. 몸이 작았던 어린 시절엔 상대적으로 모든 사물들이 다 커 보이기 마련이지."

"그럼 그건…… 정말로 거미였을까요?"

꼭 그 자리에 있기라도 했던 것처럼 영준은 산뜻하게 못박았다.

"그래."

"그치만."

"'그치만'이 아니야. 전에 개껌에 대해 내가 했던 말 기억 안 나?"

"아아, 빅뱅이 묻은 개껌이요?"

"그래. 그거."

"갑자기 그게 왜요?"

"기억하지 못하더라도 그 개껌은 분명히 어딘가에 그대로 있어. 묻히는 바람에 눈에 보이진 않지만, 그렇다고 해서 사라진 건 아니라고. 그런데 굳이 파헤쳐서 확인할 필요가 있을까?"

"그럴까요?"

남은 커피를 다 마신 영준은 텅 빈 컵을 쓸며 담담한 어조로 덧붙였다.

"애쓰고 파냈는데 군데군데 썩어 흉측한 모습일 수도 있잖아? 그런 건 차라리 안 보느니만 못하겠지."

"그건 그렇죠."

고개를 끄덕인 미소는 영준을 건너다봤다.

빈 컵을 흔들며 씩 웃는 그의 입술은 따뜻한 커피 덕에 촉촉했으며, 부드럽게 호를 그리고 있는 그 입술 사이론 하얗고 가지런한 치아와 분홍빛 혀가 슬쩍 내비쳤다.

하루 이틀 보는 얼굴도 아닌데 괜스레 가슴이 뛰어, 미소는 어색하게 고개를 돌리고 테이블을 치웠다.

"피곤하실 텐데 이만 가볼게요. 쉬세요."

"가긴 어딜 가. 자고 가라니까."

"장난치지 마시고요."

"장난 아니야. 가지 마. 오늘은 정말 혼자 있기 싫어."

농담인 줄만 알았는데 진지하게 나오니 당황스러웠다. 얼굴을 화악 붉힌 미소는 컵을 받친 쟁반을 들어올리며 버럭 화를 냈다.

"절 어떻게 보고 이러시는 거예요? 실례라는 생각은 요만큼도 안 드세요?"

"같은 침대를 쓰자는 말은 안 했어. 무슨 생각을 하는 거야?"

"어……?"

그러고 보니 그러네. 안 그래도 붉었던 미소의 얼굴의 채도가 한 단계 올랐다.

"아아. 그렇게 안 봤는데 김 비서, 꽤 엉큼하구나."

영준이 턱을 매만지며 하는 혼잣말에 미소는 꽥 소리를 지르며 자리를 뜨려 했다.

그런데 바로 그때, 당황한 뇌, 무거운 쟁반, 체육대회 후유증의 복합작용이 사건을 내고 말았다. 테이블 다리에 발이 걸린 그녀가 몸의 중심을 잃고 만 것이다.

"꺅! 엄마야!"

놓친 쟁반에서 머그컵 두 개가 날아갔고, 미소는 팔로 물레방아를 돌리며 곧장 바닥에 쓰러졌다.

카펫에 데구루루 컵 구르는 소리가 울렸지만 캄캄해진 미소의 시야는 쉽사리 돌아오지 않았다. 가슴과 배에 밀착한 탄탄하고 뜨거운 감각, 손끝에서 뛰고 있는 거친 심장박동만 느껴질 뿐.

"크윽……!"

영준이 끙끙 앓는 소리에 정신을 차린 미소는 바로 눈앞에 그가 있다는 사실을 깨닫고 상황이 파악되지 않아 한동안 멍하니 눈만 끔벅이고 있었다.

"김 비서! 조심 좀 하지! 나 손목 또 짚었단 말이야, 이거 어쩔 거야. 아파 죽겠잖아!"

영준이 투덜투덜할 때마다 그의 상체가 요동치며 동시에 미소의 몸도 함께 흔들렸다.

미소는 그제야 상황을 백 퍼센트 이해할 수 있었다. 넘어지는 순간 영준이 받쳐주려다 함께 나뒹군 모양인지, 그녀는 반듯이 드러누운 영준 위에 온몸을 딱 포개어 엎드린 상태였다.

당황한 나머지 퍼덕거리며 어쩔 줄을 몰라 하던 미소가 벌떡 몸을 일으키고 한쪽으로 물러나 앉았다.

"죄, 죄송해요."

"감히 이 몸을 에어백으로 삼다니, 종신형 감이라고."

영준이 키득키득 웃으며 일어나 던지는 짓궂은 농담에도 미소는 얼굴만 붉힐 뿐 얼이 빠져 아무 대꾸도 하지 않았다.

"왜 그래? 다쳤어?"

시선을 고정하지 못하고 이리저리 돌리던 그녀는 급기야 바보처럼 말끼지 더듬었다.

"아…… 아, 아, 아, 아니요. 아니에요."

어색하기 짝이 없는 반응에 그 역시 어색하게 고개를 돌려버렸다.

"아무래도…… 자고 가는 건 역시 무리겠지? 됐으니까

퇴근해."

"네?"

"집에 가라고."

"그치만 오늘은 혼자 있기 싫다고 하셨잖아요……."

"박 박사 부르면 되지, 뭐."

씩 웃고서 아픈 손목을 이리저리 움직여보는 영준은 어딘지 모르게 불안하고 무척이나 쓸쓸한 분위기를 풍겼다.

왠지 남 같지 않게 느껴지는 그의 얼굴을 바라보던 미소는 뭔가 결심한 듯 비장한 표정을 하더니 무릎으로 살살 기어 그의 앞으로 바싹 다가갔다.

"자고 갈게요."

영준이 의아한 눈으로 건너다보자 미소는 두 손을 내밀어 그의 손목을 감싸며 천천히 말했다.

"또 가위눌릴까 봐 그러시는 거라면…… 저도 그 기분 알아요. 그런 무서운 경험 하고 깼을 때 혼자 있는 거, 그런 거 진짜 싫어요. 그러니까 같이 있어드릴게요."

일순 영준의 눈동자가 미소의 얼굴에 고정되었다.

예쁘다.

어쩜 이렇게 예쁠까. 안팎으로 뭐 하나 빠지는 곳 없이 다 예뻐 죽겠다.

지나가는 사람이 있거든 누구라도 붙잡고서 물어보고픈 심정이었다. 우리 미소 예쁘지 않냐고, 어디서 이렇게 예쁜 여자 본 적 있냐고.

적당한 거리가 좋았다. 그 이상 가까워지는 게 두려웠다.

미소와 지나치게 가까워지면, 그러다 혹시 푹 빠지게 되기라도 한다면, 지금처럼 편안함에 취한 나머지 그날 있었던 일을 고백하고 그녀에게 위로받고 싶어질지도 모르니까. 그럼 그녀는 애써 지워진 기억을, 떠올려서 좋을 것 하나 없는 그 기억을 자신으로 인해 다 떠올리게 되겠지. 그리고 남은 평생을 지금껏 그가 겪어왔던 그 끔찍한 고통을 곱씹으며 살게 되겠지.

그게 무서웠다. 그래서 애써 그녀는 자신에게 동료일 뿐이라고 스스로를 세뇌시키며 그 선을 넘지 않으려 했던 건지도 몰랐다.

굳이 사귀는 사이가 아니라도 오랜 세월 동안 미소는 아무 말 없이 쭈욱 곁에 있어주었으니까 앞으로도 그렇게 계속 곁에 남아줄 거라 제멋대로 생각하고 안주했던지도 모른다.

영준은 뒤늦게 자문했다.

과연 나에게 있어서 김미소는 뭘까, 어떤 존재일까.

뜨거운 징열? 첫눈에 불타오른 감정?

글쎄, 그런 걸 논하기엔 이미 너무 많은 시간을 함께한 사이 아닌가.

이 사람이 아니면 절대 안 된다는 고집, 이 사람이 없으면 내가 죽을 것 같은 마음. 격하진 않지만 애달도록 간절한 이 마음.

어쩌면 이런 것도 사랑의 한 모습이 아닐까.

아니. 비록 너무 늦게 깨닫긴 했지만, 조금만 깊이 생각해보면 간단했을 일이다.

사랑이란 이기적인 감정이 아니었다면 그렇게 오랜 시간 동안 미소를 곁에 두지도 않았을 것이다. 그녀가 자신으로 인해 그날 일을 기억하게 될까 봐 무서웠다면 그냥 떠나보내는 게 가장 명료한 해답이었을 테니까.

어차피 이렇게 된 것, 그래, 앞으로도 지금까지처럼 지켜주면 그만이다.

절대 이 고통을 그녀에겐 나누어주진 않을 것이다. 절대로. 아주 조금도.

한동안 아무 대답도 없이 그녀의 얼굴을 들여다보기만 하던 그가 씩 웃더니 다시 짓궂은 소릴 했다.

"착각은 자유라더니. 내 진짜 의도는 여기서 김 비서 재운 후에 매스컴에다 스캔들 기사 확 뿌려서 빼도 박도 못하고 결국 나한테 시집오게 만드는 거라고. 이렇게 눈치가 없으니 9년이나 당하고 살았지, 바보야."

"본전 다 드러났으니 허세부리지 마시고요. 부회장님 먼저 잠든 후에 전 손님방에서 문 잠그고 잘 테니까 그렇게 아세요."

미소는 농담을 되받아치는 대신 진지한 태도로 말을 마친 후 일어서서 불쑥 손을 내밀었다.

“잡고 일어나세요.”

“하.”

천장의 샹들리에 불빛은 미소의 머리 뒤에서 마치 후광처럼 반짝였다.

언제나 그랬듯 한없이 따뜻하고 편안해 보이는 얼굴과 손을 물끄러미 바라보던 영준은 못 말리겠다는 듯 피식 웃으며 손을 내밀었다.

바로 그때였다. 테이블에 있던 영준의 휴대전화가 시끄럽게 울리기 시작했다.

❦ ✣ ✤ ✣ ❦

눈이 아플 정도로 휘황찬란한 고급 주상복합아파트 로비에서 한 여자가 걸어 나왔다. 촌스러운 와인색 트레이닝복에 바람막이 점퍼 차림이었지만 여자의 풍만한 가슴, 잘록한 허리, 늘씬하게 쭉 뻗은 각선미는 눈에 띌 정도로 훌륭했다.

인상적인 건 그뿐이 아니다. 저 정도의 몸매라면 얼굴은 실짝 모자라도 넘어가줄 수 있는데, 오밀조밀 인형 같은 얼굴에 방글방글, 방글방글 끝없이 방글거리는 저 환한 미소라니.

“좋은 밤입니다.”

성연이 좋은 향기를 풍기며 다가오는 여자에게 웃으며

인사하자 그녀는 고개를 가볍게 까딱하며 답했다.

"그러네요."

매력 풀로 당겼다 대방출한 성연의 추파에도 여자는 꿈쩍도 하지 않은 채 그를 휙 스쳐 지나갔다. 드문 일이었다.

성연은 한동안 당혹스러운 표정으로 여자의 뒷모습을 지켜보다 이내 다시 걸음을 내디뎠다.

영준의 펜트하우스 출입문은 도어스토퍼가 걸린 채 살짝 열려 있었다.

로비의 가드가 인터폰을 통해 확인했으니 성연이 곧 올라오리라는 것을 영준은 분명 알고 있었을 터다. 그러나 몇 년 만에 만나는 동생이 문 앞에서 기다리고 있다 크게 반긴다든지 하는 훈훈한 이벤트는 없었다. 물론 전화했을 때부터 익히 예상했던 일이지만.

그는 씁쓸한 표정으로 으리으리한 전실을 지나 거실로 들어섰다.

영준은 아름다운 야경이 그림처럼 펼쳐진 전면창 한가운데 이쪽을 등지고 홀로 서 있었다.

"집 좋네."

성연은 재킷을 벗고 소파로 가더니 제집인 양 느긋하게 앉아 영준의 뒷모습에다 인사를 건넸다.

"오랜만이구나."

"응."

"잘 있었니?"

"나야 늘 그렇지 뭐. 형은?"

"보시는 바와 같이."

양팔을 크게 벌리며 해사하게 웃는 성연은 훤칠한 키나 호리호리한 몸집, 뚜렷한 이목구비까지 영준과 닮은 구석이 많았지만, 인상은 정반대였다. 영준이 남성적이고 날카로운 이미지인 반면에 성연은 유순하고 부드러운 인상이 꽤나 여성적이었다. 성격에 있어서도 상극이어서 두 사람은 어렸을 때부터 부모 속깨나 썩였던 형제였다.

"갑자기 무슨 일로 여기까지 행차하셨어?"

여전히 돌아보지 않은 채 영준이 까칠하게 묻는 말에 성연은 배시시 웃더니 되물었다.

"아버지랑 엄마랑 지방 내려가셨다며?"

"아버지 건강이 별로라서. 천식이 심해져서 제주도 별장에서 며칠 쉬다 오실 거야."

"쩝. 전혀 몰랐지 뭐야."

"비행기 티케팅 하기 전에 미리 전화 한 통만 했어도 알았겠지."

영준의 말에서 날카로운 가시가 느껴지자 성연은 힘없이 웃으며 대꾸했다.

"변명은 아니지만 신작원고 마감 때문에 한동안 정신없었어. 장남인데도 집에 신경 안 써서 미안하다."

"나한테 미안할 것까지야. 그건 그렇고, 왜 하필 나한테

왔어? 굳이 여기 아니라도 갈 곳은 많잖아."
"물론 많지. 그렇지만 오늘은 왠지 널 찾아오고 싶었어."
준수한 외모뿐 아니라 알 수 없는 보호본능을 일으키는 매력 덕택에 성연의 애인들은 전 세계 도처에 있었다. 여행을 핑계로 10년 가까이 해외를 떠돌고 있는 그가 가끔씩 한국에 올 때면 머무는 곳 역시 거의 대부분 그녀들의 집이었는데, 이번엔 무슨 변덕인지 알 수가 없었다.
"혼자 있었나 보네? 아직도 여자 없어?"
영준이 대답을 하지 않자 성연은 부드럽게 웃으며 덧붙였다.
"나한테만 솔직히 말해봐."
"뭘."
"너, 실은 여자가 싫은 게 아니라 무서운 거지? 이유가 뭐야?"
영준은 아무런 반응도 보이지 않은 채 여전히 묵묵부답이었다.
"무서워하지 마. 여자는 좋은 존재야. 부드럽고 따스하고, 그리고 아픈 상처를 잘 핥아주지. 아주 구석구석."
어딘지 모르게 끈적끈적한 눈빛과 음험한 목소리에 영준은 인상을 잔뜩 찌푸렸다.
"역겨운 소리 작작 해."
"하하하! 넌 정말이지 여전하구나."
한참이나 깔깔거리고 웃던 성연이 뜬금없는 질문을 던

졌다.

“아, 참. 그러고 보니 네 개인비서가 꽤 오랫동안 근속했다고 그러던데. 몇 년이나 됐지?”

“누가 그래?”

“엄마가.”

영준이 인상을 찌푸리며 나지막이 뇌까렸다.

“쓸데없는 소릴…….”

“엄마는 그 아가씨가 꽤 마음에 드는 모양이야. 이름이 뭐라고 했더라? 으음……. 뭔가 기분 좋은 이름이었는데…….”

“곧 퇴사할 거야. 신경 쓰지 마.”

영준은 아무렇지도 않은 척하고 있었지만, 성연은 희미하게나마 뭔가를 눈치채고서 빙글빙글 웃으며 물었다.

“너처럼 비뚤어진 녀석이 그렇게 오랫동안 곁에 둔 여자라면 어딘가 특별한 구석이 있겠지?”

어금니를 꽉 물고 있는지, 영준의 턱이 굳은 채 씰룩거렸다.

“언제 한번 소개해줘. 어떤 여자인지 궁금하다.”

“가.”

“아아, 동생이 오랜만에 본 형에게 이렇게 매정하게 굴다니, 서글프고 서글프구나.”

“전화해줄 테니까 호진이네 호텔에 가서 자.”

서릿발이라도 뚝뚝 떨어지는 듯 싸늘한 목소리에 자리

에서 천천히 일어난 성연은 소파를 크게 돌아 영준이 선 곳 바로 옆에 섰다.

한 걸음만 더 다가가면 어깨끼리 부딪칠 정도의 거리에 나란히 선 형제의 키는 동생 쪽이 약간 더 컸다.

"언제나 네가 더 크고 네가 더 잘나고 네가 훨씬 더 사랑받았지."

"그게 내 탓이야?"

"아니. 다 내가 모자란 탓이지. 그래. 사실이야. 그런데……."

아련한 눈으로 창밖을 내다보던 성연이 고개를 돌려 영준의 눈을 똑바로 바라봤다.

"그런데 영준아. 왜 그랬니? 어차피 잘났으니 가만히 있어도 뭐든지 네가 독차지했을 텐데. 왜 그랬어? 왜 날 이렇게 만들었어? 난 너 때문에 잠도 못 자고 아무 일도 할 수가 없어. 그날 이후로 지금까지 줄곧 말이야."

"무슨 대답을 듣고 싶은 거야?"

몹시 상처받은 듯한 성연과는 달리 영준은 미동도 않았다.

그저 차분하고 냉정하게만 보이는 영준의 눈동자를 한참이나 들여다보던 성연이 힘없이 중얼거렸다.

"널 미워할 수 없다는 게 너무 괴로워."

싸늘한 눈으로 성연을 내려다보던 영준은 감정이라곤 1밀리그램도 느껴지지 않는 건조한 어투로 말했다.

"형은 나약하고 무능해. 그리고 자기 자신을 지키기 위해 계속 피하기만 하느라 다른 사람들을 괴롭게 만드는 부류지."

너무도 심한 말에 성연의 얼굴이 붉으락푸르락해졌다.

"이영준, 네가 어떻게 나한테……."

"나 역시 형을 미워하진 않아. 다만……."

아무것도 모르는 듯 말갛기만 한 성연의 얼굴을 물끄러미 바라보던 영준은 차갑게 내뱉었다.

"경멸해."

❦✣✤✣❦

집으로 돌아온 미소는 점퍼를 벗어 의자에 걸친 후 힘없이 자리에 주저앉았다.

"하아……."

길게 한숨을 내쉬어봐도 답답한 가슴은 후련해지지 않았다.

「가지 마. 오늘은 혼자 있기 싫어.」

그런 말을 하는 영준은 처음이었다. 그가 그렇게 약한 모습 보이는 것도 처음이었고.

물론, 가는 사람 발목 잡기 위해 연기를 하고도 남을 사람이라는 의심은 들었다. 그러나 가위눌리는 동안 고통에 치던 몸부림은 절대 연기가 아니었다. 그건 그녀가 같은 고통을 겪어봤기 때문에 금세 알 수 있는 일이다.

"괜찮으시려나."

미소는 문득 거실에서 쓰러지던 순간을 떠올리고 얼굴을 붉혔다. 넘어지면서 뒤엉키는 바람에 다소 부끄러운 꼴을 보이긴 했어도 분위기 꽤나 로맨틱했는데 말이다.

손끝에 아직도 그의 체온과 심장박동이 느껴지는 듯했다. 오랜 시간 동안 그렇게 가까이에 있었는데도 접하지 못했던, 무척이나 새삼스러운 감각이었다.

두근거리는 가슴을 한참이나 진정시킨 미소는 그제야 깨달을 수 있었다.

그 자뻑 황제, 재수 없으면서도 재수 없지 않은 인간도 결국은 '남자'였구나.

그녀는 왠지 묘하고 어색한 기분을 억지로 떨치기 위해 벌떡 일어나 곧장 욕실로 건너갔다.

"어머?"

씻기 위해 바지와 양말을 벗던 중 툭 떨어지는 느낌이 들어 보니, 길쭉한 무언가가 바닥에 떨어져 있었다. 가위로 중간을 자른 케이블타이였다. 아침에 영준의 눈에 띄지 않도록 주머니에 쑤셔넣고서 까맣게 잊고 있었던 것이다.

"아……. 이걸 아직도 안 버렸구나."

상아색 나일론 케이블타이.

언젠가 영준에게 이걸 그렇게까지 질색팔색하는 이유를 물었던 적이 있었다.

「김 비서가 거미를 싫어하는 것과 비슷한 이유.」

그 한마디로 아주 산뜻하게 이해해버렸다. 아아, 이유는 몰라도 그냥 드럽게 싫은 거구나.

"포비아(Phobia)라……."

떨어진 케이블타이를 줍기 위해 몸을 숙이던 때, 미소는 뒤늦게 발목의 멍을 발견하고 화들짝 놀랐다.

2인 3각 때 묶었던 줄의 흔적이다. 1등으로 들어가겠다고 꽉 묶는 바람에 멍까지 든 모양이다.

"흐음. 며칠 가겠네. 어쩌지? 뭐, 눈에 안 띄는 곳이니 상관없겠지."

멍을 직접 눈으로 보니 그렇게 아플 수가 없었다. 손으로 발목을 살살 문지르니 눈물이 핑 돌 정도였다.

문득 밖에서 시끄러운 소리가 들렸다. 책상에서 울리는 휴대전화 진동 소리였다.

서둘러 달려가보니 곧 결혼을 앞둔 친구의 이름이 액정에 떠 있다.

"하이, 영선."

– 미소야, 안 바빠?

"응. 이제 막 집에 왔어. 씻으려던 중이야."

– 그렇구나.

"무슨 일 있어?"

– 아, 아니. 별건 아니고, 네가 저번에 부탁했던 거 말이야. 재춘 씨가 그거 조사하던 중 편집국장님하고 술을 한잔했는데 거기서 이상한 소릴 들었나 봐.

"뭔데 그래?"

– 오래전에 너희 회사 회장님 아들이 사흘간 행방불명됐던 적이 있었다는데, 혹시 넌 알고 있었어?

"뭐……라고? 그게 무슨 소리야?"

생전 처음 듣는 이야기였다.

– 초등학교 하굣길에 형제가 나란히 딴 길로 샜다가 한 명만 나타났대. 백방으로 수소문하고 경찰력까지 총동원했는데도 흔적도 못 찾았다가 사흘 후 새벽에 완전히 엉뚱한 데서 아이가 나타난 거야. 애가 탈진한 채로 파출소 앞까지 와서 쓰러졌는데 그 장소가 최초 실종을 추정했던 위치하곤 완전히 정반대 방향의 재개발지구였대. 지금 유일랜드 부지 말이야.

미소의 두피가 바짝 수축하더니 온몸에 소름이 쫙 내달렸다.

– 아마도 정신이상자한테 납치, 감금되어 있다가 도망쳤나 봐. 당시 그룹 차원에서 취재를 차단하고 만약 새어나가면 강경대응하겠다고 엄포 놓는 바람에 묻어버렸다더라. 상대가 상대인지라 지금 자료 남아 있는 것도 없고, 그

당시에 관련된 쪽에서 일했던 사람 일부만 아는 이야기래.

"형제 중 어느 쪽이지? 혹시 우리 부회장님이……!"

– 국장님 딸이 당시에 유괴됐던 애랑 같은 4학년이었던 때라 똑똑히 기억한대. 국장님 딸은 지금 서른다섯 살인데, 네 보스가 지금 몇 살이랬지?

"서른셋."

– 아아, 그럼 형 쪽이네. 그때 충격 때문에 경영에도 참여 못 하고 지금까지도 해외로 돌고 있는 거구나!

"아……."

미소는 전화를 끊은 후로도 오랫동안 뭔가에 얻어맞은 사람처럼 멍하니 서 있었다.

8390

이성현

“나를 소환한 자 누구인가.”

유식이 커피숍 테이블 앞에서 우스꽝스러운 장난을 걸었지만 미소는 평소처럼 웃지 않았다.

“재미없네.”

흥, 콧방귀를 뀐 유식은 비척비척 자리에서 일어나 인사를 건네는 미소의 맞은편에 앉았다.

“노는 일요일이 꿀 같을 미소 비서가 나를 다 불러내다니, 영광인데.”

“쉬고 계셨을 텐데 죄송해요.”

“아니야, 아니야. 오늘은 영준이도 조용해서 마침 심심하던 차였거든. 다친 발목은 좀 어떻대?”

“아침에 통화할 땐 별말씀은 안 하셨지만 꽤 아프신 모양이더라고요. 목소리가 별로였어요.”

“그래. 제법 굴렀으니 며칠은 여기저기 아플 거라고. 미소 비서가 억지로 일정들 다 취소한 거 잘한 일이야. 그 녀석 그대로 놔두면 늙어서 골병들어.”

고개를 끄덕이며 메뉴북을 훑어보던 유식은 웨이트리스를 불러 음료를 주문했다.

“미소 비서는 뭐 마실래?”

“사장님하고 같은 걸로요.”

“영양마즙 두 잔 줘요. 마는 국산 맞죠? 아, 그리고 이 한약 좀 데워주실래요? 귀한 거니까 꼭 삼십 초만요. 너무 뜨거워도 너무 차가워도 안 돼요. 이해했어요?”

얄미운 시어머니가 내놓은 것 같은 주문에 웨이트리스는 떨떠름한 표정으로 메뉴북과 한약파우치를 들고 갔다.

한동안 일상적인 대화를 주고받은 후, 유식은 미소를 마주 보며 진지하게 물었다.

“그래서. 나한테 묻고 싶은 게 뭐지? 궁금한 게 있어서 불러낸 거 아니야?”

“아…… 역시 눈치채셨군요.”

오랫동안 테이블을 내려다보기만 할 뿐 쉽게 말을 꺼내지 못하는 미소의 눈 밑엔 평소에 보지 못했던 시커먼 그늘이 내려앉아 있었다.

“밤에 잠 못 잤어?”

“생각할 게 좀 있어서요.”

“영준이 일이구나?”

오랫동안 주저하며 뜸을 들이던 미소가 결심한 듯 주먹을 꼭 쥐고 물었다.

“사장님. 부회장님을 유학시절에 만났다고 하셨죠?”

"응. 갑자기 그건 왜?"

"그럼 혹시, 그 이전의 일도 아시나요?"

"어떤 일?"

"부회장님 어렸을 때 혹시…… 본인이나 주변 분 중 누군가가 좋지 않은 일을 겪었다거나……."

유식은 말끝을 흐리는 미소를 바라봤고, 그러던 중 주문한 음료들이 나오는 바람에 한동안 대화가 끊겼다.

그렇게 얼마의 시간이 지났을까. 유식이 따끈한 한약파우치를 흔들며 뜬금없는 소릴 꺼내놓았다.

"내가 영준이를 만나 둘도 없는 친구로 지낸 세월 동안 그 녀석이 자기 어린 시절 이야기를 한 건 손꼽을 정도로 드물었지. 물론 그놈뿐만이 아니야. 날 아들처럼 대해주시는 회장님과 사모님도 역시 옛날 이야기에 대해선 입도 뻥긋 안 하시더군. 보통 아들 친구가 집에 오면 어린 시절 흑역사 같은 걸로 장난치기 마련이잖아? 어린 시절에 뭔가 있었을 거란 생각은 어렴풋이 하고 있었어."

"결국은 모른다는 말씀이시군요."

"도움이 못 돼서 미안해. 그런데 무슨 일로 그래? 좋지 않은 일이라니?"

어디서부터 어떻게 얘기해야 할지 몰라 미소는 한참이나 고민하다 고백했다.

"옛날부터 꼭 찾고 싶었던 오빠가 있었어요. 생각도 잘 안 나는데 이상하게 집착하게 되는 기억 같은 게 있잖아요? 저한텐 그 오빠가 그런 존재였어요. 하도 오랫동안 생각하다 보니 막연하게 이상형처럼 돼버린 오빠."

"음."

"전 다섯 살 때까지 지금의 유일랜드 부지인 재개발지구에서 살았어요. 제가 찾던 오빠는 아마 그때 저희 집 근처 어딘가의 빈집에 감금되어 있었던 것 같아요. 무슨 조화인지는 모르겠지만, 저도 그 오빠랑 하룻밤 동안 같은 곳에 있었고요."

"뭐? 감금이라니……? 그게 대체 무슨 소리야?"

"가족들도 아무도 모르는 데다 기억이 드문드문 빠져 있어서 지금까진 꿈인지 아니면 정말 있었던 일인지조차 알 수 없었거든요. 그런데 어제 우연히 24년 전에 있었던, 그렇지만 지금은 완전히 묻혀버린 유일그룹 3세 유괴사건에 대한 이야기를 듣게 됐어요."

"뭐……라고?"

당황한 유식이 눈을 크게 뜨고 건너다봤지만 미소는 기억 어딘가를 헤매는 듯 멍한 표정으로 이야기를 해나갔다.

"회장님 자제분 형제가, 그러니까 우리 부회장님이랑 형님이 나란히 하굣길에 사라졌다가 한 명만 돌아왔대요. 행방불명된 후 정신이상자에게 잡혀 감금됐던 아이는 사흘 후 도망쳤고, 그 아이가 발견됐다던 곳이 바로 제가 살았던 그 재개발지구였어요."

"세상에……. 아니, 그런 일이 있었을 줄이야."

"전 확신해요. 그때 제가 만났던 오빠, 지금까지 줄곧 찾고 있던 그 오빠는 분명 유일그룹 3세 중 한 분이란 걸. 그 사건에 접근했던 사람의 추정에 따르면 현재 서른다섯 살인."

유식이 흥미로운 표정으로 말했다.

"그럼 성연이 형밖에 없는데."

"거기까진 저도 도달했어요. 다만……."

"다만?"

"걸리는 게 있어서요. 그 나이를 추정한 근거가 학년인 것 같았거든요."

"아. 영준이 월반 했잖아. 가만, 24년 전이라……."

"그건 제가 부회장님한테서 직접 들었어요. 4학년 때 형님하고 같은 반이었다고 하시더라고요."

"그럼 얘기가 어려워지지. 본인한테 직접 묻지 그래?"

"그 생각도 물론 해봤죠. 그렇지만…… 아무래도 좀……."

"음. 좋은 일도 아니고, 곤란하긴 곤란하겠다. 같이 고민해봐야겠네."

근심이 가득한 미소의 얼굴은 무척이나 생소했다. 늘 방글방글 웃던 사람이 저렇게 심각하니 걱정스러울 정도였다.

"그런데 이걸 왜 나한테 물어봐?"

"혹시 사장님은 아시는 게 없나 싶어서요."

"아니, 그게 아니라. 어떻게 보면 보스의 사생활일 수도 있는 아주 어려운 이야기잖아. 나한테 이렇게 술술 얘기하는 이유가 뭐냐고. 내가 어디 가서 떠들고 다니면 어쩌려고."

미소는 눈을 동그랗게 떴다가 손을 내저으며 아무렇지도 않게 대꾸했다.

"당연한 거 아니에요? 그럴 분이 아니란 걸 잘 아니 말씀드린 거죠."

"내가 그럴 사람이 아니란 건 어떻게 알지?"

"사장님이라면 믿을 수 있으니까요."

"그래? 내 어느 부분이 그렇게 믿음직스러운데?"

"부회장님이 제일 신뢰하는 분이시라는 점."

너무나 산뜻한 대답을 들은 유식은 의미심장한 웃음을 지으며 말했다.

"아항. 결국 미소 비서는 내가 아니라 영준이를 믿는단 말이구나."

그 소리에 당황한 미소가 얼굴을 확 붉히며 어쩔 줄을 몰라 했지만 유식은 여전히 빙글빙글 웃었다.

"누군가가 전적으로 믿어준다는 건 행복한 일이야. 영준이도 그래서 미소 비서를 놓치기 싫은 거겠지."

"에이. 그건 아닐걸요. 그저 부리기 쉽고 오랜 시간 함께해서 편안하니까, 그리고 새로운 사람하고 손발 맞추기 귀찮기도……."

“미소 비서도 잘 알고 있잖아. 내가 아는 영준이는 고작 그런 이유만으로 한 사람을 그렇게 오랫동안 곁에 두는 나태한 인간이 아니야.”

얼굴이 새빨개진 미소를 느긋하게 건너다보던 유식이 눈을 가늘게 뜨며 덧붙였다.

“제 잘난 맛에 살고 저밖에 모르는 놈이지만.”

“재수 없고요.”

“그래. 주변 사람들을 오직 저를 돋보이게 만드는 병풍이라고 여기는 놈이고.”

“주변 사람들이 알래스카의 연어떼라면 본인께선 하늘 꼭대기에서 그것들을 내려다보는 오로라라고 생각하는 분이고.”

“세상이 피라미드라면 자기가 맨 위의 꼭짓점이라고 생각하는 놈이고.”

“근데…… 뭐, 어느 정도는 사실이잖아요?”

“그렇지. 그래서 더 재수 없고.”

“그치만 또 그럴 만하니 또 묘하게 재수 없지 않죠.”

두 사람은 한참이나 똥 씹은 표정으로 중얼거리다 이내 피식 웃었다.

파우치를 찢어 빨대를 꽂은 유식은 한약 한 모금을 쪽 빨아 마신 후 한마디 했다.

“그래. 그런 놈이니 걔는 표현도 그딴 식으로밖에 못 해. 그걸 미소 비서 말고 누가 알아주고 누가 받아주겠어? 그러니까 일 그만두지 말고 그냥 이대로 그 녀석 곁에 있어 줘."

미소가 얼굴을 붉히자 유식은 진지하게 물었다.

"영준이 좋아하지?"

"네에? 갑자기 무슨 말씀이세요!"

"옆에서 보니까 아주 답답해 죽겠어, 둘 다."

당황했는지 더욱더 얼굴을 붉히며 쩔쩔매는 미소를 흐뭇하게 바라보던 유식이 문득 뭔가를 떠올린 듯 눈을 빛냈다.

"아. 아까 그거, 마침 성연이 형 귀국했으니 내가 슬쩍 알아볼까?"

"어머, 부회장님 형님이 귀국하셨어요? 언제요?"

"으잉? 몰랐어? 어젯밤에 영준이 집에 찾아왔다던데."

아. 어쩐지.

자고 가라며 붙들고 늘어질 땐 언제고, 영준은 누군가에게서 걸려온 전화를 받더니 마치 쫓아내기라도 하듯 미소를 집으로 돌려보냈다. 그 전화가 형에게서 걸려온 전화일 거란 것을 그녀는 지금에야 유추할 수 있었다.

"부회장님은 형님이랑 사이가 별로이신 것 같던데……."

그 소리에 유식의 얼굴 표정이 딱 굳었다.

"별로인 정도가 아니야. 그리고 나 역시 성연이 형은 좀 그래. 직접 만난 건 두 번밖에 안 돼서 자세한 건 몰라도, 그다지 유쾌한 사람은 아니지. 특히 여자들한테 있어서는 더. 혹시 마주치게 되더라도 지나치게 가까이하지는 마."

"왜요?"

"미소 비서. 날 봐."

"보고 있는데요."

"내 눈을 잘 보라고. 어때? 훅 가는 느낌이 와? 손발이 짜릿짜릿 저리고 하늘이 빙빙 돌고 다리가 후들후들 떨리고 그래?"

미소의 표정이 묘하게 떨떠름해졌다.

"죄송한데, 별로. 그런데 그건 왜요?"

"내가 뽀식이 두 마리 치킨을 시켰을 때 주는 쿠폰의 냉장고 부착용 자석이라면, 성연이 형은……."

그녀가 의아한 눈빛을 띠자 유식은 어깨를 으쓱하더니 덧붙였다.

"왜, 폐차장 같은 데서 자동차 들어올릴 때 쓰는 기중기의 엄청 크고 센 전자석 있지? 그런 거라고."

"네에?"

"색기로만 따진다면 이미 만렙 달성이랄까. 눈만 마주치면 넌 바로 나의 노예, 이런 게 가능한 인간이란 말이지."

"에이. 그런 사람이 어디 있어요?"

"잠깐. 그러고 보니 그거……."

한동안 눈알을 뒤룩뒤룩 굴리던 유식은 어깨를 좁히고 한숨을 푸욱 내쉬곤 중얼거렸다.

"드럽게 부러운 일이구나."

❦ ✣ ✤ ✣ ❦

하얀 천장, 하얀 벽, 그리고 작은 글씨가 잔뜩 프린트된 아동 환자복.

창백하고 가느다란 왼팔에 흉물스럽게 꽂혀 있는 주삿바늘과 기다란 링거줄, 방울방울 떨어지는 주사액을 가만히 보고 있는 동안 귓가엔 시곗바늘 똑딱거리는 소리.

곁에선 누군가가 흐느끼고 있었다. 엄마?

「그만 울어, 여보. 이러다 당신까지 쓰러지겠어.」

「그치만…… 흐흑. 그 똑똑하던 애가 말도 못 하고 저렇게 바보처럼 눈만 멀뚱히 뜨고 있는데……. 흑.」

「기다려보자고. 충격이 가시면 곧 괜찮아질 거라고 하잖아.」

「그 애기만 벌써 일주일째라고요! 만약! 만약에 ……가 이대로 영영 안 돌아오면 나는…… 나는……! 으흐흑!」

「어허, 이 사람이 정말.」

내 잘못이 아니야. 내 잘못이 아니라고.

이게 다 저 녀석 때문이야. 내가 아니라 저 녀석이 나쁜 거야. 그러게 누가 잘난 척하랬어? 다 자업자득이야.

날 봐줘. 저 녀석만 보지 말고, 그런 눈으로 보지도 말고 제대로 봐달라고. 나도 저 녀석처럼 사랑해달란 말이야. 제발.

"성연 씨, 성연 씨, 왜 그래?"

"으음……."

"자다 말고 갑자기 왜 울어? 응?"

암막커튼이 내려진 호텔 스위트룸 침실은 시각을 알 수 없을 정도로 어두웠다.

상체를 일으킨 성연은 온통 젖은 뺨을 손등으로 닦아내며 몸서리를 쳤다.

"하아, 하아, 또 그 꿈이……. 대체 누구지, 그건?"

"꿈 꿨구나, 성연 씨?"

"안아줘."

여자의 커다란 가슴 사이 골에 얼굴을 묻은 그는 맨살의 따스한 감촉을 만끽하며 계속해서 되뇌었다.

"안아줘, 안아줘."

"자기도 참. 지금 안고 있잖아."

"더! 더! 꽉 안아!"

"성연 씨 갑자기 왜 이래? 나 무서워."

"무서워? 무섭다고? 네가 무서운 게 뭔지나 알아?"

"성연 씨……."

"어렸을 때 동생 때문에 정신병자 여자한테 납치돼서 사흘이나 혼자서 갇혀 있었어. 얼마나 무서웠는지 알아? 그때의 트라우마 때문에 내 인생은 지금까지도 고통의 연속이라고!"

말은 무섭다고 하는데 성연의 이야기는 사실 여자에게

크게 와 닿지는 않았다. 마치 녹음된 소리를 조합해 만든 자동응답시스템의 기계음처럼, 그 안에는 중요한 뭔가가 결여되어 있는 듯했다.

"어머, 불쌍하기도 하지."

"어서 위로해줘. 날 사랑해줘."

"그래. 내가 끝내주게 위로해줄 테니까 어젯밤처럼 또 죽여줘야 해. 나 진짜 좋아서 숨넘어가는 줄 알았다니까. 제 입으로 힘 좋다는 남자들치고 제대로 된 놈 못 봤는데, 아아, 자긴 달라."

"내가…… 다르다고?"

"그래. 멋져. 정말 좋아. 성연 씨는 최고야!"

여자가 간드러지게 웃으며 내놓는 천박한 말에 성연의 동작이 딱 멈추었다.

「형은 나약하고 무능하고, 자기 자신을 지키기 위해 계속 피하기만 하느라 여러 사람 괴롭게 만드는 부류야. 경멸해.」

"아니."

"자기……?"

"아니야!"

"응?"

"잘난 척하지 마! 난 아프단 말이야! 내가 이렇게 아픈

걸 보고도 모르겠어? 왜 아무도 날 이해하지 못하는 거지? 왜! 왜!"

"어머, 미쳤나 봐, 뭐야, 이 인간?"

정신 나간 사람처럼 계속해서 혼자 소리치는 성연을 쳐다보던 여자는 놀라서 슬금슬금 물러나더니 씻지도 않은 채 서둘러 옷을 입고 호텔방을 빠져나가버렸다.

성연은 어둠 속에 홀로 앉아 멍하니 허공을 응시한 채 끝도 없이 중얼거리고 있었다.

"네가 어떻게 나한테 이럴 수가 있어. 네가 어떻게 나한테……!"

"오랜만에 가족 모두 한자리에 모이니 좋구나."

이 회장의 말에 최 여사가 부드럽게 눈웃음을 지으며 성연을 힐난했다.

"자주 좀 들어오지 그러니. 이러다 큰아들 얼굴 영영 잊어버리겠다."

"제가 오니까 좋으시죠, 엄마?"

"그걸 말이라고 하니."

"에이. 가면 더 좋아하실 거면서."

"뭐? 어머, 이 녀석이!"

성연이 내놓는 짓궂은 농담에 응접실에 하하 호호 웃음

이 터졌다.

이 회장은 찻잔을 내려놓더니 영준에게 물었다.

"넌 찔러도 피 한 방울 안 날 것처럼 빈틈없던 녀석이 왜 갑자기 계단에서 미끄러지고 난리냐."

"그러게 말입니다."

영준이 떨떠름한 표정으로 얼버무려버리자 그 바로 곁에 앉아 있던 최 여사의 얼굴에 또다시 어두운 그늘이 내려앉았다.

그녀의 시선은 분명 영준의 왼쪽 발목에 감싸진 반깁스에 닿아 있었지만 눈동자만은 왠지 모르게 그 안의 다른 것을 보는 듯 초점이 멀었다.

"항상 몸조심하거라. 중요한 시기에 네가 크게 다치기라도 하면 회사 쪽에도 큰 손실이니까."

이 회장의 말에 최 여사는 발끈하며 목소리를 높였다.

"애가 다쳤는데 당신은 무슨 말씀이세요! 지금 회사가 문제예요?"

"요직에 앉은 사람의 몸은 자기만의 것이 아니니까 하는 소리야. 낸들 어디 영준이 걱정 안 하겠어?"

이 회장과 최 여사가 주고받는 대화에 성연의 얼굴에서 어느새 웃음기가 가셨다.

주변 공기가 변한 것을 감지한 영준은 굳은 표정으로 얼른 대화를 종결시켜버렸다.

"앞으로 각별히 조심할게요."

"그럼. 그래야지. 이 일로 김 비서도 많이 놀랐겠구나."

최 여사가 갑자기 미소 이야기를 꺼내자 영준의 얼굴에 살짝 당황한 빛이 스쳤고, 성연은 그 틈을 타 잽싸게 끼어들어 물었다.

"김 비서라니, 누구예요?"

최 여사가 눈을 동그랗게 뜨고 아들 둘을 번갈아 쳐다봤다.

"어머, 그러고 보니 성연이는 한 번도 안 만났던가? 그렇게 오랫동안 영준이 곁에 있었는데 못 만났다니. 왜 그랬을까?"

"김 비서나 저나 회사 일로 줄곧 바빴고 형이 들어오는 일도 워낙 드물었으니까요. 저부터도 형을 몇 년 만에 보는 건데 김 비서가 특별히 마주칠 일이 있었겠어요?"

영준은 인상을 쓰고 얼버무려버렸지만 성연은 눈을 빛내며 끼어들더니 최 여사에게 꼬치꼬치 캐묻기 시작했다.

"일한 지 얼마나 됐어요?"

"10년 다 돼가지 아마?"

"몇 살인데요?"

"올해 스물아홉. 그런데 네가 왜 관심을 보여? 우리 미소는 영준이 색싯감으로 내가 딱 찍어놔서 안 돼. 넌 여자친구들 많잖니."

"엄마는. 어차피 영준이는 결혼에 관심 없잖아요."

"그래도 안 돼. 근처에도 가지 마라."

"예뻐요?"

"그러엄, 예쁘지! 얼마나 예쁘냐면……."

최 여사가 딸 자랑하는 주책바가지 아줌마처럼 미소의 장점을 늘어놓기 위해 입을 떼려는데, 영준이 갑자기 제 말을 시작했다.

"아버지. 연초 동남아 사업부 현지 점검 말인데요. 베트남 지사 쪽도 포함시킬 생각입니다."

모친의 말을 막다니 드문 일이다. 영준이 지금 무엇을 신경 쓰고 견제하고 있는지는 굳이 묻지 않아도 알 수 있었다.

"오, 그래? 그렇지 않아도 내가 그 얘기를 한번 하려고 했는데……."

부자간에 사업 이야기가 한번 시작되면 중간에 멈추는 법이 없다. 오늘 역시 끝도 없이 대화가 이어질 것을 미리 예상한 최 여사는 이 회장과 영준이 편하게 이야기할 수 있도록 자리를 비켜주려 했다.

"성연아. 엄마가 너 좋아하는 수정과 해놨으니 우린 나가서 시원하게……."

소파에서 일어나며 슬쩍 성연을 건너다본 최 여사는 문득 느껴지는 불안한 기분에 가슴이 덜컥 내려앉았다. 아니나 다를까, 이 회장과 영준을 바라보는 성연의 안색이 썩 좋지 않다.

"영준이는……."

성연의 낮게 깔린 목소리에 대화를 멈춘 이 회장과 영준이 그를 돌아봤다.

“영준이는 정말이지 여전하네요. 언제나 자기 자신 생각밖에 안 하죠.”

대화가 딱 끊긴 응접실에 어색한 침묵이 감돌았다. 조금 전까지 화기애애했던 분위기는 순식간에 냉각되어 긴장감마저 흐르고 있었다. 꼭 언제 터질지 모르는 폭탄이라도 앞에 둔 듯했다.

“성연아.”

“5년이고 10년이고, 아니, 그 후로 몇 년이 지나도……. 영준이는 변하질 않아요. 하긴. 저 녀석은 전에도 한결같았죠. 그 초지일관함이 존경스러울 정도였으니까.”

자리에 둘러앉은 모든 이들의 얼굴이 굳었지만, 성연은 창백한 얼굴에 사람 좋은 미소를 띤 채 계속했다.

“난 그래도 지난 일은 다 용서했어요. 영준이는 내 동생이니까.”

이 회장은 미간을 좁히는 영준을 곁눈질하며 성연을 달래려 애썼다.

“성연아, 그래, 그래. 우리가 네 맘 다 안다.”

그동안 성연이 여행을 핑계로 출국한 이후 줄곧 해외에서 체류하며 자주 귀국하지 않는 데는 다 이유가 있었다.

형제가 철든 이후, 가족이 모두 모이면 꼭 트러블이 생기고 결론도 없이 감정소모만 하는 일이 되풀이됐다.

그 트러블의 원인은 거의 대부분 성연과 영준 사이의 풀지 못한 과거 앙금이었다.

10년 전 어느 날, 성연은 영준과의 말씨름으로 분노를 주체하지 못하는 바람에 들고 있던 사기잔 받침을 집어 던져 버렸다.

날아간 잔 받침은 정통으로 영준의 이마에 가 부딪쳤고, 그 일로 영준은 화가 머리끝까지 나 피를 철철 흘리면서도 들개처럼 성연에게로 달려들었다.

둘 다 혈기왕성한 시기였기에 싸움은 몹시 격하고도 끔찍하게 벌어졌다.

형제가 있는 집이라면 드물긴 해도 충분히 있을 수 있는 일이었지만, 문제는 그 피 튀기는 싸움이 부모가 빤히 보는 앞에서 벌어졌다는 것이다.

최 여사가 말리다 지쳐 혼절하는 바람에 다행히 사건은 그 자리에서 일단락되었으나 이 회장은 당분간 아들 둘을 서로 떼어놓기 위해 장남을 내쳐야만 했다. 당시 영준은 막 유학을 마치고 돌아와 본격적으로 경영수업에 착수할 예정이었기에 전부터 별 의욕 없이 회사에 자리만 차지하고 있던 성연을 중국 지사로 발령했다.

애초부터 경영엔 관심도 재능도 없었던 성연은 그 즉시 사표를 던지고 겸업에서 전업작가로 전향을 선언하더니 긴 외유(外遊)를 떠나버렸다.

과정이야 어떠했든 모두의 상처는 일단 그것으로 다 덮

인 것 같았다. 최근 10년 동안 큰 트러블 없이 잘 지내지 않았나. 오래전의 그 일도 다 그렇게 세월에 묻혀 잊히는가 싶었단 말이다.

그러나 그건 그저 이 회장과 최 여사만의 바람이었던 모양이다.

"형이 다 용서했다며. 됐네. 그럼 그걸로 끝 아니야? 다 용서했으면 사내답게 깡그리 잊어야지 20년도 더 전의 일을 뭘 그리 오랫동안 우려먹고 있어?"

지고는 못 사는 영준이 툭툭 던지자 심상치 않은 분위기를 감지한 이 회장이 손을 들어 그를 제지했다.

"영준아. 그만하자. 네가 먼저 일어나거라."

탐탁지 않은 표정으로 일어난 영준은 그대로 자리를 뜨려 했지만 성연은 여기서 그만두기를 원하지 않았는지, 지금껏 집안에선 암묵적으로 금기시되어왔던 이야기를 기어이 입 밖에 내고 말았다.

"이영준. 함부로 말하지 마. 네가 그때 아무것도 모르는 날 거기에 데려가서 버리고 오지만 않았어도 지금 그 자리에 앉아 있는 건 나였을 거다."

"그래서?"

"네가 그때 돌아와서 날 한 번만 찾아보기라도 했다면 나도 지금 너처럼 밤에 두 다리 편히 뻗고 푹 잘 수 있을 거라고."

"그래서."

"네가 그때 죄책감을 이기지 못해 거짓말만 하지 않았어도! 날 버린 곳으로 터무니없는 위치를 지목하지만 않았어도! 내가 거기서 사흘이나 갇혀 있지 않았을 거라고! 그럼 지금쯤 나는……!"

영준은 일말의 감정조차 담기지 않은 눈으로 빈정거렸다.

"그래서 도대체 나더러 어쩌라고. 난 기억이 안 난다니까. 전혀."

"이 나쁜 자식이……!"

분을 참지 못해 자리에서 벌떡 일어난 성연이 10년 전 그날처럼 잔 받침을 집어 들어 영준에게 던지려는 순간, 그때까지 하얗게 질린 얼굴로 한쪽에 서 있던 최 여사가 돌연 끔찍한 비명을 내지르기 시작했다.

"아아악! 아악! 아악!"

똑같은 일이 다시 벌어질지도 모른다는 생각에 큰 충격을 받았는지, 정신이 나간 사람처럼 발작적으로 소리를 지르던 최 여사는 곧장 영준에게로 가 그의 몸을 감싸 안으며 성연을 향해 소리쳤다.

"성연아! 이제 그만하면 됐잖니! 그만해! 그마안! 도대체 얼마나 더 괴롭힐 작정이야! 다른 사람이라면 몰라도 네가 현이한테 이러면 안 되지! 너는 이러면 안 되지! 너만은……!"

히스테릭하게 마구 소리를 지르는 최 여사를 황당한 눈

으로 건너다보던 성연이 조심스럽게 입을 뗐다.

“엄마? 지금 무슨 소릴 하는 거예요? 현이가…… 누구예요?”

그 소리에 이 회장과 최 여사는 동시에 몹시 당황한 표정을 지었다.

“아아…….”

최 여사가 돌연 비틀거리더니 영준의 재킷자락을 붙잡으며 그 자리에 무너졌다.

“여보!”

“어머니! 괜찮으세요?”

영준은 숨을 쌕쌕 몰아쉬는 최 여사를 일으켰고, 이 회장은 그녀를 부축해 다급하게 걸음을 옮기며 아들들을 향해 호통쳤다.

“둘 다 어서 나가거라! 한동안 꼴도 보기도 싫다! 대체 만날 때마다 이게 무슨 추태냐!”

응접실을 나선 이 회장의 역정 어린 고함이 온 복도에 쩌렁쩌렁 울렸다.

목소리가 점점 멀어지는가 싶더니 어느새 딱 그치자 사방엔 정적이 내려앉았다. 응접실에 덩그러니 남은 영준과 성연은 한동안 서로를 마주 노려봤다.

먼저 입을 연 것은 영준이다.

“그렇게 해서 형 마음이 편해질 것 같으면 억지로 위선 떨 것 없이 그냥 말해. 밉다고. 증오한다고. 난 형이 날 용서하든 말든 상관없어. 용서한다고 해서 고맙지도 않고 용서 못 한다 해도 전혀 미안하지 않다고. 어차피 난 하나도 기억 안 나니까."

"이영준……, 너 정말이지…… 뻔뻔스럽구나."

"마음대로 생각해."

툭 내뱉고서 몹시 한심한 눈으로 성연을 바라보던 영준은 곧장 돌아서서 방을 나가버렸다.

2층의 침실에 거의 도달했을 무렵, 최 여사는 그제야 정신이 돌아왔는지 제 발로 걸으며 흐느꼈다.

"여보……, 여보……. 나, 가슴이 아파서 쟤들 더 이상은 못 보겠어요……. 흐흑."

깊은 생각에 잠겨 있는 듯 줄곧 텅 빈 눈을 하고 있던 이 회장이 문득 묘한 소릴 내놓았다.

"여보. 아까…… 당신이 영준이 옛날 이름 꺼냈을 때 말이야……."

분명 그 자리에서 그 이름에 놀란 반응을 보인 사람은 성연뿐이다. 영준은 마치 알고 있기라도 한 것처럼 아무렇지도 않은 표정과 태도였다.

"여보. 실은 전부터 느낀 건데 영준이가…… 혹시 기억을 되찾은 건 아닌가 싶어서……."

"네? 그게 무슨 말씀이세요?"

"아, 아니. 아무것도 아니야. 내 기우겠지."

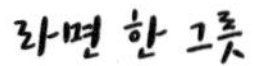

인적이 드문 골목길에 싸늘한 바람이 불자 코트자락 사이로 한기가 스몄다.

차체에 몸을 기댄 영준은 담배를 꺼내 입에 물고 라이터의 불을 켰다. 주황색 불꽃 위로 문득 아련한 장면이 스쳐 지나갔다.

「오빠 이름은 뭐야?」

「성현. 이성현.」

「성헌?」

「아니야. 이. 성. 현. 이라고.」

「이. 성. 여언.」

「너…… 진짜 바보구나. 딱 우리 형 보고 있는 것 같다.」

「와! 오빠, 형도 있어?」

「그래. 개떡 같은 놈 하나 있지.」

「개떡이라고?」

「그래. 순 개떡.」

「이야아.」

「개떡이라는데 뭐가 '이야아'야?」

「부럽다아! 나 떡 좋아하는데.」

「나 지금 웃어야 하니 울어야 하니?」

「미소는 형 없어. 언니들밖에 없는데 만날 때리고 뺏고 인형놀이 할 땐 나한테 못난이 인형만 줘. 나한테도 순 개떡 같은 형 있으면 좋겠다.」

「너는 여자애니까 절대 형은 안 생기지. 그리고 꿈도 꾸지 마. 형 두면 나처럼 이 꼴 된다. 여기서 나가면 제일 먼저 그놈한테 어퍼컷을…….」

「어퍼컷이 뭐야? 먹는 거야?」

「어린애는 몰라도 돼.」

「아, 맞다! 그럼 성연이 형이 미소 형 해주면 되잖아!」

「난 성! 현! 이라니까! 그리고 형 아니라 오빠라고, 이 바보야!」

「미소 바보 아니야! 미소는 다섯 살인데 유치원 다니는 언니들보다 책도 더 잘 읽어.」

「장난해? 난 네 나이 때 천자문 떼고 있었다.」

「흥! 미소도 스티커 잘 뗀다. 안 찢어지게 잘 뗀다.」

「우와악! 답답해 미치겠네!」

라이터 불이 꺼지자 기억은 다시 어두운 골목 어딘가로 사라져버렸다. 다섯 살 소녀의 까르륵 웃음소리가 어둠 속에서 울리는 듯해, 입술 사이론 피식 웃음이 새어나왔다.

길게 한숨을 내쉬자 긴 담배연기가 하얗게 선을 그리다 흩어졌다.

영준의 시선이 닿아 있는 원룸 건물 3층엔 핑크색 커튼이 내려진 작은 창문이 있었다. 미소의 방이다.

가슴이 답답하고 묵직해 견딜 수가 없었다. 누군가와 잠시라도 웃으며 이야기 나누고 싶었다. '나'는 분명 여기에 존재하고 있다는 것을 확인하고 싶었다. 미치도록.

그렇게 두서없이 차를 몰았고 정신을 차려보니 어느새 미소의 집 앞이었다.

일요일 초저녁, 같은 또래 아가씨들이라면 친구들과 나가 맛있는 것을 먹거나 쇼핑을 하며 즐거운 한때를 보낼 시각이건만 그녀의 방엔 불이 환히 켜져 있었다. 지난 9년 동안 업무를 빙자해 옭아맸던, 그리고 앞으로도 놓아줄 생각이라곤 없는 어느 보스 때문이겠지.

그 쥐꼬리만 한 휴식을 방해할 생각은 없었다. 그저 이렇게 지켜보다 담배나 한 대 다 태우고 돌아갈 생각이었다.

원숭이 그림이 그려진 실내복 원피스에 보풀 잔뜩 일어난 카디건을 걸치고 아디다스 짝퉁 슬리퍼를 끌며 손엔 깜장 비닐봉지 하나를 달랑달랑 들고 걸어오는 똥 머리 여자를 발견하기 전까진.

이어폰에서 흘러나오는 하림의 노래 사이로 찍찍 슬리

퍼 끄는 소리가 섞여들었다. 리듬에 맞춰 발을 끌다 보니 미소는 어느새 집 앞 골목에 도착했다.

달걀 팩이 담긴 봉지를 달랑달랑 흔들며 애써 털어내려 했지만 생각처럼 쉽진 않았다. 어제부터 온종일 그녀의 머릿속엔 줄곧 영준 생각뿐이었다.

골목 한쪽에서 담배를 피우고 있던 남자 한 명이 불을 끄고 이쪽으로 걸어오는 게 언뜻 미소의 눈에 띄었다. 고개를 푹 숙인 채 걸음을 서두르자, 다리가 불편한지 절뚝거리며 다가온 남자는 곧장 그녀를 스쳐 지나갔고 그녀는 다시 걸음을 늦추었다.

양쪽 이어폰이 귀에서 쏙쏙 빠진 건 담배 냄새에 무뎌진 코가 익숙한 향수 향기를 한 박자 늦게 알아챈 직후였다.

"꾸워어어억!"

모양 빠지는 괴성을 지르며 놀란 가슴을 쓸어내린 미소는 똑바로 자신을 내려다보며 담배를 피우고 있는 영준을 향해 빽 소리 질렀다.

"부회장니임! 놀랐잖아욧!"

"무슨 죄 지었어? 왜 그렇게 놀라?"

"하아……."

한참이나 후하후하 심호흡을 하며 두근거리는 심장을 진정시킨 미소는 그제야 손이 허전하다는 것을 깨닫고 바닥을 내려다봤다.

"갸아악! 내 달걀!"

이어폰이 꽂힌 휴대전화를 영준에게 넘긴 후 바닥에 쪼그리고 앉은 미소는 열 개의 달걀 중 무려 아홉 개가 박살 난 현장을 수습하며 우는소릴 했다.

"아아, 이게 무슨 변이람."

달걀이야 북망산 단체입장권을 끊든 말든 미소의 휴대전화를 뺏어 음악재생 목록을 살펴보던 영준이 떨떠름하게 물었다.

"'여기보다 어딘가에', '출발', '여행'……? 뭐야, 설마 이렇게까지 떠나고 싶은 거야?"

"어머, 아, 아니에요! 그런데 정말이네? 어쩌다 이런 노래들만 들어가 있었지?"

"혹시 서브리미널……."

"아니에요!"

미소가 발끈하자 영준은 아님 말고, 하는 표정으로 피식 웃었다.

"편의점 갔다 오는 길?"

"네. 출출해서 달걀이나 삶으려고 했더니 냉장고에 달걀이 다 떨어졌더라고요. 그러는 부회장님은 여기까지 웬일이세요?"

"집에 가던 길에 생각나서 들렀어."

"제 생각이 나서 일부러 오셨단 말이에요?"

"그래."

얼굴을 확 붉히며 고개를 돌린 미소는 골목 한쪽에 주차

된 영준의 차를 보고 펄쩍 뛰며 물었다.

"아니, 그 다리로 지금 직접 차 몰고 오신 거예요?"

"다친 곳은 왼쪽인걸. 운전하는 데는 아무 지장 없어."

"안 돼요! 병원에서 일주일은 무리하지 말라고 했단 말이에요!"

"아아, 알았어, 알았어. 시끄러우니까 잔소리는 그만 둬."

귀찮은 듯 인상을 찌푸리며 손을 내젓는 영준을 건너다 보던 미소는 그에게서 평소와는 다른 분위기를 감지하고서 바로 입을 다물었다.

초등학교 시절, 반에서 금붕어를 키웠던 적이 있었다. 다홍색 지느러미와 진주색 배를 가진 금붕어 한 마리.

작은 어항 안에서 활기차게 헤엄치던 그 금붕어는 온 지 얼마 지나지 않아 서서히 움직임이 느려지더니, 미소가 당번이었던 어느 날 아침, 수면에 입을 내고 힘없이 뻐끔거리다 점심시간 즈음 마침내 수면에 배를 드러내고 죽고 말았다.

영준의 눈은 그날 아침 금붕어의 눈을 꼭 닮아 있었다. 숨을 쉴 수가 없어 괴롭고 답답하니 제발 도와달라고 쳐다보던, 그 간절한 눈빛 말이다.

"본가에서 바로 오시는 길이에요?"

영준이 굳게 입을 다물고만 있자 미소는 다그치듯 덧붙여 물었다.

"오다가 누구 만나셨어요? 얼굴이 왜 그러세요?"

"내 얼굴이 뭐."

"안색이 별로예요. 무슨 일이세요?"

"아무 일도 없었어. 쓸데없이 신경 쓰지 마."

대답을 피해버리는 영준을 물끄러미 올려다보던 미소는 그에게 뭔가 일이 있었음을 확신했다.

무슨 일인지 궁금하긴 했지만 꼬치꼬치 물어봤자 저 자존심 강한 남자가 술술 고백할 리는 없고, 이럴 땐 그저 위로해주는 것밖에 도리가 없다.

"저도 실은 조금 전까지 머리가 복잡해서 약간 우울했었어요."

"그래? 묘한 데서 통했네."

부드러운 눈길로 서로를 바라보던 중, 미소가 웃으며 제안했다.

"이럴 땐 매운 게 최고죠. 집에 오소리 왕 매운맛 두 봉지 있는데, 끓여드릴 테니 같이 드실래요?"

"라면?"

"네. 다이어트 중이지만 특별히 오늘은 같이 먹어드릴게요."

방글방글 웃는 미소의 얼굴을 가만히 내려다보며 영준은 정떨어질 정도로 재수 없는 어조로 못 박았다.

"난 그런 화학첨가물 용액에 화학첨가물 건더기를 혼합한 건 안 먹는 주의라는 거 몰라?"

미소는 아무 타격도 입지 않은 듯 여전히 방글방글 웃으며 대꾸했다.

"매일 먹는 것도 아니고 아주 가끔이잖아요. 화학첨가물 범벅이든 퓨어한 건강 재료든 지금 스트레스만 풀 수 있으면 장땡 아닌가요?"

"장땡 아니야. 그 안에 들어 있는 보존제들 때문에 죽으면 썩지도 않을 거라고."

"에이이, 오버하지 좀 마세요. 그리고 물론 그럴 리는 없겠지만, 안 썩으면 더 좋은 거 아니에요? 부회장님의 완벽하고 아름다운 육신을 대대손손 길이 보전하는 방편이 될지도 모르잖아요."

"할 말이 없군."

영준이 피식 웃자 미소는 봉지 안에서 끈적끈적한 달걀 한 알을 꺼내 보이며 말했다.

"특별히 달걀은 부회장님 그릇에만 넣어드릴게요."

"당연하지. 그걸 지금 말이라고 해?"

황당하다는 듯한 영준의 태도가 너무도 자연스러웠던 나머지 미소는 또 한 번 크게 웃음을 터뜨리고 말았다.

한참이나 자지러지게 웃던 그녀는 숨을 몰아쉬더니 이내 앞장서서 걸었다.

"방 지저분하다고 타박하시면 안 돼요. 오실 줄 알았으면 미리 청소를 좀 해뒀을 텐데……."

슬리퍼를 질질 끌며 원룸 공동출입구를 향해 걸어가던

미소는 영준이 따라오는 느낌이 들지 않아 뒤를 돌아봤다.

의심했던 대로 그는 아까 그 자리에서 단 한 걸음도 움직이지 않은 채 우뚝 서 있었다.

"왜 그러세요?"

영준의 집은 미소에게 있어서 일터나 마찬가지의 공간이었다. 그렇기에 그녀는 아무 거리낌 없이 그의 집을 드나들고 늦은 시각까지도 자연스럽게 머무를 수 있었다.

그렇지만 영준에게 있어서 미소의 집은 달랐다. 길었던 세월 동안 그는 미소의 집 안을 단 한 번도 구경해본 적이 없었다. 외부일정을 마치고 늦은 시각 퇴근할 때 집 앞까지 데려다주거나 또는 급한 일로 찾아온 적은 있었어도 결코 집 안까지 들어가거나 머물렀던 적이 없었단 말이다.

"됐어. 다음 기회에 들르지."

딱딱하게 거절의사를 전하는 영준을 한동안 바라보던 미소는 이내 다 안다는 표정으로 다가가 그의 코트 소맷부리를 홱 낚아챘다.

"추워요. 어서 들어가요. 빨리, 빨리요."

그녀가 방글방글 웃으며 하도 잡아끄는 통에 그는 한참이나 주저하다 못이기는 척 걸음을 옮기고 말았다.

좁은 원룸은 귓불이 화끈거릴 정도의 온기와 은은한 향기가 풍기고 있었다.

"들어오세요."

현관 앞에 가지런히 놓인 검정 하이힐을 한쪽으로 쓱 밀어 영준이 구두 벗을 자리를 마련해준 미소는 재빠른 동작으로 드럼세탁기 앞의 빨래바구니 뚜껑을 덮었다. 언뜻 핑크색 물방울무늬 브래지어가 눈에 띄었지만 영준은 애써 못 본 척 헛기침을 하며 구두를 벗고 안으로 들어섰다.

미소의 원룸은 모든 공간을 다 합쳐도 겨우 영준의 집 메인욕실 정도의 크기였지만 그 안엔 도무지 없는 것이 없었다.

현관 앞엔 작지만 욕실이 있었고 욕실 문 옆으론 아담한 주방과 협소한 2인용 식탁도 설치되어 있었다.

좁디좁은 방바닥엔 커다랗고 고급스러운 아이보리색 원형 러그가 깔려 있었다. 그게 어딘지 눈에 익다 싶었더니 몇 년쯤 전 영준이 침실에 깔려고 구입했다가 생각보다 색깔이 마음에 안 들어 치우라고 했던 그것이다. 미소 성격상 함부로 비리진 않았을 텐데 어째 안 보인다 했더니 여기와 있었구나. 왠지 웃음이 났다.

출입구와 마주 보고 있는 작은 창엔 얇은 레이스 커튼이 드리워져 있었다. 밖에서 봤을 땐 분명 핑크색이었는데, 안에 들어와 보니 핑크라기보다는 살구색에 더 가까웠다.

커튼이 드리워진 작은 창을 사이에 두고 좁은 싱글침대와 랩톱 한 대가 놓여 있는 흰색 편수책상이 서로 마주 보고 있었다. 방 안에 꽉 찬 은은한 향기는 그 책상 한쪽에 열 맞춰 늘어세워둔 화장품들에서 나는 것 같았다. 미소에게서 항상 맡을 수 있었던 바로 그 향기였다.

깔끔한 집은 별로 치울 것도 없어 보이는데 분주하게 방을 돌아다니며 이것저것을 정리하던 미소가 수줍게 물었다.

"집이 좀 누추하지요?"

"아니. 많이 누추하네."

냉큼 돌아온 대답에 미소는 방글방글 웃으며 쳇, 하고 혀를 찼다.

"농담이야. 아담하고 좋은걸."

"전혀 농담처럼 안 들렸어요."

"순도로 따지자면 한 51퍼센트 정도?"

"나머지 49퍼센트는 진심이란 뜻이잖아요!"

발끈하며 빽 소리를 지른 미소는 영준의 짓궂은 장난을 타박하며 그에게 앉을 자리를 내주었다.

"어휴, 진짜 무슨 말을 못 하겠다니까. 됐으니까 거기 편히 앉으세요."

미소가 자리를 권하자 영준은 약간 당황했다.

그녀가 방글방글 웃으며 친절하게 손으로 가리킨 곳은 침대였다. 새하얀 시트가 깔려 있는 미소의 침대.

천하의 이영준답지 않게 한참이나 주저하던 그는 침대 대신 책상의자를 택했다.

"이쪽이 낫겠어."

"그 의자 싸구려인 데다 낡아서 엄청 불편하실 텐데요."

"신경 쓰지 마."

"그럼 그러시든지요."

아무렇지도 않게 돌아서서 가스레인지 앞으로 간 미소는 냄비를 꺼내 물을 담으며 물었다.

"기다리시는 동안 차라도 한 잔 드릴까요?"

"아니, 괜찮아."

"으음. 어디 보자. 라면은 어디 있지? 냉장고에 과일은 뭐가 있나……."

미소가 수납장과 냉장고의 문을 열고 안을 들여다보며 바쁘게 움직이는 동안 딱히 할 일이 없던 영준은 미소의 책상을 천천히 둘러봤다.

책장과 책상은 그녀의 깔끔한 성격만큼이나 정리정돈이 잘되어 있었다. 썩 마음에 드는 풍경이었다.

책장에 꽂힌 책들을 주욱 훑어본 그는 손을 내밀어 일본어 자습서 한 권을 꺼냈다.

책 옆면이 누렇게 바랜 것이 세월의 흔적을 여실히 보여주었다. 아무 생각 없이 휘리릭 책장을 넘기던 영준은 책장 사이에서 뭔가를 발견하고 피식 웃어버리고 말았다.

단원 시작 부분에 '숙제. 목숨 걸고 외울 것. 내일 업무 시작 전에 테스트하겠음.'이라고 적힌 글씨가 어딘지 모르게 낯익었다. 낯익을 수밖에. 다른 누구도 아닌 자신의 필체였으니까. 아마도 미소가 자신의 비서업무를 정식으로 시작하기 전이었나 보다.

기억을 더듬으며 책장을 넘기다 보니 당시 그녀가 남긴 낙서 몇 개도 눈에 띄었다. 의미를 알 수 없는 상형문자 같은 낙서들 사이에 낀 한 줄이 퍽 돋보였다.

[귀신 직무유기냐. 이 전무놈 잡아가라.]

전무님도 전무도 아니고 전무놈이란다. 얼마나 미웠기에. 영준은 키득키득 웃으며 책을 책장에 다시 꽂아넣은 후 근처의 다른 책을 집어 들었다.

파스텔톤 부직포 북커버에 싸인 책은 소설책 같았는데 꽤나 두터웠고 얼마나 자주 봤는지 모서리에 손때가 잔뜩 묻어 있었다.

책의 아무 곳이나 펼쳐 내용을 쭉 훑어보던 영준의 얼굴이 딱 굳더니 이내 그의 뺨과 귓불, 심지어 목덜미까지의 피부가 벌겋게 확 달아올랐다. 책을 덮고서 잠시 숨을 고른 영준은 민망한 눈으로 미소를 곁눈질한 후 이내 긴 한숨을 내쉬었다.

한심하단 표정으로 책을 아무 곳에나 내던져버린 영준은 이어서 책상 한켠에 자리한 랩톱을 내려다봤다.

화면보호상태의 랩톱에 연결된 마우스를 잡고 살짝 흔드니 액정이 환하게 밝아졌다.

15인치 LCD 화면을 가득 메우고 있는 것은 문서작성 중인 오피스프로그램이었다. 여러 개 띄워둔 창들도 모두 다

업무에 관련된 것들이었다.

바탕화면엔 그 흔한 게임 하나 없었다. 인터넷 창을 불러 즐겨찾기를 눌러보았지만 거기에도 회사 인트라넷 페이지만 덜렁 추가되어 있을 뿐이다.

그동안 내가 이렇게까지 미소를 몰아붙였나 하는 생각에 다소 착잡해진 영준은 한동안 씁쓸하게 마우스를 매만지다 자리에서 일어났다.

가스레인지 앞에서 물이 끓기를 기다리고 있던 미소에게 다가간 영준은 그녀와 어깨를 나란히 하고 서서 냄비를 내려다봤다.

깨끗한 스테인리스 냄비 바닥에선 어느새 기포 한두 방울이 올라오고 있었다.

한동안 아무 말 없이 냄비만 쳐다보며 각자 생각에 빠져 있던 중 미소가 문득 뜬금없는 소릴 내놓았다.

"신기하지 않아요? 거창한 재료도 필요 없이 끓는 물에 한 봉지만 딱 털어넣으면 요리 하나가 완성이라니 말이에요."

"그건 그렇지."

"편하고 좋긴 한데, 언제부턴가 사는 것도 점점 인스턴트화 되는 것 같아서 좀 그렇더라고요."

"무슨 소리야?"

"빠르고 간단하게 뚝딱 만들어 휙 먹고 치워버리니 편하긴 하지만 깊은 맛이나 감동을 느끼진 못하잖아요. 이런 인스턴트 문화에 다들 길들여지는 바람에 사는 것도 너무 쉽게 후딱후딱 겉핥기식으로 넘겨버리는 건 아닌가 하는 생각이 들어서 약간 서글퍼져요."

겨우 라면 한 그릇 끓이며 대화를 나누기엔 제법 심오한 화제였다.

미소를 가만히 바라보던 영준은 평소처럼 핀잔이나 면박을 주는 대신 진지하게 대꾸했다.

"서글퍼할 것 없어. 지구상의 모든 인간들이 인스턴트화 되더라도 딱 한 사람은 남을 테니까."

"아아. 부회장님 본인께선 끝까지 독야청청 진국으로 남겠다는 말씀?"

"그래. 난 인생 쉽고 가볍게 살 생각 요만큼도 가져본 적 없어."

"에이. 한 번도요?"

"그래. 단 한 번도."

허세 같진 않았다. 저 성격이라면 능히 그러고도 남을 테니까.

뭐, 다소 재수 없긴 해도 모든 면에서 존경스러운 건 사실이니 더 이상 받아칠 말도 없었다.

영준이 어깨를 으쓱하며 자랑스럽게 덧붙였다.

"매사에 진지하게 최선을 다하는 건 어렸을 때부터 내 신조였다고."

어렸을 때.

그 한마디에 뭔가를 떠올린 미소는 라면봉지를 가슴에 끌어안고서 살며시 영준을 올려다보더니 어렵게 한마디를 꺼냈다.

"부회장님, 혹시 어렸을 때……."

지금껏 줄곧 혀끝에 붙어 있기만 했을 뿐 나오지 않던 말을 애써 입술 밖으로 밀어냈지만 미소는 그 말을 더는 이을 수가 없었다.

오래전 그 일에 대한 이야기를 접한 후 지금까지 고민하고 또 고민했었다. 사실 묻는 것 자체는 그렇게 고민할 정도로 어렵지 않은 일이었으나 문제는 그 옵션이었다.

영준이 그 오빠가 아니라면 본인이 당한 일이 아니니 물어도 아무 상관없겠지만, 만약 그 오빠가 맞다면…….

가위에 눌려 숨도 못 쉰 채 고통스러워하던 영준의 얼굴을 떠올린 미소의 얼굴이 돌연 핼쑥해졌다.

"내 어렸을 때가 왜?"

"어렸을 때……."

미소가 영준의 최측근으로 일한 세월이 벌써 9년이다. 만약 영준이 좋지 않은 일을 당한 게 사실이라면, 그리고 그 긴 세월 동안 미소에게나 유식에게 그 일에 대해서 단 한마디도 하지 않았다면 당시의 충격이 그만큼 컸다는 뜻이 아닐까.

물론 다른 이유에서일 수도 있었다. 그러나 만에 하나 그게 사실일 확률이 조금이라도 있을 경우, 미소는 영준의 그런 상처를 직격으로 건드리고 싶지 않았다. 아니, 그렇게는 할 수 없었다.

영준이 의아한 눈빛을 띠자 미소는 얼른 시선을 피하며 말을 돌려버렸다.

"아, 아무것도 아니에요."

"싱겁긴."

어느새 냄비의 물이 팔팔 끓고 있었다.

"면발은 다 익혀드릴까요?"

"미소가 알아서 해."

"그럼 푹 익힐게요."

"그래."

"나중에 불평하기 없기…… 꺅!"

라면 봉지를 뜯고 부순 면을 냄비에 넣는 과정에서 다소 부주의했는지 끓는 물이 조금 튀었다. 뜨거움을 느낀 쪽은 미소였지만 화들짝 놀라 그 자리에서 펄쩍 뛴 건 영준이었다.

"미련하게 뭐 하는 짓이야! 이리 와!"

다급히 미소를 잡아끌어 개수대로 간 영준은 찬물을 세게 틀어두고서 그녀의 오른손을 흐르는 물에 대주며 마구 잔소리를 퍼부어댔다.

"아니, 끓는 물에다 그걸 그렇게 마구잡이로 던져넣는 사람이 어디 있어? 다섯 살짜리 애야? 바보야?"

얼굴이 벌게질 정도로 화를 내던 영준은 뒤늦게 흥분이

가라앉았는지 미소의 손을 이리저리 살피며 물었다.

"괜찮아? 아직도 뜨거워? 어디야? 여기? 아파?"

"살짝 화끈거리는 정도예요. 괜찮아요. 정말."

미소의 침착한 대답을 듣고도 영준은 인상을 풀지 않은 채 여전히 그녀의 손을 잡고 이리저리 돌리며 찬물에 마사지하느라 여념이 없었다.

미소는 문득 영준의 손길이 약간 불편하게 느껴졌다. 차가운 물 온도에도 확실하게 전해져오는 그의 체온 때문이었는지도 몰랐다.

"이제 정말 괜찮아요. 놔주세요."

영준의 손아귀에서 억지로 손을 뺀 미소의 얼굴은 어느새 사우나라도 하고 나온 것처럼 새빨갛게 달아올라 있었다.

"첨가물 덩어리라고 하셨으면서, 생각했던 것보다 잘 드시네요."

비록 면만 건져 먹은 것이긴 해도 영준은 그 매운 라면 한 그릇을 불평 없이 착실히 비웠다. 꽤나 의외의 일이었다.

"입에 아주 안 맞진 않으셨나 봐요."

미소가 입가심으로 건넨 귤을 까서 쏙쏙 입에다 집어넣던 영준은 어깨를 으쓱하며 대답을 피했다.

"글쎄."

돌이켜보니 영준에게 있어 미소가 직접 조리한 음식을 먹는 것 역시 이번이 처음이다.

비록 거창한 요리는 아니었어도 왠지 제대로 대접받은 듯한 기분이 들어 그는 무척 만족스러웠다. 게다가 그녀가 말했던 것처럼 눈물 콧물 쏙 빠질 정도로 매운 라면을 먹으며 땀을 쭉 흘리고 나니 묵직했던 가슴이 뻥 뚫려 시원해진 듯도 했다.

"잘 먹었어."

"별말씀을."

미소는 턱을 괴고 영준을 바라봤다.

어울리지 않게 작고 초라한 식탁 앞에 앉아 웃음 짓는 영준의 분위기는 아까보다는 다소 편안해 보였다.

"무슨 일이었어요?"

"뭐가."

"여기 오시기 전에 무슨 일 있었지요? 혹시 누구한테 무슨 일이라도 당하신 거예요?"

"내가 어디서 당하고 다닐 놈으로 보여?"

"그건 아니지만……. 그럼 누가 뭐라고 했어요?"

"그런 거 아니야."

"그런 게 아니긴 뭐가 아니에요. 얼굴 보니까 딱 맞는데요. 아니, 어떤 놈이 감히 우리 부회장님을! 어느 놈인지는 몰라도 면상에다 제대로 한 방 확 먹여버리세요. 치료비 적당히 물어주면 그만 아니겠어요?"

미소가 짐짓 무섭게 식탁을 탁 내리치며 흥분하자 영준은 황당하단 듯 그녀를 쳐다보다 피식 웃어버렸다.

"해선 안 될 소리를 그렇게 방글방글 웃는 얼굴로 하는구나. 다시 봤어."

"뭐, 말이 그렇다는 거죠."

뒤늦게 민망한지 얼굴을 살짝 붉힌 미소는 영준을 곁눈질하며 덧붙였다.

"그러니까 어디 가서 그렇게 힘없는 얼굴은 하지 마세요. 부회장님처럼 캐릭터 확고한 분한테는 절대 안 어울린다고요."

"지금 이게 위로하는 거야?"

"그럼요."

"그렇게 안 들리는데."

"속고만 사셨어요? 제가 아니면 어느 누가 감히 부회장님을 위로하겠어요?"

방글방글 웃는 그 얼굴을 보고 있자니, 아닌 게 아니라 정말 이렇게 큰 위로가 따로 없었다.

그래.

역시 미소밖에 없다. 그녀가 아니면 누가 이렇게 바로 그의 심기를 헤아리고 기댈 어깨를 내줄까.

"김 비서."

흐뭇하게 웃으며 달콤한 목소리로 미소를 부른 영준은 이내 밑도 끝도 없는 소릴 덧붙였다.

"나는 머리도 좋고 외모도 훌륭하고 돈도 아주 많고 애니팡도 잘해."

"그래서……요?"

"이제 그만 버티고 나한테 시집와라."

"네에? 풋!"

눈을 동그랗게 뜬 미소가 푸하하하, 시원하게 웃음을 터뜨리자 영준 역시 어깨까지 들썩일 정도로 소리 내어 웃기 시작했다.

마주 보고 한참이나 후련하게 웃은 두 사람은 이제야 평소의 그들로 돌아와 한결 가벼워진 얼굴로 서로를 바라봤다.

"아 참. 내 태블릿 PC 집무실에 있던가?"

"아니요. 지금 제 서류가방에 들어 있는데요."

곧장 의자에서 일어난 미소가 가방을 뒤져 태블릿을 꺼내 오자 영준은 반갑게 그것을 받아들고 중얼거렸다.

"마침 잘됐네."

"갑자기 왜요?"

"오늘 스케줄 없다고 하루 종일 붙들고 있었는지 박 박사가 아까 내 기록 깨버렸거든."

"어머머. 지고는 못 살죠. 제가 도와드릴 테니까 후딱 무찌르세요."

"오케이."

미소는 엉덩이를 떼지도 않은 채 의자를 들어올려 종종

걸음으로 영준의 바로 옆까지 다가가 딱 붙어 앉았고, 그 사이 그는 애니팡 앱을 띄우며 분위기에 어울리지 않게 진지한 어조로 물었다.

"혹시 박 박사한테 발설한 건 아니겠지?"

"뭘요? 지난번 그 기록 부회장님하고 저하고 둘이서 한 거라고요?"

"그래."

"에헤이, 사람을 어떻게 보고 이러시나. 저처럼 입 무거운 여자 있으면 나와보라고 해요."

"아무튼 절대 말하면 안 돼."

"에에."

"건성으로 대답하지 말고."

"알겠어요. 아무 걱정 마세요. 그리고 요즘 이런 쪽 대세는 프렌즈팝이에요."

"오, 그래?"

"박 박사님이랑 김 전무님도 조만간 애니팡 접고 그쪽으로 옮기려고 하는 것 같던데, 부회장님이 얼른 먼저 깔고 익히셔야죠."

"그래. 박 박사따위한테 질 수는 없지."

"파이팅입니다요."

두 사람이 옆구리를 딱 밀착하고 앉아 도란도란 주거니 받거니 하는 사이, 창밖의 밤은 소리 없이 깊어가고 있었다.

❦ ✣ ✣ ✣ ❦

"추워. 어서 들어가."

"괜찮아요."

귀가를 앞두고 집 앞에서 실랑이하던 중, 영준의 휴대전화가 문자메시지 알림음을 냈다.

"누구예요?"

"누구겠어?"

"박 박사님 뭐라고 하세요?"

"1위 뺏겼다고 반은 욕이지, 뭐."

"살짝 미안하네요. 내일 홍삼젤리라도 사다 드려야겠어요."

"미안하긴 뭐가 미안해. 신경 쓰지 말고 어서 들어가."

"부회장님 가시는 거 보고 들어갈게요."

여전히 꿋꿋하게 버티는 미소에게서 어쩔 수 없다는 표정으로 돌아선 영준은 다친 다리를 절며 차로 걸어갔다.

미소는 왠지 아련하게 느껴지는 그의 뒷모습을 물끄러미 바라보다 갑작스럽게 덮쳐온 추위에 몸을 바르르 떨었다. 조금 전까지만 해도 추운 줄 몰랐는데 이상한 일이었다.

이상한 일은 그것으로 끝이 아니었다.

차에 타려고 문을 열던 영준이 돌연 뒤를 돌아봤다.

미소와 눈을 마주친 순간 그는 매력적인 눈웃음을 짓더

니 한마디 던졌다. 제법 멀어진 거리와 불어 닥친 겨울바람 때문에 들리진 않았지만, 입 모양은 확실히 알아볼 수 있었다.

'오늘 고마웠어.'

영준의 차 후미등이 붉은 꼬리를 남긴 채 골목 사이에서 모습을 감춘 후로도 미소는 뭔가에 홀린 듯 그 자리에 선 채 계속해서 손을 흔들고 있었다.

한참 만에야 정신을 차린 후 서둘러 집으로 들어간 미소는 하고 있던 문서작업을 마치기 위해 책상 앞에 앉았다가 랩톱 바탕화면에 꽉 들어찬 영준의 얼굴 사진을 발견하고 아연실색하고 말았다. 회사 공식홈페이지에 실린 독사진이다.

"하여튼 못 말려! 이런 건 또 언제 깔아두셨대?"

크게 웃음을 터뜨린 그녀는 바탕화면을 다시 기본 이미지로 되돌리려다 말고 화면을 들여다봤다.

마우스를 움직여 아이콘들을 한쪽으로 밀어내니 영준의 잘생긴 얼굴이 바로 눈앞에 있다.

그녀는 손을 내밀어 그의 진한 눈썹과 깊은 눈매, 쭉 뻗은 콧날과 굳게 다물린 입술까지를 가만히 더듬어보았다.

"내가…… 갑자기 왜 이러지?"

얼굴이 몹시 화끈거리고 가슴이 제멋대로 두근거리는 건 비단 춥고 건조한 날씨 탓만은 아닌 것 같았다.

징크스[1]

11월 22일 목요일 오전 5시 30분.

버스에서 내려 영준의 아파트로 향하는 미소의 발걸음은 평소보다 다소 빨랐다. 다른 날보다 늦게 도착한 버스 때문에 출근이 약간 지체되었기 때문이다.

또각또각.

보도블록에 부딪치는 구둣발 소리는 마치 발랄한 퍼커션처럼 가벼운 리듬이었다. 역시, 선물 받은 비싼 구두라 그런지 굽 소리도 다르다.

어제 오후, 보스가 외부일정으로 자리를 비운 사이에 티타임을 빙자한 팀 회의가 있었다. 스케줄을 미세하게 조정하고 업무분담에 대한 논의를 하던 중 어쩌다 보니 이야기가 다른 쪽으로 옮겨갔는데 발단은 평소 염장 지르기의 달인으로 소문난 모 직원이 애인에게서 선물받았다던 새 구두였다. 얼마 전 하루 종일 뛰어다니느라 구두 뒤축이 남

1 징크스(Jinx): 재수 없는 일, 불길한 징조.

아날 날이 없다고 하소연을 좀 했더니 아, 글쎄 그 애인이 카오디오 바꾸려고 모으고 있던 비자금을 탁탁 털어 명품 구두를 사줬다는 게 아닌가. 둘러앉아 있던 모든 여인들의 눈이 하트 뿅뿅으로 바뀌고 입에선 워워 황소 모는 소리가 난 것은 당연지사.

부러움에 한참이나 호들갑을 떨다 문득 깨달았다. 미소의 구두 역시 산 지 1년도 되지 않았는데 벌써 굽을 몇 번이나 갈 정도로 낡아 있었다.

이제 더 이상은 빚 때문에 허덕이지 않아도 되니 이번엔 큰맘 먹고 내 돈으로 비싼 구두나 한 켤레 살까 생각하던 때, 안내데스크 직원이 웬 짐수레를 밀고 들어와 황당한 표정으로 말했다.

「부장님, 부회장님께서 부장님 앞으로 보내셨다는데요.」

짐수레에 차곡차곡 쌓여 있던 장방형 박스는 모두 열 개로, 언뜻 보기만 했는데도 대충 견적이 나오는 명품브랜드들의 구두 박스였다.

함께 건네받은 봉투엔 미소가 제출했던 사직서와 영준의 자필 메모가 동봉되어 있었다.

[김 비서, 구두가 많이 낡았더라. 이건 그날 식사 대접에 대한 내 보답이야. 비록 김 비서가 내게 준 건 싸구려 라면

한 그릇이었지만 말이지.]

갑작스럽고 황송한 스케일의 선물, 배 아파 죽겠다는 듯 바라보는 직원들의 따가운 시선, 결국은 자기 자랑으로 귀결되긴 했지만 그에게 있어선 최대한이었을 감사 표시, 그리고 그가 자기 낡은 구두를 눈여겨볼 정도로 신경을 쏟아주고 있었다는 사실에 놀랍기도 하고 부끄럽기도 해 미소는 한동안 얼굴을 잔뜩 붉히고 어쩔 줄 몰랐다.

그 뒤에 도착한 휴대전화 문자메시지만 아니었다면 그 감동 그대로 쭉 이어갈 수 있었을 텐데 말이다.

[선물은 마음에 들어? 잘 생각해봐. 이 정도의 남자는 지구 멸망할 때까지 절대 못 만난다고. 고용계약서 종신형으로 갱신 가능하니 언제든지 말만 해.]

주신 감동 고이 그 자리에서 증발하셨기에 사직서는 퇴근길에 그의 손에다 다시 꼬옥 쥐여드렸다.

뭐, 사정이야 어찌 됐든 요일별로 매일 갈아신어도 세 켤레가 남는 구두는 가서 신어보고 산 것처럼 꼭 맞았고 하나같이 미소의 마음에 꼭 들었다.

그 순간, 군침 돌도록 아름다운 광택과 섬세한 라인의 힐을 황홀한 눈으로 내려다보던 그녀의 발이 갑자기 덜커덕 멈추었다.

얇고 가녀린 굽이 그만 헐거운 보도블록 틈에 끼고 말았던 것이다.

"악! 안 돼! 내 구두님이!"

보도블록에 박힌 구두를 안간힘을 써서 간신히 빼낸 미소는 마침내 지구 멸망을 목전에 둔 듯한 얼굴로 그것을 이리저리 돌려보며 울상을 했다.

"아아악! 오늘 개시했는데 벌써 흠집 났잖아! 정말 아침부터 이게 뭐람! 이러면 꼭 하루 종일 재수 없던데!"

같은 시각 영준의 집.

오늘따라 몸이 무거워 미적거리던 영준은 아침 스케줄을 임의로 조정했다. 아침 차(茶)는 언제나 미소가 하루 일정을 브리핑할 때 마시곤 했는데, 오늘은 그걸 침대에서 든 것이다.

집사가 베드테이블에 차려주고 간 얼그레이 티와 따끈한 참깨 스콘을 피곤한 눈으로 내려다보던 영준은 늘어지게 하품을 하며 화려한 문양의 찻잔 손잡이를 잡았다.

그런데 바로 그 순간, 멀쩡하던 찻잔 손잡이가 잔에서 똑 떨어졌다. 잔 받침과 베드테이블이 아니었다면 하마터면 뜨거운 차에 화상을 입었을 것이다.

"흐음."

베드테이블을 뒤로 물린 영준은 밤새 수염이 자라 까칠해진 턱을 매만지며 인상을 썼다.

"이거 왠지 불길한데."

❦ ✣ ✤ ✣ ❦

외부일정을 마치고 회사로 복귀하는 길, 영준의 차로 함께 이동 중이던 유식이 의아한 표정으로 되물었다.

"징크스라고?"

"그래. 이유 없이 잔이나 그릇이 깨진 날은 꼭 무슨 일이 있었거든."

영준의 말에 조수석에 앉아 있던 미소가 어두운 얼굴로 뒤를 돌아보았다.

"아, 저도 아침에 재수 없는 일이 생기면 하루 온종일 재수가 없는 징크스가 있어요."

"박 박사 넌 그런 거 없어?"

"글쎄다. 징크스라는 게 실재할까?"

화두를 던져놓고서 한동안 생각에 잠겨 차창 밖을 내다보던 유식이 안 어울리게 거드름을 빼며 설명했다.

"대표적인 예를 들어보자. 아침에 검은 고양이를 보거나 까마귀가 울면 재수 없다고들 하잖아? 그런 상황에 맞닥뜨린 후 무사히 하루를 보내면 그 상황은 곧 잊히지만, 좋지 않은 일을 겪으면 '이건 분명 징크스 때문이야!' 하고 생각하게 되는 거지. 말하자면 마음가짐의 문제라고."

"흐음."

영준이 못 미덥단 듯 건너다보자 유식은 그제야 생각났다는 양 아무렇지도 않게 툭 내뱉었다.

"아, 그러고 보니 나 오늘 아침에 조깅하다 검은 고양이를 보면서 우는 까마귀를 봤어. 그리고 집에 돌아와서 영양제를 먹으려다 손이 미끄러지는 바람에 유리컵을 팍삭 깨버렸지."

그 소리에 조수석에 앉아 있던 미소가 뒤를 돌아보고 공포의 눈알 비우기를 연속시전했다.

"헐 사장님, 대박이에요. 어떡하시려고."

"어떡하긴 뭘 어떡해. 마음가짐이라니까. 난 징크스 같은 것에 절대 연연하지 않아. 영준이 너, 그리고 미소 비서도 마찬가지야. 우리 우연히 일어나는 일에 일일이 신경 쓰지 말자고."

어느 정도 일리는 있는 말이다.

영준은 천천히 고개를 끄덕이다 문득 뭔가를 떠올렸는지 진지한 표정으로 미소에게 지시했다.

"아, 김 비서. 오늘 저녁 목요일 모임은 취소해줘. 그리고 과일바구니 하나만 주문해두고."

"용도는요?"

"병문안."

"병문안이라니요? 누구 편찮으세요?"

미소가 플래너를 꺼내다 말고 눈을 동그랗게 뜨며 묻자 영준은 씁쓸하게 유식을 쳐다보며 말했다.

"박 박사, 너도 저녁 스케줄 취소해라."

"왜?"

"김성기 그 자식 말이야. 얼마 전부터 안색이 안 좋더니 입원했단다. 내일 수술한대. 나도 승주 형한테서 연락받고 알았어."

소식을 접한 유식의 눈이 휘둥그레졌다. 김성기라면 영준과 유식의 유학시절 절친했던 후배로 모 유통그룹 사주(社主)의 아들이다.

"수술이라니? 갑자기 무슨 수술?"

"치질이래."

"아니, 세상에!"

"생각보다 심한 모양이더라. 승주 형이 봤는데 제대로 걷지도 못해 네발로 기어다닌단다."

"그 자식! 술을 그렇게 퍼마실 때부터 내가 알아봤다니까! 너도 조심해, 인마!"

유식은 뜬금없이 흥분해 소리를 치다 말고 자기 가슴을 어루만지며 말을 이었다.

"우리 모두 건강부터 챙기자. 남을 사랑하려면 자기 자신부터 사랑해야 하는 법."

"박 박사, 어디 가냐. 너무 멀리 가지는 말고."

"사람 든 자리는 몰라도 난 자리는 안다고 하잖아. 날 봐. 와이프가 떠난 후 그 빈자리에 내가 얼마나 쓸쓸하고 가슴 아픈지, 네가 알기나 해?"

"어디까지 갈 거야? 돌아와."

"네가 내 맘을 알아? 앙? 모르잖아! 비서가 키폰 연결하면서 '사모님, 아니, 전(前)? 사모님? 전화입니다. 연결할까요?' 하고 물었을 때의 내 기분을 아냐고! '전'하고 '사모님' 뒤에 각각 붙은 물음표는 뭔데? 대체 뭔데? 아앙?"

"박 박사, 내 말 들려? 귀를 열어. 정신을 차리라니까."

영준이 저를 한심해하든지 말든지, 유식은 의식의 흐름대로 아무 호응도 없는 독백을 이어나갔다.

"지금이라도 다시 돌아오라고 하고 싶지만, 그럴 수도 없어. 있을 때는 몰랐던 그 소중함을 지금에야 깨달았지만…… 이미 늦었다고! 난 바보야! 바보! 권태기 따위 왔을 때 바로 극복했어야 했는데! 크흡!"

한숨을 내쉰 영준은 미소에게 손짓해 눈치를 줬다. 제정신 돌아오게 따끔하게 한마디 해주라고. 그러나 요즘 무슨 일인지 감수성 게이지가 급상승한 미소는 따끔한 한마디는커녕 안타까워 죽겠다는 표정으로 유식을 바라보며 그의 아픔에 깊이 공감하고 있었다.

"사장님, 늦었다고 생각할 때가 가장 빠른 때라고 하잖아요. 다시 시작하자고 말씀해보세요."

"아니야. 이미 와이프는 다른 남자를 만나고 있는걸. 지난 일요일 오후에 우연히 보고 말았어. 다른 남자와 나란히 걷고 있는 아내를. 내 여자였던 그녀가 다른 남자와 어깨를 부딪치며 걷고 있는 것을 보는 기분이란, 그 기분이란…… 크윽."

차 안에 내려앉은 꽤 무겁고 긴 침묵을 깬 사람은 영준이었다.

"형이 쓴 삼류 소설을 보고 있는 기분이네."

그 소리에 유식과 미소의 눈이 동시에 도끼눈이 되었다.

"이영준, 너!"

"부회장님, 너무해요!"

"아아, 시끄러워. 땅 그만 파고 현실로 돌아오라니까."

빈정거리는 영준을 원망스럽게 바라보며 유식은 애끓는 어조로 덧붙였다.

"너희도 마찬가지야. 없어진 후 빈자리 보면서 후회하지 말고 있을 때 서로 잘하란 말이야."

"남의 치질수술 소식에 결론이 왜 그렇게 나?"

한심한 표정으로 유식을 건너다보긴 했어도, 영준은 내심 깨달은 게 있길 바라는 눈으로 미소를 힐끗 곁눈질했다.

전화벨이 울린 것은 바로 그때였다.

운전기사를 제외하고 차에 탄 모두가 같은 마림바 벨소리를 설정해둔지라 세 명은 각자 휴대전화를 꺼냈다.

그중 당첨자는 유식이었는데, 액정을 내려다보는 그의 얼굴에 짙은 그림자가 어렸다. 발신자는 조금 전까지 이야기의 주인공이었던 그의 전처였다.

전화기를 매만지기만 할 뿐, 한참이나 주저하던 유식은

영준과 미소의 눈치를 보더니 조심스럽게 전화를 받았다.

"자기야."

이혼한 후로도 연락할 일이 있거든 유식은 전처를 꼭 '자기야' 내지는 '여보'라고, 결혼기간 동안 불렀던 호칭으로 불렀다. 무의식이든 바람이든 안타까운 일이 아닐 수 없었다.

– 유식 씨, 바빠?

영준의 차 안은 무척이나 조용해, 스피커를 통해 유식의 전처 목소리가 그대로 흘러나왔다.

"아, 아니. 지금 외부 스케줄 마치고 회사로 복귀 중이야."

– 그렇구나.

"무슨 일 있어? 갑자기 전화를 다 하고."

– 아니, 그냥 어떻게 지내는지 궁금하기도 하고……. 끼니는 잘 챙기고 있는 거지? 영양제랑 보약도 꼬박꼬박 먹고? 집 청소는 제대로 하고 사는 거야? 일 바빠서 할 시간 없으면 사람이라도 시켜서 좀 치워. 집 먼지 마시면 건강에도 해롭단 말이야.

사람 든 자리 몰라도 난 자리는 안다는 유식의 말은 그의 전처에게도 해당되는 일이었나 보다. 언뜻 들어도 그녀의 잔소리엔 지울 수 없는 아쉬움과 애틋함이 진하게 배어 있었다.

"걱정하지 마. 혼자서도 잘하고 있어. 그보다, 정말 무슨 일 있는 건 아니지?”

– 일은 무슨 일.

“혹시 그놈이…… 괴롭혀?”

– 그놈이라니?

“일요일 오후에 봤어. 자기가 어떤 남자랑 걸어가고 있는 거.”

– 일요일 오후……? 아아, 그 사람, 부동산 사람이야. 헤어질 때 유식 씨가 내 앞으로 이전해줬던 상가 임대기간 끝났잖아. 일식집 내보내고 그 자리에 카페 넣을 거야.

해명을 들은 유식의 얼굴에 화색이 돌았다.

“아, 그래? 그랬구나! 난 또!”

– 내가 무슨 말 못 할 고민이라도 가진 줄 알았어? 자긴 정말이지, 여전하구나.

“당신은 말을 안 하고 늘 속으로 삭히기만 하니까 알 수가 없잖아. 난 눈치도 없는 놈이라서 그렇게 말해주지 않으면 모른다고.”

– 어머, 자기야…….

“옷 잘 껴입고 다녀. 멋 부린다고 얇게 입고 다니면 감기 들어.”

한동안 침묵이 흘렀지만, 그 침묵엔 눈물 핑 돌 정도로 훈훈한 감동과 정(情)이 담뿍 배어 있었다.

– 유식 씨. 혹시 오늘 저녁에 시간 돼?

“응? 오늘 저녁?”

– 나 칵테일 한잔 사줄래? 우리 자주 갔던 바 있잖아. 자기랑 오랜만에 한잔하고 싶어.

가만히 통화 내용을 엿듣다 영준과 눈이 마주친 미소는 얼굴을 살짝 붉힌 채 그를 향해 방글방글 웃어 보였다. 무슨 일인지, 그런 그녀를 보던 영준의 뺨도 확 붉어졌다.

"아, 미안한데 내일 저녁은 안 될까?"

– 난 아무 때라도 괜찮아. 요즘도 밤까지 스케줄 많은가 봐?

"그런 건 아니고, 오늘 저녁엔 병원에 가기로 했거든."

– 병원이라니? 갑자기 무슨 병원?

"아아, 그게, 실은 성기가 많이 아파서 네발로 기어다니는 중……."

말하다 말고 갑자기 얼음물이라도 뒤집어쓴 것처럼 등골이 오싹해진 유식은 몹시 당황한 목소리로 뒤늦게 설명을 덧붙이려 했다.

"어……라? 이, 이거 말이 좀 이상하네? 아하하, 자기야, 성기가 그러니까, 여보세요? 끊은 거 아니지? 그런 게 아니고 성기가 내 후배 이름인데, 걔가 김성기라고, 하, 나 이 자식, 이름이 왜 하필, 여보세요, 자기야, 듣고 있어? 걔가, 여보세요? 갑자기 치질이, 아니, 수술 앞두고 입원을, 여보세요, 암치질인지 수치질인지, 아 놔, 여보세요? 여보세요? 자기야! 자기! 여보오오오오오!"

언제부턴가 끊겨버린 전화에 망연자실해하던 유식은 얼

떨떨한 얼굴로 영준과 미소를 돌아봤다. 두 사람은 황망함을 감추지 못한 채 그를 바라보고 있었다. 차라리 웃어, 마음껏 비웃으라고!

우와아악, 하며 머리를 쥐어뜯은 유식이 힘없이 물었다.

"검은 고양이, 까마귀, 깨진 컵. 그중에 어떤 게 내 징크스였을까."

영준과 미소가 동시에 대답했다.

"전부 다."

"전부 다요."

* * *

쉴 새 없이 밀려드는 일에 오후 늦게야 잠시 짬을 내게 된 미소와 영준은 회사 집무실의 접객테이블에다 도면을 펼쳐두고 다음 주면 시작될 영준의 아파트 서재 확장공사에 대해 이야기를 나누고 있었다.

"전 이 정도면 됐다고 보는데, 혹시 마음에 안 드신다거나 더 추가할 게 있거든 말씀해주세요."

"없어."

"공사 끝난 뒤에 불평하시면 곤란하니까 지금 제대로 보시라고요."

미소가 도면을 콕콕 찌르며 깐깐하게 내놓는 말에도 영준은 도면 대신 그녀의 얼굴을 빤히 쳐다보며 건성건성 대답했다.

"미소 마음에 들면 내 맘에도 들겠지, 뭐."

평소 같으면 '당최 뭔 개가 유기농 상추 뜯어먹는 소리신지. 오호호.' 하며 방글방글 웃어넘겼을 미소는 어색하게 고개를 돌려버렸고, 편안하게 소파에 기댄 영준은 여전히 느긋하니 그녀를 건너다봤다.

요즘 들어 영준은 약간 변한 듯하다. 전보다 한층 더 부드러워진 눈빛이라든지 어울리지 않게 살가워진 태도 같은 것 말이다.

정말 변한 거라면 그 시기는 언제였을까.

아마도 유일랜드에서의 그 데이트 아닌 데이트 이후일 것이다.

"그럼 공사는 이대로 진행하도록 하겠습니다. 공사기간 동안 묵으실 룸은 호텔 측에 각별히 신경 써달라고 요청해 뒀고요."

"고마워."

"별말씀을."

한동안 물끄러미 테이블을 내려다보던 영준이 뜬금없는 질문을 했다.

"아까 차 안에서 박 박사가 했던 말, 기억해?"

"어떤……?"

"있을 땐 몰랐던 소중함을 뒤늦게 깨달았다는 말. 다른 남자와 어깨를 나란히 하고 걷는 엑스와이프를 보고 기분이 어땠는지 아냐고 물었던, 그거."

"아아, 네."

"그래서 나도 생각해봤어. 언젠가 김 비서가 그만두고 나간 후……."

말끝을 흐리는 영준을 바라보는 미소의 얼굴에 잠시 안타까움이 스쳤다. 그가 무슨 말을 하려는 건지는 굳이 끝까지 말을 듣지 않아도 알 수 있을 것 같았다. 저 자존심 센 나르시시스트계의 황제가 그런 말까지 하다니.

"어머, 부회장님……."

"언젠가 김 비서가 그만두고 나간 후…… 내가 다른 여자랑 어깨를 나란히 하고 걷는 걸 봤을 때 김 비서의 기분이 어떨지 말이야."

으응? 뭔가 전달되는 동안 위치가 묘하게 바뀌지 않았나? 보통 이럴 땐 '김 비서가 다른 남자랑 어깨를 나란히 하고 걸으면 난 기분이 나쁠 것 같아.'가 나와야 정상 아닌가? 대박. 생각해주는 척하면서 은근히 자신을 드높이는 고도의 스킬이다.

좀 전까지만 해도 애잔함이 배어 있던 미소의 표정은 금세 떨떠름해졌다.

"아아……. 에에, 뭐…… 그렇죠."

하지만 뭐가 어쨌든 영준이 다른 여자랑 딱 붙어 다니는 게 기분 나쁠 것은 사실이었다. 아니, 그러고 보니 그동안 영준의 사교모임에 참석시켰던 그 여자들, 사실 아무것도 아니란 건 알고 있었지만 기분이 좀 나쁘긴 했으니까. 아니, 좀이 아니라 드럽게 많이 무지무지 기분 나빴었지. 드럽게.

"김 비서."

미소를 나직이 부르는 영준의 목소리는 늘 그랬듯 높낮이가 없었다. 지극히 편안한 어조.

"네."

"이건 다시 돌려줄게."

영준이 테이블에 내려놓고서 쓱 민 것은 미소의 사직서였다.

"내게 이 이상의 기회를 요구하지 마."

이게 지금 그만두지 말라고 매달리는 사람이 할 소리란 말인가. 솔직하지 못한 영준의 태도에 미소는 저도 모르게 웃음을 터뜨리고 말았다.

하긴, 뭐. 천하의 이영준이 이 정도까지 했으면 해외토픽 감이긴 했다. 그만큼 아쉽다는 뜻일 터.

스스로 제출했던 사직서를 집어 든 그녀는 봉투의 허리를 반으로 접더니 재킷 포켓에다 넣고서 담담히 말했다.

"그럼 조금만 더 생각해볼게요."

비단 영준을 위해서만 생각해보겠다는 건 아니었다. 미소 역시 지금까지의 혼란스러운 마음을 정리할 시간이 필요했다.

"좋아."

"조금만이에요."

"너무 오래 생각하지는 마."

"으음. 글쎄…… 어쩔까요? 호호."

미소가 약 올리듯 내놓은 말이 떨어지기 무섭게, 테이블에 있던 영준의 휴대전화가 부르르 떨며 화면에 문자메시지를 표시했다.

메시지를 확인하자마자 그때까지만 해도 희미하게 웃고 있던 영준의 얼굴이 딱 굳었다.

심각하게 미소를 건너다본 그는 조금 전까지의 편안한 태도를 버리고 전투를 목전에 둔 장군처럼 기합 잔뜩 넣은 어조로 명령했다.

"김 비서. 지금 당장 맥도리아로 가서 최신메뉴 중 가장 안 팔리고 비싼 제품 두 개와 갓 튀긴 프렌치프라이를 사 와! 꼭 갓 튀긴 걸로. 그리고 오는 길엔 카페엔젤에서 아메리카노 샷 추가해서 두 잔 가져오도록. 늦어도 괜찮으니 설탕, 빨대 두 개씩, 냅킨은 다섯 장 꼬박꼬박 챙겨야 해! 알겠어?"

"어? 네에?"

미소가 황당하단 듯 되물었다.

"갑자기 무슨……? 부회장님 패스트푸드 절대 안 드시잖아요. 그리고 전에 카페엔젤 커피 맛없다고 소리 지르셨으면서, 게다가 설탕은……."

"시끄러워! 하라면 해야지 감히 내 말에 토를 달아?"

아아, 조금 전의 훈훈했던 상황은 일장춘몽이었단 말인가. 역시 이놈이 그놈, 그놈이 그놈이었단 말인가. 방글방글 웃는 미소의 얼굴이 눈에 띄게 썩어들었다.

"어서 가! 가라고! 빨리빨리!"

"예이! 갑니다, 가요!"

이랴이랴 모는 영준의 기세에 놀란 미소는 팝콘 튀듯 그 자리에서 파바박 튀더니 곧장 집무실을 빠져나갔다.

"후우."

맥도리아는 빌딩에서 두 블록이나 떨어진 데 위치해 있었다. 안 팔리고 비싼 제품을 미리 준비해서 쌓아놓을 일은 없으니 시간 추가, 거기에 프렌치프라이를 튀기는 시간도 있을 테고, 회사 근처 카페엔젤은 점원들 손 느리기로 유명한 업소였다. 거기다 설탕, 빨대, 냅킨 챙기는 시간 또 추가.

"이걸로 십십 분은 벌었겠지."

미소를 쫓아내기 위해 소리까지 지르며 자리에서 일어났던 영준은 아직 조명이 꺼지지 않은 휴대전화 액정을 내려다봤다.

[영준아, 며칠 전엔 진짜 미안했다. 서로 감정도 풀 겸 형이랑 차나 한잔하자. 바쁠 테니 내가 집무실로 찾아갈게. 택시에서 막 내렸어. 곧 올라간다. lol]

다시 소파에 털썩 앉은 그가 짜증 섞인 어조로 중얼거렸다.

"아아, 이 인간, 내 언젠가 이럴 줄 알았지."

"와. 이영준. 집무실 진짜 좋다. 회사 분위기도 내가 일할 때보다 훨씬 더 좋아졌네."

"난 그날 일로 형한테 감정 상한 것 하나도 없어. 그러니 아무 신경 쓰지 말고, 제발 용건만 간단히 하고 돌아가."

영준의 사무적인 태도에도 성연은 느긋하게 웃으며 너스레를 떨었다.

"역시 부회장님이라 바쁘시구나. 형이랑 차 마실 여유도 없다니, 회사 그만두길 잘했어. 난 이런 거 절대 적성에 안 맞거든."

영준이 무표정하게 앉아만 있자 성연은 영준이 있는 집무책상 앞으로 다가가더니 아무렇지도 않은 어조로 물었다.

"김 비서는 어디 갔어?"

그 소리에 영준 역시 아무렇지 않은 어조로 대꾸했다.

"조금 전에 김 비서가 여기까지 안내해줬잖아. 무슨 소리야?"

미소가 말도 안 되는 심부름을 나간 사이 그녀를 대신해 영준을 여기까지 안내한 사람은 김지아였다.

"어, 그 김 비서가 아닐 텐데. 미소……라고 했던가?"

영준은 책상 앞에서 몸을 떼 등받이에 기대앉고서 형형한 눈으로 성연을 올려다봤다.

"외근 보냈어. 그런데 형이 왜 내 비서한테 관심을 보이는 거지?"

성연은 영준의 책상 한쪽에 엉덩이를 걸치고 앉아 다시 말했다.

"네가 그렇게까지 아끼는 여자라니 직접 만나보고 싶어서."

"내가 아낀다고 누가 그래?"

"그럼 아니야?"

느긋하게 되묻는 말에 영준은 아무 대꾸도 하지 않았다. 차마 제 입으로 부정할 수는 없었던 모양이다.

"내 동생을 9년이나 돌봐준 여자는 어떤 여자일까. 얼마나 마음이 넓고 따뜻한 여자인지 내 눈으로 직접 확인하고 싶었다고."

"그걸 확인해서 뭐하게?"

"그 정도로 괜찮은 여자라면 내 아픔도 얼마든지 감싸줄 수 있지 않을까?"

성연이 해사하게 웃으며 내놓은 소름 끼치는 소리에 영준의 눈썹이 살짝 꿈틀거렸다.

"거짓말하지 마."

"거짓말이라니?"

"나를 농락할 순 없으니 대신 내가 아끼는 여자를 농락하고 버리고 싶은 거잖아. 안 그래?"

"오해하지 마. 나 그렇게 모진 녀석 아니야. 농락하고 버리지 않아. 사랑은 좋은 거니까."

"미안하지만, 생각대로 안 될걸."

"왜?"

영준은 대중 앞에서 프레젠테이션이라도 하는 듯 자신 있고 명확한 태도였다.

"스스로 모든 면에서 나보다 못하다 여기는 형이 단 한 가지 나보다 낫다고 생각하는 거라면 바로 여자 문제겠지. 물론 그것도 백 퍼센트 형만의 착각이겠지만."

"어…… 야. 너 아무리 그래도 그렇지, 그건 너무 돌직구다."

"세상 모든 여자가 형한테 혹할 거란 생각은 하지 마. 어딘가에는 예외도 있기 마련이니까."

"아항. 김 비서는 그 예외 쪽에 속한다?"

"그래."

성연의 얼굴에 미소가 퍼졌다.

"그렇게 자신이 있다면 왜 굳이 외근을 내보냈을까? 지금까지 내겐 단 한 번도 보여주지 않고 꼭꼭 숨겨둔 이유는 뭘까? 사실, 자신할 수 없었던 거 아니야?"

"마음대로 생각해."

자리에서 일어난 성연은 영준을 향해 짓궂은 윙크를 날렸다.
"너, 지금까지 내가 유혹했을 때 안 넘어온 여자가 몇 명이나 되는지 알아?"
"알고 싶지 않은데."
"한 명도 없었어. 거짓말 아니야. 단 한 명도 없었다고."
"퍽도 좋겠다."
"으응?"
"퍽이나 좋으시겠어. 어찌나 부러운지 배가 다 아픈걸."
어라? 말은 좋겠다고, 부럽다고는 하는데 영준의 얼굴에선 부러운 기색이 조금도 엿보이지 않았다.
친구한테 새로 산 지우개 자랑을 했는데 그 친구 필통에서 비싼 요일 지우개뿐만 아니라 총천연색 색연필을 엿본 초딩이 된 기분에 성연은 저도 모르게 얼굴을 붉히고 말았다.
"형은 겨우 그 애기를 하려고 일부러 회사까지 찾아온 거야?"
"아니, 뭐 그런 건 아니고……."
"오후 회의 있으니 이제 그만 돌아가."
여전히 사무적인 영준의 태도에 주춤하며 물러난 성연은 손에 들고 있던 책 한 권을 불쑥 내밀었다.
"신작 나왔다. 사인본 한 권 주고 가마."
두꺼운 책의 핑크색 표지에는 '19세 미만 구독불가' 마크와 다소 미묘한 제목이 선명하게 인쇄되어 있었고, 몸체엔 요란한 광고문구의 띠지가 둘러져 있었다.

[혜성처럼 나타나 로맨스 소설계를 평정한 모르페우스 작가. 그가 2년 만의 외출을 감행했다. 고뇌하는 자, 그 이름 '여자'. 금세기 다시 오지 않을, 더없이 화려한 에로티시즘의 향연. 이 책을 펼치는 순간 당신은 전혀 새로운 감성적 올개즘에 전율할 것이다. 모르페우스 작가의 최신작, '엎친 데 덮친 여자'!]

책 표지를 물끄러미 내려다보던 영준은 노골적으로 눈살을 찌푸리며 말했다.

"무척 고맙지만 마음만 받을게."

"전혀 고마워 보이지 않아. 너 지금 형을 무시하는 거냐?"

"절대 무시하는 거 아니야. 꽤 유명한 것 같던데."

"그래. 팬도 많고 제법 판매고도 좋다고. 대표작은 오래 전부터 장르문학계 스테디셀러인걸."

"그건 형 적성에 맞아?"

"그래. 난 글 쓰는 게 좋아."

"뭐라도 하고 싶은 게 있어서 다행이네. 계속 열심히 해봐."

으음?

이 기분은 뭐지? 성연은 순간 큰 혼란에 빠졌다.

산꼭대기에서 내려다보는 듯한 영준의 태도가 무척 재수 없지만, 너무 잘난 놈이 그런 소릴 하니 왠지 내가 초라하고 송구스러운 기분이 들며 하나도 재수 없지가 않아. 아아, 이건 뭐지? 이 찜찜한 기분은 대체?

"어쨌든 내 서재 책장에 그런 걸 꽂아놓긴 싫으니 도로 가져가."

어쩔 수 없이 책을 다시 거둔 성연은 걸음을 옮기다 말고 뒤를 돌아보며 인사를 건넸다.

"자주 올게."

그 소리에 영준은 보란 듯이 인상을 찌푸리며 내뱉었다.

"언제 다시 출국해?"

❦✣✤✣❦

"어디, 다시 체크해보자. 아재아재바라아재버거 두 개, 갓 튀긴 프렌치프라이, 아메리카노 샷 추가 두 잔, 설탕, 빨대 각각 두 개, 냅킨 다섯 장……. 빠진 건 없겠지?"

걸음을 서두르며 미소는 양손에 든 봉투와 커피 번들을 번갈아 확인했다.

성질 급한 보스가 오랫동안 기다리는 것을 싫어한다는 것을 다들 알기라도 하는 듯 오늘은 어째 가는 곳마다 하이패스였다. 최신제품 햄버거는 이미 만들어져 있었고 프렌치프라이는 내점했을 때 갓 튀겨져 나오고 있는 중이었다. 커피숍 역시 다른 점원들과는 달리 무척 빠릿빠릿한 점원이 나타나 금세 커피 두 잔을 만들어주었다. 이번에 새로 온 직원인 듯했다.

운수 좋은 날이랄까. 아침에 재수 없는 일을 당해 걱정했건만 아무래도 오늘만큼은 그 징크스를 비켜가는 모양이다.

그런데, 회사 정문으로 이어지는 긴 계단에 기분 좋게 올라서는 순간 묘한 낌새가 감지됐다.

주변 공기가 어쩐지 좀 이상하다 싶었더니 행인들의 시선이 일점(一點) 집중되어 있었던 것이다. 시선들이 모인 곳은 계단을 내려오고 있는 한 남자였다.

연예인이라도 뜬 건가 호기심이 생긴 미소가 사람들을 따라 그 남자를 올려다보는 순간, 남자가 들고 있던 책에서 뭔가가 이탈해 바람에 실려 왔다.

미소의 발 바로 앞에 떨어진 그것은 얇은 코팅종이 재질의 북마커였다.

❣ ✣ ✣ ✣ ❣

유일그룹 본사 빌딩 앞에선 침묵의 소란이 벌어졌다. 매혹적인 페로몬을 온몸으로 발산하며 계단을 내려오고 있는 성연 때문이었다.

훤칠한 키에 낭창한 몸, 수려한 이목구비와 그림 같은 자태 외에도, 그에게선 다른 남자에게선 느껴본 적 없는 특별한 무언가가 흘러나오고 있었다. 시쳇말로 치명적인 매력이라고 했던가.

성연이 한 계단 한 계단 계속해서 내려와 지상에 가까워지는 동안 빌딩 앞을 지나던 여성 행인들의 정신이탈 증세는 역병처럼 번져가고 있었다.

언제 봐도 만족스러운 그 반응들에 흠뻑 취해 있던 성연은 몇 계단 아래에서 있던 여자가 부르는 소리에 가까스로 정신을 차렸다.

"저기……."

"네?"

성연의 시선이 찬찬히 그녀의 머리부터 발끝까지를 훑더니 이내 가슴에 딱 고정되었다. 증명사진이 전사된 네모난 플라스틱 네임카드에 '부회장 전속 비서실 수석비서 김미소'라고 적혀 있었기 때문이다. 오! 럭키!

"이거 떨어뜨리셨어요."

"아, 고마워요."

북마커를 받아든 성연이 찡긋 윙크하자 미소의 표정이 노골적으로 바뀌었다. 흡사 신세계라도 발견한 얼굴이었다.

그럼 그렇지. 어딘가에는 예외도 있기 마련이라고? 너라고 피해갈 줄 알았냐? 몸을 돌린 성연은 영준이 있을 빌딩 꼭대기를 향해 속으로 부르짖었다. 보고 있나, 이영준!

"저…… 실례지만 그 책 말인데요! 어느 서점에서 사셨어요?"

"네?"

다시 미소를 내려다본 성연은 자기 얼굴이 아니라 왼손에 들린 책을 뚫어져라 쳐다보고 있는 그녀를 발견했다.

"그 책! 모르페우스 작가님 신작 아니에요? 아직 예약판매 중인 걸로 알고 있는데 벌써 팔리고 있어요? 어디서요?"

"아, 이건. 작가증정본으로 미리 받아 온 겁니다. 배포는 곧 시작될 거예요."

말을 들은 미소의 눈이 휘둥그레졌다.

"네에? 그럼, 혹시! 출판사 분이세요?"

성연은 그 기회를 놓치지 않고자 부드럽게 웃으며 차밍지수를 풀파워로 당겼다 일시에 방출시켰다.

"아니요. 내가 바로 모르페우스 작가예요."

"어머머머머! 정말요? 우와, 대박! 이게 웬일!"

옳지, 너라고 별수 있겠…… 응?

미소는 방글방글 웃으며 손에 든 맥도리아 봉지와 커피번들을 내려놓더니 불쑥 손을 내밀고 악수를 청했다. 보통 여자라면 부끄러워 정신을 못 차려야 옳을 텐데, 이 반응은 대체?

"작가님 골수팬이에요. 사인 좀 부탁드려도 될까요?"

아무렇지도 않게 악수를 마친 그녀는 주머니를 뒤지더니 미니 볼펜과 곰돌이가 그려진 메모장을 주섬주섬 꺼내 그에게 건넸다.

볼펜에 딸려온 주머니 속 먼지 한 덩어리를 발견한 성연의 얼굴에 말할 수 없는 애잔함이 스쳤다. 뭐지, 이 끔찍한 굴욕은?

성연은 어색하게 웃으며 말했다.

"그냥 이 책을 가져요. 사인본이에요."

"어, 어머! 정말요? 그래도 될까요? 영광이에요! 그럼 기왕 부탁드리는 김에 거기에다 '당산동얼음공주 김미소 님 행복하세요.'라고 좀 적어주세요. 아, 당산동얼음공주는 제 닉네임이에요."

뛸 듯이 기뻐하며 방글방글, 방글방글, 끝없이 방글거리는 미소의 얼굴엔 모르페우스 작가에 대한 동경만 잔뜩 배어 있었을 뿐 남자의 매력에 홀릭된 분위기는 조금도 찾아볼 수가 없었다.

"고마워요? 고마우면 명함 한 장."

성연이 맘먹고 섹시함 제대로 충전한 윙크를 찡긋 날리며 추파를 던지자 방글방글 웃고 있던 미소의 표정이 미묘하게 바뀌었다. 뭔가 무지하게 미묘해서 잘 알 수는 없었지만 어쨌든 좋아하는 게 아닌 건 확실했다.

어, 이상하다. 이거 왜 자꾸 안 먹히지? 참담해진 성연의 표정 역시 미묘하게 변했다.

"제가 명함을 안 들고 나와서요. 죄송합니다."

연속으로 튕겨져 다급해진 성연은 이대로 놓칠 순 없단 생각에 무리수를 띄웠다.

"그럼 전화번호라도 알려줘요."

"네? 전화번호는 왜요?"

"해외에서 오랫동안 살다 보니 국내 팬들 만날 일이 잘 없지 뭐예요. 가끔은 작품에 대해 이야기해보고 싶어서요. 별다른 뜻은 없어요."

"아, 예. 그러시구나. 그럼."

미소는 방글방글 웃으며 메모지에다 숫자를 휘갈겨 성연에게 건넸다.

"조만간 연락할게요."

"네, 고맙습니다. 작가님. 만나 뵈어 영광이었어요. 살펴 가세요."

산뜻하게 인사하고서 돌아가버리는 미소의 뒷모습을 바라보던 성연은 분한 얼굴로 메모지를 내려다봤다. 내 비록 지금은 물러나지만 기회는 앞으로도 얼마든지…… 으응?

메모지에 적힌 번호가 어딘지 모르게 희한하다. 이런 번호도 있나?

"공일공 일이일이에 일팔일팔……?"

집무책상 한가운데에 떡하니 자리 잡은 봉투에서 기름 냄새가 풀풀 풍겼다.

"치워. 냄새 맡기 싫어."

"네?"

이어서 커피 번들을 힐끗 쳐다본 영준이 덧붙였다.

"저 맛없는 커피는 김지아 씨랑 둘이서 나눠 마시고 난 물이나 한 잔 줘."

"어……? 지금…… 이게 무슨……?"

방글방글 웃던 미소의 얼굴에서 웃음이 싹 사라졌다.

"부회장님, 지금 저랑 장난하시는 거?"

책상에 턱을 괴고 앉아 있던 영준은 그제야 무표정하게 미소를 올려다봤다.

으르렁거리는 그녀가 한쪽 팔에 끼고 있는 책, 절대 잊을 수 없는 제목의 '엎친 데 덮친 여자'를 본 그의 눈이 대번에 날카로워졌다.

"책 어디서 났어?"

"네?"

"형을 만났어?"

"형이라니요? 갑자기 무슨 말씀이세요?"

"그 책 말이야! 형이 준 거지?"

"오는 길에 제가 좋아하던 작가님을 우연히 만나서 사인본을 받았을 뿐……."

애써 꼭꼭 숨겨두었던 미소를 들켰다는 생각에 몹시 기

분이 상한 영준은 자리에서 벌떡 일어나 창가로 다가갔다.

놀란 눈으로 책과 영준의 뒷모습을 번갈아 보던 미소가 얼떨떨한 얼굴을 했다.

"형님이 글 쓰시는 건 알고 있었지만, 설마 모르페우스 작가님이셨을 줄은 몰랐네요."

넓게 펼쳐진 빌딩숲을 내려다보며 한동안 생각을 정리하는 듯하던 영준은 예민한 태도로 다시 물었다.

"둘이서 무슨 얘기 했어?"

"별다른 얘긴 없었어요. 그저 책을 주시면서 제 명함을 달라고 하셔서……."

"줬어?"

"아니요. 없다고 했죠. 그 후에 또 전화번호를 물으시기에 엉뚱한 번호를 알려드렸어요."

의아한 눈으로 돌아보는 영준에게 미소는 방글방글 웃으며 똑 부러지는 어조로 덧붙였다.

"요즘 같은 세상에 잘 알지도 못하는 사람에게 개인정보를 함부로 노출하는 건 위험하니까요."

"잘했어."

영준의 타이가 살짝 비뚤어진 것을 발견한 미소는 책을 내려놓고 곧장 다가가 그를 마주 보고 물었다.

"저 없는 동안 혹시 형님이랑 무슨 일 있었어요?"

"아니."

"그런데 표정이 왜……."

썩었어요?

"내 표정이 뭐."

툭툭 내뱉는 것이 뭔가 있긴 있었던 모양이다. 말하고 싶지 않은 것 같아 보여 미소는 더 이상 캐묻지 않고 비뚤어진 그의 타이를 바로잡아주었다.

푸른색 실크 타이 매듭을 세심하게 매만져주는 동안 영준이 느릿느릿 들이마셨다 내쉬는 한숨이 미소의 이마에 와 닿았다. 잔머리가 흩어지며 이마를 간질이자 그녀의 가슴이 두근거렸다. 은은한 향수 향기에 섞여 있는 그의 따스한 체향에 눈앞이 아찔해졌다.

자주 마주하는 일인데도 갑자기 새삼스러운 것이, 처음으로 그의 타이를 매주었던 오래전 그날로 돌아간 기분이었다.

"김 비서."

"네."

"혹시 그리스로마신화에 나오는 모르페우스에 대해 알아?"

밑도 끝도 없는 질문에 미소는 타이에서 손을 떼고서 아는 대로 대답했다.

"꿈의 신이죠. 다른 사람의 모습을 하고 꿈에 나타난다고도 하는. 아닌가요?"

"맞아."

"그 모르페우스가 왜요?"

"가끔 형을 보면…… 꼭 꿈속에서 사는 사람을 보는 것 같아."

영준의 말에 담긴 깊은 뜻은 꿈에도 모를 미소는 방글방글 웃었다.

"예술혼 내지는 흔히들 말하는 '끼' 아니겠어요? 예술 분야에서 두각을 나타내는 사람들은 독특한 사람들이 많잖아요. 유명 화가나 음악가, 무용가들 중에 괴짜가 많은 것과 같은 맥락……."

물끄러미 미소를 바라보고만 있던 영준은 미소의 말을 중간에 자르고서 또다시 뜬금없는 질문을 던졌다.

"오랫동안 찾고 있던 오빠가 있다고 했지?"

"아……."

미소의 얼굴에서 웃음기가 싹 가셨다.

어쩌면 지금이 물어볼 기회인지도 몰랐다. 오랫동안 찾았던 그 오빠는 과연 영준일까 아니면 조금 전 마주쳤던 그의 형일까.

"왜 찾아?"

"그야…… 자꾸만 생각이 나기도 하고……."

"그 녀석을 찾으면 뭘 하고 싶은 건데?"

당황한 미소가 대답을 찾는 듯 우물쭈물하자 영준이 다시 심각한 어조로 물었다.

"누군지도 모를 그놈이랑 연애라도 할 생각이야?"

그건 전부터 미소 스스로도 자신에게 한 적 있었던 질문이다.

"그런 건 아니에요."

미소가 정색을 하며 확실하게 부인하자 영준은 더욱더 심각하게 물었다.

"그럼?"

"글쎄요. 퍼즐 같은 걸 맞추다 드문드문 빠져 있는 조각들을 보면 괜히 불안하고 짜증나지 않으세요? 그런 거랑 비슷하다고 할까요."

"사람의 기억은……."

다시 한 번 창밖을 내다본 영준은 잠시 뜸을 들인 후 힘겹게 말을 이었다.

"언제나 자기 자신을 보호하기 위한 쪽으로 발동하지. 뭔가가 기억에서 사라지는 데는 다 이유가 있다는 말이야."

"무슨 말씀이세요?"

"만약…… 만약에 김 비서가……."

바로 그 순간이었다.

뭔가 부러지는 소리와 함께 미소의 몸이 한쪽으로 홱 기울었다.

"어, 엄마야아!"

새벽에 보도블록에 걸렸던 구두 뒤축이 하루 종일 헐겁다 했더니 하필 그 순간 굽이 뚝 부러지고 만 것이다. 갑작스럽게 중심을 잃은 미소는 우스꽝스러운 모양새로 마구 비틀거리며 뒷걸음질을 치다 영준의 회전의자에 털썩 주저앉고 말았다.

"김 비서! 괜찮아?"

놀란 영준이 다가와 회전의자 팔걸이를 짚고 몸을 깊이 숙이자 두 사람의 거리는 이마가 곧 맞닿을 듯 좁아졌다.

"아, 괘, 괜찮아요."

얼굴을 확 붉히며 대답하는 미소와 마찬가지로 영준의 뺨 역시 어느새 붉게 달아올라 있었다.

한참이나 말이 없던 두 사람은 평소와 다른 진한 떨림을 느끼고 은밀한 시선을 주고받았다.

"부회장님……."

"김 비서……."

어색함을 지우기 위해 괜스레 서로를 부르자 쓸데없는 호칭 때문인지 어색함이 오히려 한층 더 가중됐다.

해가 뉘엿뉘엿 저물고 있었다. 투명한 유리창을 통과한 오렌지 빛 석양은 방 안을 온통 부드러운 로맨틱 무드로 물들였다.

자신의 그림자에 가려진 미소의 얼굴을 한참이나 빤히 들여다보던 영준이 어울리지 않게 조심스러운 어조로 속삭였다.

"키스……한다."

마음의 준비를 할 시간이라도 주려는 듯한 영준의 말에 미소는 어떤 대꾸도 할 수가 없었다. 주저하는 사이 어느

듯 그의 얼굴은 이만큼이나 바짝 다가와 있었다.

생전 처음 맞닥뜨리는 진한 유혹과 알 수 없는 기대에 미소는 가만히 눈을 감아버렸다.

여기가 어디인지, 지금이 언제인지, 앞에서 다가오고 있는 남자가 누구인지, 그간의 일도, 앞으로의 일도, 지금 어떻게 해야 할지 아무것도 생각나지 않았다. 느껴지는 것이라곤 오직 그의 따스한 체온과 향긋한 숨결뿐.

들리지 않을 정도로 나직한 한숨과 함께 그의 입술이 아랫입술 가운데에 살짝 스쳤다.

그저 살짝 닿기만 한 입술에도 온몸은 벼락이라도 맞은 듯 전율하며 모공이 일제히 수축되는 게 느껴졌다.

기분이 이상해. 그렇지만…… 아아, 조금만 더, 제발.

감질 나는 입맞춤에 도무지 어찌할 바를 몰랐던 미소가 팔을 들어 영준의 옷깃을 붙잡으려던 순간이었다.

데굴데굴, 드르르륵.

이게 무슨 소리인지 유추할 새도 없이 미칠 듯한 스피드가 느껴졌다.

아아, 첫 키스란 건 이런 느낌인가 하고 잠시 의심했지만 그런 것 같진 않았다. 이것은 분명 KTX 역방향 좌석에서나 경험할 수 있던 그런 느낌이었다.

"응?"

한 바퀴 빙글 돌아 눈을 떴을 때 미소가 마주한 것은 좀 전까지만 해도 눈앞에 있던 영준의 잘생긴 얼굴이 아니라 집무실 측면 벽이었다.

눈을 감고 자신을 기다리는 미소의 얼굴에 영준은 이성이 마비되어버린 것만 같았다. 이렇게 예쁘고 사랑스러운 여자가, 나만의 여자가 날 기다리고 있으니 두려울 것이라곤 하나도 없을 것 같았다. 아니, 그런 생각조차 그녀를 갖고 싶다는 순간적인 욕망에 가려 어느새 희미해졌다.

미소와 똑같이 눈을 꼭 감고서 천천히 고개를 숙였다.

마침 그때 의자가 끼이익, 하고 소름 끼치는 마찰음을 냈다. 딱 그날의 그 소리를 연상케 하는 소리였다.

「날 봐. 그이 대신 네가 날 봐줘. 내 마지막을 지켜봐줘.」

「안 돼요! 누가 좀! 누가 좀 도와주세요!」

「모두 안녕.」

덜컹!

「안 돼! 아악!」

끼이익, 끼이익!

다시 눈을 떴을 때 미소는 더 이상 영준의 눈앞에 있지 않았다. 캄캄했던 시야가 밝아지고 흐릿해진 정신이 다시 명료해진 후에야 그는 뒤늦게 미소를 발견할 수 있었다.

그녀는 바퀴 달린 회전의자를 타고서 집무실 측면 벽으로 돌돌돌 정속으로 굴러가고 있었다.

"어……?"

이게 어찌 된 영문인지 유추하던 그는 옛날 일을 떠올린 자신이 그녀가 앉아 있는 의자를 무의식적으로 있는 힘껏 밀쳐버렸다는 것을 깨달을 수 있었다.

"어……라? 헉!"

이유야 어떻든, 쫓아가 잡으려 한들, 때는 이미 늦은 후다.

미소가 탑승한 회전의자가 한 바퀴 빙글 돌아 벽 앞에서 딱 멈추자 집무실엔 마침내 쥐 죽은 듯한 적막이 감돌았다.

"아…… 저기, 김 비서, 내가 확실히 설명할게. 이건……."

벽을 마주 본 채, 의자에서 일어나지도 않은 채, 미소가 말문을 열었다.

"아아, 저 이제야 기억했지 뭐예요. 부회장님이 누구인지. 어떤 사람인지."

"뭐……라고?"

영준은 눈을 크게 뜨고서 잔뜩 긴장해 거대한 의자 등받이를 바라봤지만 그녀가 꺼낸 말은 전혀 예상치 않았던 것이었다.

"거울에 비친 자기 자신 외엔 사랑할 수 없는 나르시시스트. 본인을 제외한 세상 모든 인간들은 다 병풍. 너 같은 계집애 따위가 어디 감히 날 넘봐. 역시 그런 거죠? 잠시라도 기대했던 제가 바보였어요.”

“김 비서, 내 말 좀 들어봐. 오해야! 그런 거 아니라고.”

“아니요, 괜찮아요, 괜찮아요. 다 이해해요. 체질이시잖아요? 그건 스스로 어쩔 수 없는 문제니까요. 다만, 지금 제가 억울한 건요.”

“김 비서.”

“한없이 0에 수렴할 뿐 절대 0은 아니라는 거.”

미소의 이해할 수 없는 말에 영준은 의아해졌지만, 그녀는 여전히 미동도 하지 않은 채 벽을 보고서 담담한 목소릴 냈다.

“전요. 이제 누군가가 ‘미소 씨, 첫 키스는 언제 누구랑 했어?’라고 물으면, 유치원 때 달님반 똥철이샛기가 장난으로 뽀뽀했을 때랑 지금을 놓고 박 터지게 고민해야 해요.”

“김 비서어…….”

지은 죄가 크다는 걸 알긴 아는지 영준은 쉽사리 말을 잇지 못했다.

한동안 벽을 보고 부들부들 떨기만 하던 미소는 굽이 부러진 구두를 양쪽 다 벗고 자리에서 일어나더니 평소처럼 방글방글 웃는 얼굴로 영준에게 다가갔다.

“부회장님.”

“김 비서.”

방글방글, 방글방글, 끝없이 방글거리던 미소가 돌연 뜬금없는 소릴 했다.

"사내 체육대회 2인 3각 경기에서 1등 하고 받은 상품을 좀 쓰고 싶어서 그러는데요, 이번 주 일요일엔 하루 쉬어도 될까요?"

"어, 그래. 그런데…… 상품이 뭐였지?"

"결혼중개업소의 소개팅이용권이요."

"뭐?"

"무려 일대일이랍니다. 덕분에 씬나게 잘 놀고 올게요. 고맙습니다. 꺄."

"잠깐……!"

몹시 당황한 듯 보이는 영준을 내버려둔 채 미소는 맨발로 집무실을 가로질러 자리를 뜨려 했다.

"잠깐 거기 서! 김미소!"

영준의 명령에 발걸음을 딱 멈춘 미소가 뒤를 홱 돌아봤다.

다다다 다시 빠른 걸음으로 다가온 그녀는 영준의 코앞에 서서 방글방글 웃더니 포켓에서 뭔가를 꺼내 불쑥 내밀었다.

"이거, 도로 돌려드릴게요."

"김 비서……."

다시 되돌아가 집무실을 나가버린 미소가 부서져라 문을 쾅 닫자 장식장 유리가 지잉 하고 떨렸다.

진동이 가라앉을 때 즈음 손에 들린 사직서를 내려다본

영준은 복잡한 표정으로 중얼거렸다.

"그때 일은 기억 못 한 건가……. 어쨌든 다행이네."

그로부터 약 삼 초쯤 후, 그는 뒤늦게 뭔가를 깨달았는지 머리카락을 마구 쥐어뜯으며 괴로워했다.

"아니, 다행은 개뿔! 이게 아니잖아!"

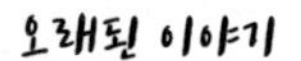

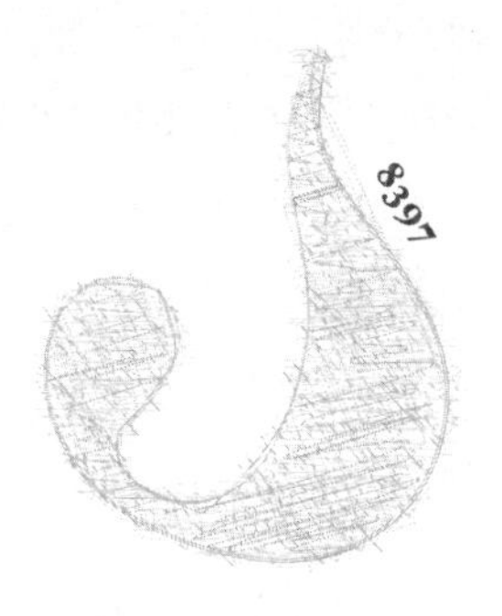

밤 9시를 가리키고 있는 벽시계를 흘끗 곁눈질한 미소의 미간이 좁아졌다.

침대에 누워 책을 본 지 벌써 한 시간 반인데 '엎친 데 덮친 여자'의 책장은 단 열 장도 넘어가 있지 않았다.

책은 다섯 페이지가 넘어갈 무렵부터 벌써 살색 향연이 한창이었다.

클럽에서 만나 첫눈에 반한 주인공 남녀는 몸이 달아오른 나머지 다짜고짜 화장실로 가 수위 높은 스킨십을 나누고 작업에 돌입해 마침내 10페이지에서부터 벽에 기댄 채 기립합체 중이었다.

평소 같으면 얼굴 붉히며 토씨 하나까지 정독했겠지만 오늘은 어쩐지 흥이 나질 않았다. 오후에 영준과의 사이에 있었던 일 때문이다.

넓은 세상이다. 소설처럼 이렇게 관계 정립이 빠른 남녀도 어딘가에는 분명 있겠지.

첫눈에 반해서 불타오르는 남녀도 있는 반면에 이렇게 9

년을 하루같이 붙어 있어도 아무 일 없다 한없이 0에 수렴하는 첫 키스, 아니 그딴 걸 키스라고 불러줘야 하나, 아무튼 그렇게 애매하게 흐지부지되는 그런 남녀도 있는 거겠지. 그러니 괜찮은 거겠지.

괜찮아?

괜찮기는 개뿔.

애꿎은 책을 홱 던지고 엎드린 미소는 베개에다 얼굴을 파묻고 미친 사람처럼 꽥꽥 소리를 질러버렸다.

화가 난 건지, 만약 화가 난 게 사실이라면 무엇에 화가 난 건지, 화를 풀기 위해 어떻게 해야 하는지도 알 수 없었다. 그런 걸 생각하다 보니 결국 아무것도 모르겠다는 게 화났다.

한참이나 그렇게 베개에 대고 화풀이를 하고 있는데 휴대전화가 울렸다.

또 그 인간이란 걸 알고 있었다.

퇴근 이후 줄기차게 전화와 카톡 메시지 폭탄을 투하하며 괜스레 내일 스케줄은 뭐지, 모레 스케줄은 뭐지, 평소엔 신경 쓰지도 않았던 부분까지 꼬치꼬치 캐물으며 귀찮게 하던 그 인간.

미안해한다는 게 눈에 다 보이는데 미안하다 솔직히 말도 못 하고 매번 제 잘난 척만 늘어놓다 전화를 끊었던 그 상재수 말이다.

"부회장니임! 제가 석 달치 스케줄표 벌써 두 번이나 메일로 보내드렸잖아욧! 이제 전화 좀 그만하시라고요오옷!"

휴대전화를 스피커 모드로 돌려놓고서 시원하게 샤우팅을 하는 순간, 저쪽에서 머뭇거리는 기색이 느껴지더니 소심한 여자 목소리가 건너왔다.

– 쿨럭. 미소야.

전화를 건 사람은 미소의 큰언니인 필남이었다.

"어머, 언니!"

– 나중에 전화할까?

"아, 아니야. 미안. 내가 착각했어."

– 요즘도 바쁜가 봐?

"부회장님 등쌀에 만날 그렇지, 뭐. 무슨 일이야?"

– 꼭 일이 있어야만 전화하니? 그냥, 잘 지내나 싶어서 연락했어.

"으응. 나야 늘 잘 지내잖아. 오히려 언니들이 더 걱정이지."

한동안 주저하던 필남이 조심스럽게 말문을 열었다.

– 미소야, 그런데 너, 회사 언제 그만두니?

"아……."

배구공 토스되듯 오락가락하는 바람에 봉투 모서리가 닳기 시작한 사직서는 지금 완전히 영준에게로 돌아가 있었다. 그렇지만 이렇게 감정적으로 애매모호한 상태에서 당장 그만둘 수도 없는 일이다.

한참이나 고민하던 미소는 애매한 말로 얼버무리고 말

았다.

"아직 잘 모르겠어. 조금 더 걸릴 것 같기도 하고…….
그런데 그건 갑자기 왜?"

– 아아. 실은 선배가 이번에 너희 회사 근처에서 성형외과 개원했거든. 오늘 오후에 오랜만에 교수님한테 인사드리러 왔다가 내 책상에 있던 네 사진을 보고…….

"싸게 해준대? 난 별로 생각 없는데. 아, 참. 누가 쌍꺼풀 수술 알아보는 것 같던데 소개시켜줄……?"

– 아니, 아니, 그게 아니라, 너 좀 소개시켜달라고. 선배가 아직 총각이거든. 나이는 서른다섯인데, 사람 참 좋아. 겸손하고 착하고, 숫기가 없어서 그렇지 배려심도 깊고.

"어……?"

– 이번 주 일요일에 시간 난다는데 한번 만나나 볼래?

한참이나 멍하니 있던 미소는 베개를 끌어안고서 대답했다.

"일요일은 안 돼. 소개팅 잡혀 있거든."

– 웬일이니? 우리 미소 백만 년 만의 소개팅이네.

"백만 년 만이 아니야. 이번이 생전 처음이라고."

– 뭐? 어우, 너무 심하다, 얘. 아무튼 사람은 두루두루 만나봐야 하는 법이니 다른 날짜로 잡아줄까?

"으음. 글쎄."

– 목소리가 왜 그래? 심드렁하네?

"그냥."

– 너 그때 언니들한테 회사 그만두고 남자도 만나보고 시집도 가고 싶다며.

"응. 그러긴 했는데…… 이제 만사가 다 귀찮아."

– 혹시 그거, 네 보스 때문이야?

"뭐?"

– 말희랑 전부터 얘기했던 건데, 미소 너…… 혹시 그 사람 좋아하니? 이영준 말이야.

좋아하냐고?

필남의 말에 미소의 얼굴이 확 달아올랐다. 박 박사에 이어 벌써 이번이 두 번째였다.

이영준은 누굴까. 김미소에게 있어서 뭘까, 어떤 의미를 가진 존재일까. 스스로에게 솔직해져보자.

멋진 남자.

물론 본인이 잘난 걸 지나치게 잘 인지하고 있다는 게 다소 재수 없긴 해도, 지금껏 살아오면서 마주친 그 어떤 남자들보다 더 우월한 남자, 진심으로 마음속에서부터 존경할 수 있는, 어디 가서 좋아한다고 고백해도 전혀 부끄럽지 않을 정도로 멋진 남자다.

의심은 하고 있었다. 다만 부하직원과 보스, 갑을관계였기에, 그리고 너무나 긴 세월을 함께하다 보니 어느새 그의 곁에 있는 게 숨 쉬는 것처럼 자연스러워 쉽게 받아들이지 못했는지도 몰랐다.

좋아하나?

그래. 좋아하나 보다.

아니, 좋아해.

좋아하니까 이렇게 씁쓸하고 서글픈 거겠지.

그녀가 아무 대답도 하지 못하자 필남은 뭔가를 눈치챘는지 덧붙였다.

– 그럼 그 사람은? 그 사람도 너 좋아하는 거 아니야? 그래서 그렇게 오랫동안 곁에 두고 비싼 선물도 많이 하고 그러는 거 아니냐고.

"모르겠어."

– 혹시…… 결혼까진 안 되겠대? 서민이라서?

"언니, 그런 거 아니야."

– 미소야. 걱정하지 마. 네가 이때껏 돈 벌어 언니들 공부시켰으니까 이제 우리가 몰빵해서 너 시집보내줘야 도리지.

"뭐어? 몰빵이라니! 언니, 어디서 그런 말을 배웠어?"

– 혼수로 얼마면 되겠니? 십억? 이십억? 아니면 그 이상이야?

"아니라니까."

– 어려워하지 말고 말해. 언니 둘이 다 의사인데 지금 그깟 돈이 문제니. 내가 교수 포기하고 밤낮으로 페이닥 뛸게. 말희하고 내가 어떻게든 채워줄게. 절대 기죽지 마, 미소야. 대출 이빠이 땡겨보고 모자라면, 여기가 어디니, 병원 아니니, 언니들이 장기를 팔아서라도 어떻게든 채워줄

테니까…….

“이빠이? 장기? 무슨 소리야, 지금! 그렇게 조곤조곤한 어조로 말도 안 되는 끔찍한 소리 하지 마! 무서워! 그리고 돈 때문에 그러는 거 아니야. 부회장님도 진작부터 결혼하자고 했고 사모님께서도 몸만 오면 된다고…… 헉.”

저도 모르게 쓸데없는 소리를 하고 만 미소는 아무것도 아니라며 수습하려 했지만, 이미 떠난 버스요, 엎질러진 물이다.

– 그럼 대체 뭐가 문제인데?

“그게…….”

– 혹시 바람둥이? 가끔 스포츠신문 같은 데 스캔들로 이름 오르내리고 하던데…….

“차라리 바람둥이가 훨씬 낫게.”

– 그건 또 무슨 소리?

고민하던 미소는 에라, 모르겠다 하는 기분으로 이야기 보따리를 술술 풀어놓았다.

“천상천하유아독존, 나르시시스트계의 종신독재자, 재수 없으면서 재수 없지 않아서 드럽게 찜찜한 건, 아 뭐 그래, 이미 알고 있는 거고 적응도 다 됐고, 이젠 그러려니 하면서 다 참을 수 있다 치자. 그치만 주변에 반 벗은 쭉빵녀들이 천지인데, 어떻게 옷깃 한번 스쳐볼까 눈을 벌겋게 뜬 여자들이 기차놀이 하듯 따라붙는데, 정상적인 남자가 한창 나이에 9년 동안이나 여자랑 아무 일도 없었다는 게 말이 돼? 아무리 나르시시스트라지만 어떻게 그럴 수가 있지? 스님이니? 신부님이니?"

– 혹시 게…….

"그것도 아니야! 혹시 나를 정말 좋아해서 나름대로 의리 지키느라 그랬던 건 아닐까, 희미하게 의심하긴 했는데 오늘 보니 그것도 아닌 것 같고……."

분위기 딱 좋았는데 입술이 닿자마자 소스라치게 놀라며 자신을 밀쳐낸 영준을 떠올린 미소는 대번에 울상을 지었다.

무슨 바나나껍질 밟고 미끄러진 카트라이더도 아니고, 회전의자 타고 죽 밀려나 한 바퀴 돌기까지 한 후 벽과 마주한 순간 만감이 다 교차했다는 걸 그 인간은 알기나 할까. 아니, 알 리가 없지. 머릿속엔 온통 제 생각뿐인 나르시시스트니까!

"아아, 이제 알았어, 이 씁쓸한 기분이 뭔지! 어차피 좋아해봤자, 그래서 결혼해봤자 결국 그 사람에 대한 마음은 평생 외사랑 그 이상도 이하도 안 될 거란 걸 처음부터 나 스스로 알고 있었던 거야! 우와악! 아니, 뭐 이런 경우가 다 있지? 아앙?"

미소의 광분 어린 혼잣말을 한참이나 듣고만 있던 필남이 나직이 그녀를 불렀다.

– 미소야. 언니가 병원에 있다 보니 늘 아픈 사람들을 보잖아?

뜬금없는 필남의 말에 미소는 멀뚱하니 휴대전화를 바라봤다.

– 그중엔 몸이 아픈 사람들뿐 아니라 마음이 많이 아픈 사람들도 많아. 속은 완전히 만신창이인 사람들도 의외로 겉으로 보기엔 굉장히 멀쩡하다고. 네 보스도 어쩌면 그런 경우일지도 모르지. 스트레스가 너무 심하면 성욕도 없어지는 경우가 많으니까.

"어, 어, 언니는 서, 서, 서, 성욕이라니 지금 무슨 낯 뜨거운 소리를 하는 거야! 부회장님이 그러거나 말거나 내가 알 게 뭐야! 어쨌든 난 기회 왔을 때 회사 그만두고 내 인생 찾아 떠날 거야. 더 이상 그 인간 뒤치다꺼리랑 여자로서의 굴욕 같은 건 사절이라고!"

– 물론 두말하면 잔소리겠지만, 미소는 참 똑똑해.

"뭐?"

– 넌 현명하니까 네 인생 잘 알아서 살겠지. 그러고 보면, 처음부터 언니들이 끼어들 자리도 없었는데.

"어, 어머. 그런 거 아니야. 언니."

– 미소야. 언니들이 너한테 바라는 건 딱 하나야. 네가 행복해지는 거. 네가 언니들도, 아빠도, 그 외의 다른 누구도, 그 어떤 것도 걱정하지 않고 오직 너 자신만 생각하면서 네가 하고 싶은 대로 하는 거…….

"언니……."

– 어, 잠깐. 호출 왔다. 선배한텐 내가 알아서 거절할 테

니 신경 쓰지 말고, 나중에 또 통화하자.

작별인사도 없이 멋대로 뚝 끊긴 전화를 멍하니 보던 미소는 길게 한숨을 내쉬었다.

"내가 행복해지는 거?"

다시 베개에 얼굴을 파묻은 그녀는 조그맣게 웅얼거렸다.

"나만 생각하고 내가 하고 싶은 대로 하는 거라……."

재깍재깍, 시곗바늘 돌아가는 소리만 울릴 뿐 방 안은 고요하기만 했다.

"내 소중한 첫 키스…… 다시 제대로 만들어놔. 바보. 바보. 바보!"

영준은 지금 죄 많은 이름 덕에 오늘 초대박 해프닝을 만들어냈던 후배 문병을 가 있다. 문병을 마친 후엔 자택으로 돌아가 오후 내내 우울해했던 박 박사와 함께 술잔을 기울일 예정이었고.

그러므로 그가 여기 와 오늘 일어난 사건을 멋지게 재구축시켜줄 확률은 안타깝게도, 없었다.

"하아."

땅이 꺼져라 한숨을 내쉰 미소는 엎드린 채 손을 뻗었지만 아까 집어 던진 '엎친 데 덮친 여자'는 제법 멀리 떨어져 있어 쉽사리 손끝에 닿지 않았다.

귀찮기도 하고 안 그래도 우울한데 야한 소설 따위 다시 보고 싶지도 않아, 미소는 사이드테이블에 놓여 있던 다른 책을 집어 들었다. 지아에게서 간신히 빌린 모르페우스 작가의 첫 작품 '오래된 이야기'였다.

「자전적 소설이라 그런지, 눈앞에 그림이 펼쳐지는 것 같았어요. 나중엔 남자주인공이 너무 불쌍해서 울었지 뭐예요.」

"흥. 자전적 소설이고 공전적 소설이고, 어차피 이것도 야하기만 한 내용이겠……."

투덜거리며 대충 아무 데나 책장을 펼친 미소의 눈이 한곳에 고정되었다.

입을 딱 다문 그녀는 어느새 핼쑥해진 얼굴로 글을 읽어 내려가기 시작했다.

[좁고 울퉁불퉁한 길을 따라 작은 집 담장들이 어깨를 나란히 하고 늘어서 있었어. 살던 사람들이 모두 떠난 재개발지구의 골목에선 알싸한 시멘트 냄새가 떠돌고 있었지.

골목의 입구엔 흉물스러운 전봇대가 있었는데, 누군가 장난이라도 친 건지 내 눈높이에서 약간 아래쪽에 기묘한 얼룩이 남아 있었어.

그게 꼭 괴물이 크게 입을 벌리고 나를 쫓아오는 것처럼 보여서 얼마나 무서웠는지 몰라.

내가 갇혀 있었던 집은 어디였냐고?

골목 한가운데, 바싹 마른 이파리 몇 개가 아직도 달려 있는 은행나무가 담장 너머로 가지를 드리운 집이 있었는데 난 그 집의 바로 맞은편, 칠이 벗겨진 검은색 철제 대문의 집에 감금되어 있었어.

좁은 마당엔 빈 개집이 있었고 살던 사람이 버리고 간 가구들이 여기저기 부서진 채 널브러져 있었지. 현관문의 유리창은 불투명했고 안에 쳐진 커튼의 울긋불긋한 무늬가 비쳤어.

아마 지나가는 사람이 있었더라도 날 찾지는 못했을 거야.]

"이건……!"

미소는 저도 모르게 책을 들고 벌떡 일어난 후 눈을 크게 뜨고서 다급하게 책장을 넘겨댔다.

찾는 것은 남자주인공이 여자주인공 앞에서 과거를 회상하는 부분들이었다.

[사흘이 어떻게 흘러갔는지 모르겠어. 너무 외롭고 슬펐어. 혼자 버려진 듯한 기분이 들어 견딜 수가 없었지.

그 밤, 묶인 손발을 풀고 그 지긋지긋했던 곳을 벗어나 밖으로 나왔을 때, 하늘에 떠 있던 이지러진 달이 꼭 나를 위해 눈물을 흘려주는 것만 같았어.

비척비척 걸어 파출소를 찾아가는 동안 골목길엔 줄곧 차디찬 바람이 불고 있었어.

냄새. 아아, 그 냄새. 삭막한 시멘트 냄새마저 외로운 내 처지를 비웃고, 세상엔 오직 나밖에 없더라.

병원에서 다시 정신을 차린 이후 보름 동안…… 나는 단 한마디도 하지 못했어.]

"아아……!"

미소는 무척이나 놀라 그 장을 펼친 채 한참을 멈춰 있었다.

분명 그날의 이야기가 맞다. 그렇지만 왠지 이상하다. 이 책엔 미소의 이야기가 전혀 등장하지 않았다.

게다가 무엇인지는 모르겠지만 아주 미묘한 위화감이 느껴졌다. 거의 다 다가갔는데. 안타까움에 아쉬운 마음이 더했다.

"아아, 이럴 줄 알았으면 낮에 전화번호를 알려주는 거였는데!"

자리에서 벌떡 일어난 미소는 침대를 박차고 내려가 방바닥에 널브러져 있던 '엎친 데 덮친 여자'를 집어 들었다.

맨 앞장, 모르페우스 작가의 사인 아래에 그녀가 부탁했던 친필문구가 삽입되어 있었다.

[당산동얼음공주 김미소 님, 행복하세요. 모르페우스 이성연 드림.]

"이성연, 이성연……. 아아! 이성연!"
머릿속엔 그날 목소리가 울리는 듯했다.

「바보. ……이 아니야. 이. 성. 연. 이라고!」

표지날개에는 그의 이메일주소가 인쇄되어 있었다. 밑져야 본전이라는 생각에 미소는 급히 책상으로 달려가 랩톱 전원을 켰다.

❦ ✣ ✤ ✣ ❦

"그래, 김미소. 4월 5일생. 뭐? 오늘 오후에 신청했다고? 그게 정말이야? 진짜 직접 접수했단 말이야? 뭐어? 이미 매칭됐다니, 이건 또 무슨 개소리야? 소개팅? 일요일 오후? 너 내 손에 죽고 싶어?"
영준은 지인이자 추계체육대회 상품을 지원했던 결혼정보업체 중역에게 전화를 걸어 미소의 일에 대해 묻던 중 휴대전화를 붙들고 미친 듯이 펄펄 날뛰다 다시 한 번 목소리를 높였다.
"상대 놈한테는 약속 취소됐다고 알려! 그리고 김 비서한테는 아무 말도 하지 말고 이후로 절대! 절대 아무하고도 연결시키지 마! 뭐? 어떻게 할 거냐고? 어떻게 하긴 뭘 어떻게 해!"

영준은 말을 딱 끊고서 주먹을 꽉 쥐며 흔들더니 단호하게 덧붙였다.

“내가 나간다!”

일요일 오후 만나기로 한 남자가 바뀌치기 된 사실을 미소에게 절대 알리지 말 것을 신신당부한 영준은 신경질적으로 머리카락을 쓸어올리더니 소파에 털썩 앉았다.

안절부절못하고 똥마려운 강아지처럼 거실 전체를 이리저리 쓸고 다닌 지 정확히 두 시간 만의 일이었다.

위스키잔을 앞에 두고 멍하니 영준을 구경하고 있던 유식은 시선을 돌려 테이블 한켠에 자리한 책 무더기를 내려다봤다.

‘연애의 기본’, ‘이렇게 하면 당신도 연애의 달인’, ‘내 여자 사로잡는 법’, ‘토라진 여자를 달래볼까요’ 등등 제목부터 몹시 노골적이었다.

아침부터 징크스 얘길 하더니, 아니나 다를까, 둘 사이에 뭔 일 있었구나.

“이영준. 무슨 일인지 이제 말 좀 해봐라.”

여전히 묵묵부답에 스트레이트로 술잔만 꺾고 있는 영준의 태도에 유식은 답답해 투덜거렸다.

“나도 우울 터지는 놈이지만 너도 참 대단한 놈이다. 아니 오전까지만 해도 멀쩡하던 미소 비서가 갑자기 왜 저렇게 삐친 건데? 둘 사이에 무슨 일 있었니?”

“오해가 있었어. 아주 약간.”

"무슨 오해?"

"그건…… 말할 수 없어."

저렇게 나오면 절대 끝까지 말하지 않을 사람임을 잘 알고 있는 유식은 더 이상의 추궁은 포기한 채 연애지침서 한 권을 집어 들고 이리저리 뒤적였다.

"그래서. 소개팅에 네가 대신 나가서 어쩔 거야?"

"오해에 대해 해명해야지."

"엥? 겨우 그게 다?"

"그 외에 뭐가 더 필요한데?"

"소개팅이라고, 소개팅."

"그래서."

유식은 이해할 수 없다는 듯 바라보는 영준을 똑같이 이해할 수 없다는 표정으로 마주 보며 대꾸했다.

"이번에야말로 제대로 이벤트 끌어낼 수 있는 절호의 기회잖아."

"이벤트……라."

"그래. 뭔가 새로 시작하는 분위기에서 낭만적인 코스 밟다 보면 오해도 자연스럽게 풀리고 마음도 나눌 수 있지 않겠어? 그리고 더 나아가……."

도대체 무슨 생각을 하는지, 유식은 어딘지 모르게 음흉하게 느껴지는 웃음을 흘리며 덧붙였다.

"내가 자문해줄 테니까 일단 계획안부터 작성해봐."

몹시 의심스럽고 못마땅한 눈으로 건너다보면서도 영준

은 착실하게 태블릿 PC의 메모 화면을 띄웠다.

❦✣✤✣❦

11월 25일 일요일 오후 1시.

"여기예요."

오후 햇볕이 강하게 내리쬐는 창에서 몸을 돌려 이쪽을 향해 손을 흔드는 성연을 물끄러미 바라본 미소는 떨리는 몸을 추스르며 걸음을 옮겼다.

"일찍 오셨네요. 오래 기다리셨다면 죄송해요."

"아니, 나도 방금 왔어요. 먼저 연락해줄 줄은 몰랐는데 영광이네요. 이성연이에요."

한 손으로 턱을 괴고서 싱긋 웃는 성연의 눈매는 영준의 그것과 꼭 닮아 있었다.

"김미소입니다. 그날은 부회장님 형님이신 걸 못 알아채고 실례를 저질러서 죄송해요."

악수를 나누고 그의 맞은편 자리에 앉은 미소는 테이블에다 '오래된 이야기'를 조심스럽게 올려놓고 몹시 긴장된 목소리로 물었다.

"오늘 뵙자고 한 건 이 책 때문이에요."

미소는 부드럽게 눈웃음을 짓는 성연의 얼굴을 자세히 살펴봤다.

눈매는 영준과 꼭 닮아 있었지만 성연의 눈웃음은 영준

의 것과는 전혀 달랐다. 어디가 다른지 유추하던 미소는 그 답을 금세 찾아낼 수 있었다. 바로 빈도의 차이. 영준이 눈웃음을 짓는 게 분기별 행사라면 성연의 그것은 아울렛 상시세일이랄까. 딱 두 번째 만남인데 성연의 매력적인 눈웃음은 벌써 깊은 인상으로 박혀 있었다.

"이 책……."

"아아, 그거. 잠깐만요. 그 전에 주문해야죠. 뭐 드실 거예요?"

성연이 갑자기 말을 막고 끼어들자 긴장이 탁 풀린 미소는 다소 떨떠름하니 그를 바라보다 대답했다.

"저도 같은 것으로 할게요."

성연은 웨이트리스를 불러 커피 두 잔을 시킨 후 예의 그 눈웃음을 보였고 주문을 받은 웨이트리스는 있는 대로 얼굴을 붉히더니 몹시 부끄러워하며 자리를 떴다.

주위를 둘러보니 다른 여자들의 시선도 힐끗힐끗 이쪽을 향한다. 그걸 지켜본 미소는 다소 신기한 기분이 들었다. 아, 세상엔 정말 이런 종류의 사람도 있었구나.

"방금 무슨 얘기 하려고 했었죠? 이 책이 왜요?"

성연이 묻자 미소는 다시 정신을 차리고 책 귀퉁이를 만지작거리다 그의 앞으로 책을 쑥 들이밀었다.

"이 책이 자전적 소설이라고 들었는데, 작가님께서 직접 겪은 일을 쓰신 게 맞나요?"

책 표지를 내려다본 성연은 희미하게 웃으며 책장을 휘

리릭 넘겼다.

“이걸 아직도 가지고 있는 사람이 있다니 놀랍네요. 이 책, 지금 나한테도 없거든요. 진짜 오랜만에 본다.”

한동안 신기한 듯 책을 매만지던 그가 산뜻하게 시인했다.

“내 경험 맞아요. 어렸을 때 납치됐었거든.”

“초등학교 4학년 때. 지금은 유일랜드가 들어서 있는 재개발지구에서 일어났던 일. 맞지요?”

미소가 다그치듯 묻자 성연은 조금 전까지 느긋하게 웃음 짓고 있던 눈을 휘둥그레 뜨더니 몹시 놀란 어조로 되물었다.

“어? 어떻게 알았어요?”

그 순간, 미소의 온몸에 소름이 좍 돋아났다.

그녀는 그날 이후 지금껏 꿈속에서만 만났던 오빠의 이름을 소리 높여 불러 보았다.

“성연 오빠! 나 기억 안 나요?”

카페 안의 시선이 이쪽으로 집중되었지만 미소는 흥분한 나머지 눈치채지 못한 채 반가워했다.

“우리 같이 있었잖아요! 그때 밤새 함께 있었는데, 기억 못 하겠어요? 나 미소야, 김미소!”

“어…….”

전혀 모르겠다는 표정으로 미소를 멀뚱멀뚱 쳐다보던 성연이 중얼거렸다.

"밤새 같이…… 있었다고?"

"기억 안 나요? 내가 얼마나 오랫동안 오빠를 찾았는지 알아요?"

"기억이……."

한참이나 초점 흐린 눈으로 허공을 응시하던 성연의 얼굴에서 웃음기가 사라졌다.

"으, 으윽!"

성연이 별안간 머리를 감싸고 고통스러워하자 깜짝 놀란 미소는 자리를 박차고 일어나 그의 상태를 살폈다.

"오빠! 괜찮아요?"

"하아, 하아. 괜찮아요. 난 괜찮아."

손을 내젓고 숨을 돌린 성연은 맞은편에 서서 여전히 놀란 얼굴로 저를 내려다보고 있는 미소를 안심시킨 후 말했다.

"그때 충격이 너무 커서 기억이 드문드문 끊겨 있거든요."

"아…… 죄송합니다. 제가 너무 갑작스럽게 흥분했나 봐요."

"아니. 괜찮아요."

자리에 앉은 미소는 찬물이 담긴 컵을 성연에게 내밀었고, 그는 그것을 한 모금 마신 후 덧붙였다.

"기억이 잘 안 나네요. 미안해요."

성연이 자신을 떠올리지 못해 서운하긴 했지만 미소는

애써 방글방글 웃으며 그를 위로했다.

"아니에요. 어쩔 수 없는 일인걸요. 사실 저도 너무 어렸던 시절이라 기억이 희미해요. 얼마 전까지는 그저 반복되는 꿈인 줄만 알았으니까요."

"그때 누군가가 내 곁에 있었다니, 정말이지 믿을 수가 없군……."

창백한 얼굴로 다시 환하게 웃는 성연의 얼굴엔 말할 수 없는 안도감이 깃들어 있었다.

"그런데, 전 그날 밤에 왜 거기에 있었을까요? 그리고 오빠는 왜……."

"과거 일이 궁금해요?"

"네."

"얘기 못 해줄 건 없지."

웨이트리스가 커피를 가져다주자 대화가 잠시 끊겼다.

향긋한 향기를 풍기는 하얀 컵을 내려다보던 성연이 턱을 괴고 뜬금없는 질문을 던졌다.

"그 녀석 어때요?"

"네? 누구 말씀이신지."

"미소 씨 보스 말이에요. 잘해줘요?"

"아…… 에에, 뭐, 그냥, 네."

우물쭈물하다 대답하는 미소의 웃는 얼굴이 미묘하게 일그러졌다. 그날의 키스, 아니, 경미한 접촉사고 이후로 사흘간 그녀는 업무 외의 일로는 영준과 단 한마디도 섞지 않았다. 천하의 나르시시스트가 웬일로 눈치를 다 보는지, 그 역시 그녀에게 쓸데없는 말을 붙이지 않았고. 뭐, 그래도 불편하긴 매한가지지만 말이다.

"전에 서로 아는 사이였던 것 같으니 편하게 말 놓아도 되지요?"

"물론이죠."

성연은 부드럽게 웃으며 담담하게 이야길 풀어놓았다.

"어렸을 때부터 영준이랑 나는 앙숙이었지. 그 녀석, 어렸을 때도 지금이랑 똑같이 재수 없는 놈이었거든. 도무지 못하는 게 없었어. 뭘 해도 형인 나보다 훨씬 더 빨리 잘했고 심지어 키도 나보다 늘 조금씩 더 커서…… 마치 애초부터 나를 누르기 위해 태어난 놈 같았다고나 할까. 부모님, 친척, 선생님, 집에서 일하던 사람들까지, 주위 모든 사람의 관심이 영준이에게로 쏠린 건 당연한 일이었어. 사실 내가 그리 못난 건 아니었어. 평균은 했으니까. 단지 그 녀석이 너무 지나치게 잘났던 것뿐."

미소가 안타까운 표정으로 건너다보자 성연은 그녀의 시선을 피해버리더니 말을 이었다.

"초등학교 4학년 때, 월반한 영준이와 같은 반이 되었지."

"부회장님한테서 들었어요."

"어른들은 내가 어린 동생을 잘 돌봐주길 바랐겠지만, 천만에."

"그럼……."

"아니. 내가 괴롭힌 건 아니야. 이미 그 녀석은 내가 보호해줄 수 있는 수준이 아니었다고. 오히려 그 녀석이 날 괴롭혔어. 약한 나를 비웃으며 놀리고 마구 때리고……."

전에 영준에게서 들었던 것과는 완전히 정반대의 이야기다. 이상한 일이었다. 제 잘난 맛에 살긴 해도 그는 거짓말을 하는 사람이 아닌데. 자존심 때문에라도 절대 그럴 사람이 아니다.

미소는 다소 혼란스러웠지만 성연의 이야기를 경청했다.

"그러던 어느 날, 하굣길에 그 녀석이 나를 꼬드겨 어딘가로 데려갔어. 아버지 회사의 놀이공원에 가자고. 정문에 선 기사아저씨가 기다리고 있었기에 개구멍을 통해 도망쳤지. 그날 아무 생각 없이 그 녀석을 따라간 게 화근이었어. 태어나서 처음 티보는 버스를 다고 한없이 가다 완벽하게 낯선 동네에서 내렸는데, 아무리 찾아도 놀이공원 같은 건 없는 거야. 그 녀석이 순진한 나를 속이고서 한참이나 걸어갔던 곳은 우리 집이 있는 동네와는 너무 달랐어. 좁은 골목이 거미줄처럼 엮여 있는, 그리고 사람이 살지 않는 것처럼 을씨년스러운 곳이었지."

"재개발 때문에 다들 이사 가서 빈집들이 많았을 거예요."

미소가 덧붙인 말에 성연은 고통스레 한숨을 내쉬더니

계속해갔다.

"목이 마르다는 내게…… 그 녀석은 음료수를 사올 테니 여기 있으라고, 길 잃어버리면 안 되니까 꼼짝 말고 기다리라며 윽박질렀어. 그래서 얌전히 기다렸지만 녀석은 영영 돌아오지 않았지. 수중엔 돈도 없었고 늘 과잉보호받다 혼자 떨어지게 된 건 처음이라, 당황했던 난 아무것도 할 수가 없었어."

어? 뭔가, 뭔가가 좀…….

미소의 표정이 또 한 번 미묘해졌다.

"나를 잡아갔던 그 미친 여자는 한 유부남의 정부였다더군."

"아, 맞아요. 거기엔 오빠랑 나 말고도 누군가가 더 있는 것 같았어요. 우리가 갇혀 있던 방 바깥쪽에."

"그 여자야. 내연남의 아이를 임신했다 낙태까지 했는데 이별통보를 받자 홧김에 저지른 짓이었겠지."

"아아."

"집은 허름한 단층집이었어. 그런 집은 생전 처음 봤어. 너무 낡아 오싹하기까지 한 집. 마당엔 버려진 개집과 부서진 가구들, 죽은 화초들이 널브러져 있어 정말이지…… 끔찍했다고."

"저기, 잠깐만요. 거기서 기다리던 중에 어쩌다 그 여자에게 유괴된 거예요?"

"아……."

미소의 질문에 한참이나 눈을 깜박이던 성연은 뭔가에 홀린 듯 기계적인 목소리로 덧붙였다.

"거기까진 기억이 안 나. 아무래도 충격이 너무 컸나 봐."

"아아, 네."

"춥고, 어둡고, 너무나 외로웠어. 나 혼자 버려진 것 같아서 견딜 수가 없었다고. 그렇게 사흘이나 갇혀 있다 여자가 죽은 후에 탈출을……."

마치 책 내용을 그대로 전해 듣는 것처럼 그의 말에서 새로운 사실은 발견할 수 없었다.

"같이 나왔어요."

"뭐?"

"오빠랑 나랑 함께 손잡고 나왔다고요. 그 집을."

"정말……?"

"우리 집 앞까지 오빠가 데려다주고 갔잖아요. 우리 집 대문 앞에서 다음에 놀러 오겠다고 하고서 절뚝절뚝……."

얘길 하다 말고 무슨 일인지 명치끝이 욱신거렸다. 숨을 쉴 수 없을 정도로 가슴이 미어졌다.

이내 미소의 눈앞에는 다리를 다친 영준이 절뚝거리며 걷는 모습이 선명하게 떠올랐다. 체육대회 날 아픈데도 꾹 참고서 거들먹거리던, 모양 빠지게 이게 뭐냐며 놓으라고 까칠하게 소리소리 지르던 그 모습이.

"그랬구나. 그렇지만 난 그것도 기억이 안 나."

서글퍼지는 건 무슨 이유에서인지. 미소는 휑한 가슴을 외면하기 위해 애써 방글방글 웃었다.

그런 그녀의 얼굴을 가만히 들여다보던 성연은 진지하게 말을 이었다.

"집으로 돌아온 후로 난 보름 동안이나 말을 못 했어. 마음의 문을 닫아버렸던 거야. 이유는 바로 그 녀석 때문이었어."

"부회장님 때문이라고요?"

"그래. 그날 거기다 날 버린 그 녀석은 내가 어떻게든 알아서 집까지 찾아올 거라고 믿었지만 난 돌아오지 않았지. 집안이 발칵 뒤집혔어. 유괴에 초점을 두고 협박 전화를 기다렸지만 그런 건 없었어. 그날 밤, 어른들은 녀석을 붙잡고 심하게 추궁했어. 너지? 그 앨 어디다 버리고 왔어? 어디냐고! 어서 말해!"

계속해서 이어지는 말을 듣고 있던 미소의 혀끝에서 뭔가가 까끌까끌 걸렸다.

"덜컥 겁을 집어먹은 그 녀석은 어른들에게 거짓말을 하고 말았어. 혼이 날지도 모른다는 생각에 전혀 엉뚱한 델 알려준 거야. 그 장소를 철저히 탐문수색해도 성과는 없었어. 당연하지. 거기가 아니었으니까. 찾고 있는 애가 유일그룹 3세라는 것이 크게 알려지면 오히려 신변에 위협이 있을까 봐 보도조차 되지 않았어. 내가 거기서 사흘이나 갇혀 있었던 동안 말이야."

"오빠……."

"그 고생을 하고 돌아와 병원에 누워 있는데, 나도 사람이니 그 녀석이 얼마나 미웠는지 몰라. 그렇지만…… 동생이잖아. 아무것도 모르는 동생. 그러니까 내가 용서해야지 어쩌겠어? 그래서 다 용서했어. 그날 이후로 난 밤에 제대로 잠도 못 들면서 오랫동안 고통 속에서 살아왔지만 말이야. 그랬던 내게 있어서 지금 가장 슬픈 게 뭔지 알아?"

"글쎄요."

"용서한 나는 이렇게 고통스러운데 그 녀석은 다 잊었다는 거야."

"네?"

"죄책감이 너무 심했던 나머지…… 영준이는 지금까지도 그때의 기억이 전혀 없어."

"아……."

이제야 알 수 있었다. 그동안 영준이 과거 이야기를 절대 하지 않았던 이유를 말이다. 일부러 하지 않은 게 아니라 몰라서 못 한 것이었나.

"날 버렸던 게, 날 그렇게 고통스럽게 만들었던 사실이, 적어도 그 녀석한테 있어서는 완전히 없었던 일이 된 거라고."

한동안 성연을 마주 보고만 있던 미소가 진지하게 덧붙여 물었다.

"부회장님이 원망스러우세요?"

"아니. 난 영준이 원망 안 해. 녀석은 대놓고 날 싫어하지만, 난 그 녀석 그렇게 싫지 않아."

"대단하시네요."

그렇게 궁금했던 지난 사연을 다 듣고도, 무슨 까닭인지 미소는 목구멍 안에 뭔가가 걸린 듯 기분이 영 개운치가 않았다.

"아까 오랫동안 날 찾았다고 했지?"

"네."

"왜? 왜 그렇게 날 찾았어?"

"그게……."

눈을 깜박이던 미소는 방글방글 웃으며 대꾸했다.

"그러게요. 왜 찾았을까요? 잘은 모르겠지만, 꼭 찾고 싶었어요. 어쨌든 이렇게 다시 만나서 무척 반갑네요."

"나도."

싱긋 웃은 성연은 불쑥 손을 내밀어 미소의 뺨을 쓰다듬으려 했다. 그러나 손길을 피하는 그녀 쪽이 약간 더 빨랐다.

"와. 동작 빠르네."

"네. 반사신경 좋다는 얘기 종종 들어요."

방글방글 웃는 그녀의 얼굴을 바라다보던 성연이 물었다.

"잃어버린 내 기억을 도로 되찾고 싶어. 미소라면 날 도와줄 수 있을 것 같은데……. 어때?"

듣고 있던 미소는 방글방글 웃으며 대답했다.

"저야 뭐, 바라던 바지요."

왠지는 모르겠지만, 미소의 눈앞에 또 한 번 영준이 떠올랐다.

「기억하지 못하더라도 그 개껌은 분명히 어딘가에 그대로 있어. 묻혀서 보이진 않지만, 그렇다고 해서 사라진 건 아니야. 굳이 파헤칠 필요가 있을까? 애쓰고 파냈는데 군데군데 썩어 흉측한 모습일 수도 있잖아. 그런 건 차라리 안 보느니만 못하겠지.」

그렇게 말하던 그때, 영준의 눈동자는 말로 묘사할 수 없이 짙은 색을 띠고 있었다. 그 아래에 뭐가 깔려 있는지 짐작도 할 수 없을 정도로 새카만 먹지 같은 검은색.

"그럼, 나랑 같이 나갈까? 드라이브 한번 하고 근사한 데서 저녁 먹은 후에……."

성연이 의미심장한 눈빛으로 부드럽게 추파를 던지자 미소는 방글방글, 방글방글 끝없이 방글거리며 딱 잘라 거절했다.

"죄송한데요, 선약이 있어서요."

"선약?"

지금껏 성연이 데이트 신청을 했을 때 거절했던 여자는 한 명도, 단 한 명도 없었다.

"네. 소개팅이 잡혀 있거든요."

"소개팅……? 아하, 아하하."

황당했는지 성연은 무척 어색하게 웃었다.

"이런 건 처음이라 좀 떨리네요. 시간 맞춰 가야 해서요, 저 먼저 일어날게요, 오빠."

너무도 해맑은 반응에 성연의 얼굴은 조금 더 뻣뻣해졌다.

"그, 그래. 대신 다음번엔 꼭 나랑 데이트하는 거야."

그 소리에 미소가 얼굴을 확 붉히더니 손을 내저으며 까르륵 웃었다.

"어머, 오빠! 데이트라니, 갑자기 무슨 말씀이세요? 진짜 유머감각 완전 쩐다! 오호호호."

응? 이건 무슨……. 성연의 표정이 일그러졌다. 이건 뭔가 좀…….

이어서 성연 쪽으로 슬쩍 몸을 기울인 미소는 뭐 비밀 이야기나 하는 것처럼 소곤거렸다.

"누가 성연 오빠더러 '마성의 남자'라기에 솔직히 조금 긴장했었는데 지금 보니까 별로 그렇지도 않은 것 같아요. 저도 한눈에 홀딱 반해 추태 부리면 어쩌나 싶었는데 정말 다행이라니까요."

아니, 맞는데. 마성의 남자.

"오늘 만나서 정말 반가웠어요. 또 연락드릴게요."

이것은……! AT필드다! 어떤 공격으로도 뚫을 수 없는 견고한 마음의 벽을 둘러쓰고 있어! 대체 이 여자는……?

성연은 무슨 저주라도 뒤집어쓴 양 망연자실 미소의 뒷모습을 바라보고만 있었다.

❦ ✣ ✣ ✣ ❦

"뭔가 좀 이상해."

자리를 옮겨 소개팅 장소로 간 미소는 테이블에 엎드려 줄곧 생각에 잠겨 있었다.

오랫동안 찾아 헤매던 그 오빠를 드디어 만났는데 그다지 후련하지도 않고, 즐겁거나 행복하지도 않았다. 그저 혼란스럽기만 할 뿐.

상상 속에서만 키워왔던 이미지를 현실로 끌어와 보정한 후유증일까.

아니.

지금 그녀를 혼란스럽게 만들고 있는 것은 바로 개운치 않은 기분, 기묘한 위화감이다.

뭘까. 왜일까.

오랫동안 생각을 정리하다 보니 의문의 정체가 드러났다.

성연의 말마따나 기억이 여기저기 끊겼기 때문일까. 그의 회상 안엔 당연히 있어야 할 것들이 전혀 없었고 오히려 없어도 될 것들은 넘치도록 많았다.

그 여자에게 납치된 과정과 구속된 방법이라든지 그 속박을 끊고 탈출한 경위 같은 건 차치하더라도, 사흘 동안이나 구속되어 있었던 동안 겪었을 육체의 고통에 대한 이야기는 전무했다. 보통 사람이 괴로운 일을 당하면 몸이 아픈 게 먼저 떠오를 텐데, 그의 회상엔 그저 외로움이나 절망 등 온통 두루뭉술한 감정들뿐이었단 말이다.

반면에, 갇혀 있던 집을 밖에서 본 풍경이라든지 그가 잡혀 있는 동안 영준의 감정이나 부모님의 행동 같은 건 또 지나칠 정도로 세세했다.

미소와 함께 있었던 기억만을 완전히 잃은 것도 의외였다. 아니, 기억을 잃은 게 아니라 애초부터 미소의 존재 자체를 통째로 가위로 오려낸 듯 너무나 말끔했다. 그리고 그녀를 배제한 기억의 기승전결은 뭐 하나 튀는 곳 없이 뚜렷하게 맞아들었다. 마치 그 기억에 미소는 아예 처음부터 존재하지 않았던 것처럼 말이다.

거기다 가장 큰 위화감이 들었던 것은 따로 있었다.

사람이 충격에 기억까지 흐릿해질 정도로 끔찍한 일을 겪었는데 저렇게 아무렇지도 않게 그때의 이야기를 할 수 있는 건가.

"뭘까…… 뭘까. 아니, 잠깐."

그건 그렇고, 지금 이럴 때가 아니란 생각에 엎드려 있던 미소의 양손이 단단한 주먹으로 오므라들었다.

생전 처음 해보는 소개팅인데 이렇게 정신이 딴 데 가 있는 상태로 임할 순 없다.

아버지와 언니들 빚 갚으며 중증 나르시시스트 보스 뒤치다꺼리하느라 화려한 시절 다 보내고 나이 스물아홉에 이제야 처음 해보는 소개팅 아니던가. 정신을 차려야 해, 정신을.

미소는 마음을 차분히 가라앉히기 위해 엎드린 채 명상에 잠겼다.

흐릿했던 정신이 맑아지고 불안하게 뛰던 심장이 제 페이스를 찾을 무렵, 머리 위에서 나직한 남자 목소리가 울렸다.

"실례합니다. 혹시 김미소 씨 되십니까?"

그 소리에 기껏 맑아졌던 정신이 다시 흐릿해지고 제 페이스를 찾은 심장이 불안하게 두방망이질을 치기 시작했다.

소개팅 상대에 대한 기대감 때문은 아니었다.

그 목소리가 지난 9년 동안 매일을 하루같이 들었던, 아주 드럽게 익숙한 목소리였기 때문이다.

김미소니까

8397

"실례합니다. 혹시 김미소 씨 되십니까?"

낮고 힘 있는 목소리는 너무도 매력적이었다.

그 목소리가 지나치게 귀에 익숙하지만 않았다면, 그리고 그 안에서 자기과시가 노골적으로 심하게 넘쳐흐르지만 않았다면 확실히 반했을 정도의 목소리.

"설마……."

미소가 차마 고개를 들지 못한 채 주먹을 꽉 쥐는 동안 테이블 옆에 서 있던 남자는 느긋한 어조로 말을 이었다.

"일찍 나오셨네요. 기본적으로 난 누군가를 기다리는 데 익숙지 않은 사람이지만 오늘만큼은 특별히 미리 나와 기다리는 정성을 보여주고 싶었는데."

"아아, 이럴 순 없어. 이럴 순 없……."

여전히 엎드린 채 분을 못 이겨 부들부들 떠는 미소를 두고 남자는 마치 약이라도 올리는 듯한 어조로 덧붙였다.

"이렇게 미리부터 나와 오매불망 날 기다린 그 정성에 보답하는 의미로, 절대 후회 없는 시간을 선사해주지. 잔뜩 기대해도 좋아."

폭발 직전의 압력밥솥처럼 압이 가득 찬 미소는 쉭쉭, 바람 빠지는 소리를 내다 고개를 들어 위를 쳐다봤다.

홱 꺾은 고개의 각도만 봐도 알 수 있을 정도로 훤칠한 키, 조각 같은 몸, 너른 어깨, 탄탄한 가슴, 그림으로 그려 놓은 듯 아름다운 이목구비 등등, 온갖 미사여구들을 한낱 식상하기 짝이 없는 단어나부랭이로 전락시키는 남자가 거기서 그녀를 내려다보고 있었다.

이성연이 마성의 남자라고?

아니, 아니다. 그런 단어는 아무 데나 갖다 붙일 게 아니지.

마성의 남자란 모름지기 이래야 하는 법. 세상 끝 간 데 없을 정도로 재수 없음을 모두 커버하고 만렙 방패만큼이나 강력하게 쉴드 쳐줄 수 있는 외모. 그래, 적어도 이 정도는 되어줘야 진정한 마성의 남자라 할 수 있는 것 아니겠는가.

뭐, 그건 그렇고.

앞길 막는 것도 모자라 하다하다 이제 이런 데까지 쫓아와 훼방을 놓다니, 이럴 순 없다. 이럴 순 없는 거다.

황당해진 나머지 턱에서 나뭇가지 부러지는 소리가 날 정도로 입을 딱 벌린 미소는 앙칼진 목소리로 빽 소리쳤다.

"부회장니임!"

"어라? 김 비서, 여기서 뭐 해?"

능청스럽기 짝이 없는 표정과 목소리의 영준은 9년 전부터 지금까지 봐왔던 모습 중 단연 최고로 꼽을 수 있을 정도로 극한의 재수 없음을 뽐내고 있었다.

"그건 제가 해야 할 소리인데요. 여기서 도대체 뭐 하시는 거예욧!"

"몰라서 물어? 소개팅 하려고 나왔는데."

"뭐어라궈여어어어?"

우렁찬 목소리로 인해 카페 안의 시선 집중포화를 받게 되었지만 그녀는 아랑곳 않은 채 목의 핏대를 올려댔다.

"오늘 오후에 스케줄 있었잖아요! 그건 어떻게 하시고……!"

말하다 말고 짚이는 데가 있는지 미소는 탄식을 흘리며 바들바들 떨었다.

"아아, 지아 씨가 매수당했구나!"

"매수라니. 오늘 스케줄을 숨겨야 했던 내 필요와 한정판 백을 손에 넣고 싶어 했던 김지아 비서의 필요가 맞닿아 탄생한 전략적 제휴였다고."

미소가 돌연 방글방글 웃으며 뼈 있는 소릴 했다.

"어므나. 전략적 제휴 잘못해서 제대로 헛물켠 회사들 꽤 봤는데요."

그 소리에 인상을 찌푸린 영준이 툭 내뱉었다.

"앉으란 소리도 안 해?"

미소는 한숨을 쉬고 뒤늦게 영준에게 자리를 권했다.

"앉으세요."

걸음을 옮기는 그에게서 약간의 부조화가 느껴져서 보니 왼발의 반깁스가 어느새 제거되어 있었다.

"병원 다녀오셨어요?"

"그래. 지금 막 오는 길이야."

"내일 오전에 저랑 같이 가기로 예약 잡아놨었잖아요."

대답 없이 씩 웃는 영준을 건너다보던 미소는 왠지 모르게 기분이 씁쓸해졌다.

도대체 영준의 스케줄은 어디까지 조작되어 있는 걸까. 아니, 언제부터 조작되어 있었을까. 그녀가 모르는 그의 스케줄이라니, 기분이 몹시 이상했다.

"여긴 어떻게 알고 오셨어요?"

"내 회사 체육대회 경품으로 제공된 결혼정보업체 소개팅이용권이라는데 뒷조사 못 할 리가 없잖아. 업체 관계자한테 직접 전화했지."

"명백한 개인정보 침해예요. 소송하겠어요."

"자신 있으면 해봐."

"어므나 황송해라. 대체 이렇게까지 하시는 이유가 뭐예요?"

미소가 억지로 방글방글 웃으며 묻는 말에 영준은 그녀의 이마 3시 방향에 불끈 솟아 있는 힘줄을 응시하며 되물었다.

"김 비서야말로 이렇게까지 하는 이유가 뭐야?"

"제가 먼저 여쭸잖아요."

"내가 상사니까 내 질문에 먼저 대답해."

"회사 밖이니까 상사 부하직원 드립은 그만두시고요."

"그래? 그럼 오빠라고 불러봐. 기꺼이 먼저 대답해주지."

갑작스러운 '오빠' 소리에 미소의 표정이 더욱더 환해졌다. 오싹할 정도로.

"제가 먼저 성심성의껏 대답하겠사와용, 오호호."

영준이 매너 있는 태도로 손을 내밀어 먼저 말하라는 시늉을 하자 미소는 잔뜩 약이 올라 씩씩거리다 말했다.

"정말 몰라서 물으세요? 저요, 지난 9년간 고생하면서, 아, 뭐, 그래요, 솔직히 부회장님한테 단 한 번도 아무 감정 없었다면 거짓말이겠죠. 어떨 땐 설레고 가슴 떨리기도 했어요. 아주 조금, 그러니까 쥐며느리 눈곱 정도? 물론 드럽게 재수 없긴 했지만."

"지금 싸우자는 거야? 재수 없단 얘긴 면전에다 대놓고 하지 마. 아주 불쾌해."

"듣기 싫은 말은 대충 빼고 들으세요. 어쨌든, 모시는 동안 저는 부회장님이 그다지 싫지 않았어요."

"그래?"

"그치만 부회장님은 다르죠. 그저 필요로 인해 절 곁에 잡아두시려는 것뿐이잖아요. 저는 손해 보는 사랑 하면서 살기 싫어요. 저도 제가 주는 만큼 배려받고 사랑받으면서 살고 싶다고요. 그러니까 계속 부회장님 곁에 남아서 이대로 허송세월하는 건 거절하겠어요."

한동안 물끄러미 미소의 얼굴을 바라보고만 있던 영준이 담담하게 말했다.

"정말 그렇게 생각한다면 앞뒤가 안 맞잖아."

"네?"

"내가 싫은 건 아니다. 그렇지만 떠나야겠다. 대체 무슨 말을 하고 싶은 거야? 그리고 정말 회사를 그만두고 싶은 거라면 후임도 있겠다, 당장 무단결근해도 아무 상관도 없을 텐데?"

"전 순간의 감정에 휘둘려 그간 쌓아왔던 커리어를 무너뜨릴 정도로 멍청한 여자가 아니니까요."

"아, 맞아. 김 비서 똑똑하지. 아주 사려 깊고 현명하고."

"그럼요."

그것도 칭찬이라고 미소가 철없이 헤실헤실 웃자 영준은 얼굴을 딱 굳히고서 진지하게 나왔다.

"그럼 더 이상하지 않아? 미소처럼 똑똑한 여자가 일요일 스케줄 빼면서 굳이 솔직하게 소개팅 하러 갈 거라고 실토하다니 말이야. 마치 나더러 들으라는 것처럼."

미소의 얼굴에서 웃음기가 사라졌다. 어색한 표정으로 쭈뼛거리는 그녀를 바라보며 그는 덧붙였다.

"속으론 내가 더 꽉 붙잡아주기를 바라는 거지?"

"아니에요."

"솔직히 말해도 돼. 소문 안 낼 테니까."

그러자 약이 바짝 오른 미소가 눈을 부릅뜨더니 대들었다.

"그럼 부회장님도 이상하지 않아요? 겉으론 제가 아니면 안 될 것처럼 집착하면서 곁은 절대로 안 내주시잖아요!"

"미소한테 곁을 안 내줬다니 무슨 소리야? 다시 한 번 말하지만 그 여자들하곤 안 잤다고! 절대로!"

"아니, 그런 곁이 아니라……!"

실패한 첫 키스를 떠올리고 굴욕감에 몸서리를 친 미소는 흥분을 가라앉힌 후 다시 방글방글 웃었다.

"무한반복의 루프를 이제 좀 끊을 때가 되지 않았겠어요? 전 이제 완전히 마음 정리했습니다."

"지금 키스 실패한 것 때문에 이러는 거지? 그래서 사흘이나 말도 않고 토라져 있었던 거잖아."

"쿨럭."

"이유야 어찌 됐든 소중한 첫 키스를 그렇게 만들어서 유감이야. 그날 밀어낸 건 분명 내가 잘못했고, 충분히 미안하게 생각하고 있어. 정말 미안해."

영준이 웬일로 솔직하게 사과하자 미소는 눈을 동그랗게 뜨고 깜박거리다 손을 내밀어 그의 이마를 짚어보았다.

"열은 없는데요. 어디 아프세요?"

"그래. 처음이라 더 각별하고 서운했겠지. 이해해. 그러니까 그거, 오늘 다 만회할게. 내게 해명할 기회, 만회할 기회를 달란 말이야."

"싫은뒈요."

미소가 입술을 쭉 내밀고 약 올리듯 툭 내뱉자 영준은 간절하게 그녀를 불렀다.

"김 비서."

"댁으로 돌아가세요. 깁스 풀었다고 갑자기 무리하시면 안 좋으니까요. 저도 이만 집에 갈래요."

영준은 입을 다물고 심호흡을 하더니 몇 번을 죽었다 깨어나도 하지 못할 말을 했다.

"제발 부탁이야, 김 비서."

"네? 방금…… 뭐라고요?"

"부탁이라고. 제발. 내가 이 정도로까지 하는데 외면할 셈이야?"

천하의 이영준에게 있어선 절대 있을 수 없는 일이었다. '제발 부탁이야.'라니. 비록 간단한 말이긴 했지만 영준에게 있어서 이건 일가족이 함께 굶어 죽기 일보직전인 흥부가 놀부 마누라에게 '형수님, 제발 밥 좀 주시오.' 하고 애원하는 것 정도의 감정을 나타내는 말이었다. 박 박사가 봤으면 기절해 실려 갔을 정도로 진기한 풍경이었단 말이다.

영준의 목소리에 담긴 절박함에 다소 놀란 미소는 입을

다물고 뒤로 물러나 앉았다.

그가 재킷 안쪽 포켓에서 뭔가를 꺼내 펼친 후 테이블에 내려놓더니 그녀의 앞으로 쓱 밀었다. 글자가 깨알같이 적힌 A4용지 한 장이다.

미소는 조심스럽게 종이를 펼치고 첫 줄을 소리 내어 읽었다.

"소개팅 계획안……?"

"그래."

"무슨 패키지 관광 가세요? 시간대 별로 아주 일목요연하게 정리하셨네요."

"여러 곳에서 자문을 좀 구했지."

종이를 찬찬히 훑어보던 미소의 얼굴이 미묘하게 일그러지기 시작했다.

"이런 소개팅을 하는 사람이 세상에 어디 있어요? 이건 소개팅이 아니라 돈지랄이죠. 어머머머머? 잠깐, 스톱! 이게 뭐예요? 지금 출장도 아닌데 헬기 부르신 거예요?"

"그래."

"부회장님."

"응?"

"미치셨어요?"

영준의 얼굴에는 '절대 미치지 않았음.'이라고 쓰여 있는 듯했다.

"아무리 오너 일가라지만 이건 아니죠! 빨리 전화해서

취소하세요! 빨리, 빨리! 아유우우우우! 내가 부회장님 때문에 진짜 못 살아! 있는 사람들은 이게 문제라니까! 요즘처럼 고유가 시대에 이게 무슨 일이람!"

미소가 손을 내젓고 결혼 30년 차 와이프처럼 마구 잔소리를 해대자 영준은 곧장 어딘가에 전화를 걸어 헬기 대기를 취소시켰다.

전화를 끊은 영준이 무표정한 얼굴로 툭 내뱉었다.

"축하해. 이걸로 저녁 먹고 나서 할 일이 없어졌어."

"아니, 소개팅 한 번으로 무슨 뽕 뽑을 일 있어요? 차 한 잔 마시고 밥이나 먹은 후에 헤어지면 되지 누가 이렇게 밤늦게까지……. 응? 이건 또 뭐야? 아이고오, 이 오리지널리티 확 떨어지는 상호명은 또 뭐랍니까, 모텔 캘리포니아? 아무리 개방적인 세상이라지만 요즘 같이 무서운 시절에 누가 소개팅으로 처음 만난 남자랑 이런 델 가겠어요? 그리고 애초에 이런 상상이 가당키나 해요? 더러워욧!"

"이상한 오해는 하지 마. 그건 박 박사 추천으로 넣은 거니까."

입을 삐끔거리던 미소가 진지하게 물었다.

"부회장님. 박 박사님은 이혼하셨잖아요. 이혼하신 분한테 소개팅 자문을 구하셨단 말이에요? 다른 걸 떠나서 혼자 사시는 분한테는 좀 예의가 아니지 않나요?"

"나도 그렇게 생각해. 그래서 그중에 박 박사 의견은 그것밖에 없어. 나머진 H닷컴 하 대표가 알려준 거야."

"아악, 내가 미쳐!"

울상을 한 미소는 테이블에 확 엎어져 우는소릴 했다.

"거기 대표님은 결혼을 다섯 번이나 하셨잖아요!"

"네 번이야."

"오십보백보죠."

"다다익선이라잖아. 고기도 먹어본 놈이……."

또 한 번 우와악, 하더니 벌떡 몸을 일으킨 미소가 손안에서 종이쪽지를 꽉 짜부라뜨리자 영준은 씩 웃었다.

"일정이 마음에 안 들어?"

"당연하죠! 이딴 일정을 들이미는 소개팅남한테 얼씨구나 하고 들러붙을 여자가 어딨겠어요?"

"그럼 무조건 싫다고만 하지 말고 대안을 제시해봐."

"일단 여기서 차 마시고 나가서 좀 걷다가 저녁 먹고 맘 맞으면 영화나 한 편 보고 집에 가야죠. 그게 정석이잖아요."

"그게 다야? 더 하고 싶은 건 없고?"

"뭘 얼마나 더 하라는 거예요?"

"좋아. 그럼 그렇게 해. 나중에 두말하기 없기."

"알…… 어라……? 뭔가 이상한데?"

의기양양하게 웃는 영준을 마주한 미소는 뒤늦게 뭔가를 깨닫고 머리를 쥐어뜯었다.

"크윽, 말렸다!"

❦✣✤✣❦

카페 안을 두리번거리던 미소가 은근슬쩍 영준의 눈치를 살폈다. 여러 커플 탄생시킨 카페라고 커플매니저에게 추천받아 온 곳으로 제법 분위기가 좋긴 했지만 애초부터 저 높은 곳에서 사셨던 분께는 어떻게 보일지 모를 일이다.

그런 눈치를 채기라도 한 건지 영준이 담담하게 말했다.

"커피 괜찮네. 분위기도 좋고."

"다행이네요."

잔 받침에 잔을 내려놓는 영준의 모습이 새삼스러웠다. 뜯어보면 볼수록 형과는 닮은 듯 닮지 않은 외모였다.

"병원엔 혼자 다녀오셨어요?"

"아니. 박 박사랑."

"어머, 박 박사님 어제까지만 해도 다 죽어가시던데 부활하셨네요."

"하도 애원하기에 내가 오늘 아침 박 박사 엑스와이프한테 전화해서 해명해줬거든."

"뭐라고 해명하셨는데요?"

"성기는 성기지만 그 성기는 그쪽이 생각하는 그런 성기가 아니었으니 오해 풀라고."

"그런 말로 이해시킨 쪽이나 용케 이해한 쪽이나 여러 의미로 대단하네요."

별거 아니라는 듯 어깨를 으쓱한 영준은 커피 한 모금을 더 마신 후 물었다.

"지금까지 뭐 하고 있었어?"

"아……."

말을 해야 하나 말아야 하나 한참이나 고민하던 미소는 어렵게 운을 뗐다.

"실은, 부회장님 형님을 뵙고 왔어요."

익히 예상하고 있었는지 영준은 별로 놀라지도 않았다. 잠시 심각한 표정으로 생각에 잠겨 있던 그가 물었다.

"둘이서 옛날 얘기라도 했어?"

"옛날 얘기라니요?"

"오래전 있었던 유괴사건 말이야."

미소의 눈이 휘둥그레졌다. 당혹감과 배신감이 얼룩진 표정으로 영준을 마주 보던 그녀는 야속하다는 듯 소리쳤다.

"아니, 그럼 지금까지 다 알면서 모르는 척하신 거예요? 너무하세요! 전 혹시 부회장님한테 상처 될까 봐 여쭤보지도 못하고 괜히 혼자만 전전긍긍했단 말이에요."

"좋은 일도 아닌데 그런 걸 알아서 뭐하게. 구질구질하잖아."

"부회장님은 항상 그렇게……."

그러고 보니 그동안 영준에겐 늘 '닿을 수 없는 어떤 영역'이 있었다. 많은 시간을 함께해왔어도 그가 절대 곁을 내주지 않았다고 생각했던 건 그런 이유에서였는지도 몰랐다.

미소는 몹시도 서운한 눈으로 건너다봤지만, 영준은 그런 그녀의 눈길을 외면한 채 씁쓸하게 되물었다.

"그래서. 만나보니 어때? 성연이 형이 미소가 지금까지 찾던 그 오빠인 것 같아?"

"아마도……요."

어딘지 모르게 애매한 대답이었다.

눈을 돌려 다시 미소를 바라본 영준은 무표정하게 내뱉었다.

"형은 어때?"

"심성 곱고 좋은 분인 것 같아요. 외모도 멋지시고."

"칭찬 일색이네. 반하기라도 한 거야?"

"어머머머머, 별꼴이야! 갑자기 그게 무슨 말씀이세요? 아니에요! 절대 아니라고요!"

아니면 그냥 아니라고 하면 되지 뭘 그렇게.

미소가 정색하고 발끈하자 영준은 우습기도 하고 괜스레 마음이 놓이기도 해 좀 더 편안한 태도로 물었다.

"그럼, 반가웠어?"

"네. 반가웠죠. 그치만…… 다시 만난 건 반갑긴 했어도, 그렇게 오랫동안 기대해왔던 것만큼 감동적이진 않았어요."

미소는 어깨를 으쓱하더니 샐쭉 웃으며 덧붙였다.

"뭔가 뚜둥 할 줄 알았는데 좀 그렇더라고요. 화려하게 치장된 선물포장을 열었는데 그 안에서 먼지 묻은 뽁뽁이만 잔뜩 나온 것 같은 느낌이랄까. 약간…… 서운하기도 했어요."

"서운해할 것 없어. 돌뿐 아니라 기억도 풍화(風化)되는 거겠지. 시간이 흐르면 흐를수록 작은 부분들은 다 깎여 없어지고 변질되어 반질반질 보기 좋은 표면으로 남기 마련이잖아."

카페엔 크리스티나 아길레라의 'Beautiful'이 흐르고 있었다.

가만히 가사에 귀를 기울이고 있던 미소가 조용히 물었다.

"그럼 부회장님 기억은요?"

"내 기억이 뭐."

"형님이 그러시던데요. 부회장님이 예전 기억을 다 잃었다고……."

한참이나 커피 잔의 까만 수면을 내려다보던 영준이 공허한 목소리로 대답했다.

"사실이야. 충격이든 다른 어떤 이유든, 난 그때 일을 다 잊었어."

이내 그는 시니컬하게 웃으며 말을 이었다.

"20년도 더 전의 일이잖아. 솔직히 이해가 안 돼. 형이 왜 그렇게 과거에 집착하는지. 이제 그만 놓을 때도 되지 않았어?"

"그렇지만……."

"미소도 마찬가지야. 맞추지 못한 퍼즐, 기억 안 나는 과거 따위 그냥 깡그리 잊어. 그 편이 훨씬 더 편하다고."

"같은 상황을 보더라도 받아들이는 건 사람마다 다 다르니까요."

"그게 바로 정신력의 차이지."

"퍼펙트한 정신력이시네요. 아무리 철없던 시절의 일이었다지만, 그래도 형이 그 고생을 했다는데 어떻게 조금의 죄책감도 없이……."

미소가 다소 황당하게 바라보자 영준은 자신 있는 어조로 대꾸했다.

"내가 왜 죄책감을 가져야 하지? 형이 저렇게 집착하며 여기저기 말하고 다니는 그 과거가 내 기억에는 전혀 없다니까. 아무것도 모르는 채 가지는 죄책감은 그저 가식일 뿐 거기에 대체 어떤 의미가 있는 건데?"

"그야…… 듣고 보니 그렇긴 하네요."

영준의 말이 왠지 의미심장하게 들리는 건 기분 탓일까.

그의 당당한 태도는 성연의 과거 회상 중 드문드문 뚫려 있던 구멍에 맞물려 기묘한 부조화를 낳고 있었다.

커피를 다 마신 후 카페를 나선 두 사람은 인파로 가득한 길을 따라 걷기 시작했다.

며칠 사이에 날씨는 부쩍 추워져 코트 깃을 잘 여며도 품속으로 한기가 스며들었다.

"추워?"

"조금요."

"차로 갈까?"

"아니에요. 여기서 금방이거든요."

"내가 미소가 사주는 밥을 다 먹게 되다니."

"자주 오는 기회가 아니니 꽉 붙드세요."

방글방글 웃는 미소의 얼굴을 가만히 바라보던 영준이 툭 한마디 던졌다.

"입술 텄다."

"어머, 그래요?"

미소가 백을 뒤지려 하자 영준은 포켓에서 스틱형 립밤을 꺼내 뚜껑을 열고 건넸다.

"자."

급할 때 서로의 물건을 빌려 쓰는 건 둘 사이에서 자주 있는 일이다. 립밤도 예외는 아니었지만 오늘은 분위기 탓인지 기분이 이상했다.

미소는 그에게서 건네받은 길쭉한 스틱을 어떻게 해야 하나, 주저하다 아랫부분을 시계 방향으로 돌렸다. 톡 쏘는 멘톨 향 어딘가에 영준이 늘 풍기고 다니던 남자의 향기가 배어 있었다.

"립스틱 색깔 묻을 텐데 괜찮으시겠어요?"

"새삼스럽게 무슨 소리야?"

영준의 향기를 머금은 부드러운 왁스는 미소의 입술에 닿자마자 따뜻하게 녹아내렸다. 실패한 첫 키스의 느낌과 비슷한 촉감이라 왠지 애잔했다.

"잘 썼습니다."

립밤을 건네받은 영준은 핑크색이 살짝 물들어 있는 스틱을 들며 이내 짓궂은 얼굴로 미소를 쳐다봤다. 그녀가 눈을 동그랗게 뜨고 올려다보자 그는 자기 입술에다 립밤을 대고 느긋하게 쓱쓱 굴리며 실없는 농담을 던졌다.

"간접 키스."

얼굴을 확 붉힌 미소는 방글방글 웃는 얼굴로 싸늘하게 내뱉었다.

"어이구. 직접 기회가 왔을 때나 잘하지 그러셨어요."

"그건…… 내 나름대로의 사정이 있었어."

"그러고 보니 절 회전의자라이더로 둔갑시킨 그 대단한 사정이 대체 뭔가요? 이유나 좀 알죠."

미소가 인파를 비집고 다시 걷기 시작하자 대화가 끊겼다.

영준이 말문을 연 것은 골목 맨 안쪽, 환하게 불을 밝힌 노란색 간판이 눈에 띌 때 즈음이었다.

"엎드려 잠들면 자기도 모르게 온몸을 경련하면서 깰 때 있잖아? 그거랑 비슷한 거."

"아항. 그럼 저랑 키스하던 순간이 너무 지루했던 나머지 숙면하셨단 말씀이네요."

"미안. 거짓말이었어."

"그렇게 눈에 훤히 보이는 핑계는 좀 그렇지 않아요? 화내지 않을 테니까 솔직히 말씀해보세요."

여전히 방글방글 웃는 미소를 난처하니 힐끗 내려다본 영준은 걸음을 옮기며 담담히 말했다.

"눈을 감으면…… 가끔씩 귀신이 보여."

"푸우읍!"

미소는 격하게 뿜었지만 영준은 무섭도록 진지했다.

"농담 아니야. 지금도 김 비서 뒤에 한 명 붙어 있다고."

"누군데요?"

"글쎄, 난 모르지. '처자! 옆에 있는 남자 꽉 붙들어 매!' 하는 거 보니까 아무래도 김 비서 조상님이신 것 같은데."

별로 우습지도 않은 농담에 미소가 깔깔거리며 웃자 영준은 희미하게 웃으며 말을 이었다.

"공포영화를 편안하게 보지 못하는 이유가 뭐라고 생각해?"

"음. 갑자기 놀라게 될지도 모른다는 생각 때문일까요?"

"그래. 극 초반 무방비 상태에서 한 번 당하면 남은 러닝타임 내내 맘 졸이면서 볼 수밖에 없잖아? 내 눈에 보이는 귀신도 마찬가지야. 눈 감으면 언제 나타날지 모르거든."

빙글빙글 웃으며 그렇게 말하는 영준의 눈동자는 어두워진 도로 어딘가를 헤매고 있었다. 그 귀신의 정체가 어떤 것이든 적어도 그 말이 거짓말인 것 같진 않았다.

안타까운 표정으로 올려다보던 미소는 갑자기 왁 소리를 지르는 영준 덕에 화들짝 놀라 펄쩍 뛰고 말았다.

"엄마야! 깜짝 놀랐잖아요!"

"그것 봐."

가슴을 쓸어내린 미소가 의심스러운 표정으로 되물었다.

"그럼 그 귀신이 하필 딱 그때 나타나셨다?"

"그래."

"하아, 말을 말지."

"정말이라니까."

미소는 키득거리는 영준을 못 미더운 눈으로 흘기다 포기한 듯 한숨을 내쉬고 식당으로 그를 안내했다.

"말씀드렸던 데가 바로 여기예요."

"음. '껍데기는 가라'라니, 상호 멋진데."

"그죠? 저도 그렇게 생각해요."

"업종이……?"

"돼지껍데기집이요."

허름한 실내를 둘러보던 영준이 다소 얼떨떨한 표정으로 말했다.

"처음 와보네. 이런 곳."

"모양은 이래도 맛있어요."

"그래?"

석쇠 위의 껍데기를 이리저리 뒤집던 미소가 어느 순간 방글방글 웃더니 이마 힘줄을 세웠다.

"잠깐. 이건 숫제 '도련님 서민 투어'가 돼버렸잖아요. 돌려주세요, 제 첫 소개팅."

죽겠다고 배를 붙잡고 웃는 영준을 두고 울상을 짓던 미소는 그간 잊고 살았던 사실들을 줄줄이 사탕으로 떠올리고서 새삼스럽게 놀랐다.

철든 이후 아빠 외의 남자와 손을 잡은 건 이영준이 처음이었다.

거의 끌어안다시피 하고 남자와 춤을 춘 것도 이영준이 처음이었고. 아무렇지도 않게 컵을 돌려 쓴 남자도 이영준, 추울 때 장갑을 비롯해 머플러며 외투며 빌려 쓴 남자도 이영준이 처음이었으며 자다가도 아무렇지도 않게 불쑥불쑥 전화를 걸어온 남자도 이영준이 처음이었다.

어디 그뿐이랴. 첫 키스도, 첫 소개팅도 모두 저 인간이 다 가져가버리지 않았나.

그래서 서운한 걸까? 싫은 걸까? 미소는 짧은 시간 동안 깊은 생각에 잠겼다.

아니. 서운하지 않다. 싫지 않다. 다른 남자와 처음을 나누는 건 생각만으로도 어색하고 싫다.

익숙함이나 편안함, 그런 것도 어쩌면 좋아하는 마음을 이루는 한 부분인 걸까.

가지런한 치아를 드러내고 웃는 영준은 그 어느 때보다 편안하게 보였다. 그걸 보는 미소 역시 그 어느 때보다 마음이 편했다.

"아빠랑 언니들이 오면 항상 여기서 모였어요."

"그렇게 맛있는 집이야?"

"아니, 뭐, 그런 건 아니고요. 머릿수 많을 땐 여기가 제일 싸게 먹히거든요. 제각기 저질러놓은 빚 갚느라 내 허리가 휠 지경이었는데 언감생심 한우 같은 거 먹으러 가잔 말이 쉽게 나왔겠어요? 오호호."

미소가 방글방글 웃으며 내놓는 다소 과격한 소리에 영준의 표정이 오묘해졌다.

"그래?"

"어머, 농담이에요, 농담."

"전혀 농담처럼 안 들렸는데."

"순도로 따지자면 한 51퍼센트 정도?"

미소가 전에 자신이 했던 농담을 그대로 가져다 짓궂게 던지자 영준은 피식 웃으며 물었다.

"아버님은 어떤 분이셔?"

"음. 롹커세요."

"뭐?"

"아빠가 낙원상가에서 악기상 하다가 친구한테 사기 당해서 쫄딱 말아먹었단 얘기는 제가 했었죠? 그 후로 정신 차리고 이것저것 하려고 하셨는데 계속 실패해서……. 그래도 지금은 다행히 행사 밴드 기타리스트로 월급 받고 일하면서 자리 잡으셨어요."

미소의 부친이 사업 실패로 방황했다는 이야긴 전에 들은 적 있었지만 그 뒤의 이야기는 처음 듣는다. 이걸 유감이라 해야 할지 다행이라 해야 할지, 영준은 잠시 고민에 빠졌다.

"다행이죠."

아, 다행인 쪽인가. 영준이 맞장구를 치려던 순간 미소가 냉큼 덧붙였다.

"언니들 학비 대느라 돈 많이 준다는 막노동 일 어설프게 뛰어들어 다치시기도 했고 크게 한 방 터뜨리겠다고 사채 끌어 썼다가 다른 의미로 크게 터뜨리기도 했고……. 그게 다 적성에 안 맞는 일을 억지로 하려다 그렇게 된 거 아니겠어요? 아빠가 오랫동안 하고 싶어 했던 일 뒤늦게라도 하면서 좋아하시는 거 보니, 그리고 언니들도 다들 꿈을 이루었으니, 정말 다행이지 뭐예요."

한동안 미소의 말을 가만히 듣고만 있던 영준은 물끄러미 그녀의 눈을 들여다보았다.

"김 비서의 꿈은 이뤘어?"

"글쎄요. 하도 오래돼서 꿈이 뭐였는지도 잊어버렸네요."

"할머니 같은 소릴 하네."

미소는 입을 가리고 키득키득 웃었지만 영준은 웃어넘

기지 않고서 진지한 태도를 유지했다.

"그동안 가족들이 원망스럽진 않았어?"

"어머, 제가 가족들을 왜 원망스러워했겠어요?"

방글방글 웃고 있는 미소의 눈동자가 살짝, 신경 쓰지 않았으면 절대 눈치채지 못할 정도로 아주 살짝 흔들리는 것을 영준은 놓치지 않았다.

"사람들은 손해 보는 인생, 희생하는 삶이 가치 있는 인생인 것처럼 말하지만 실제론 그렇지 않아. 그건 그냥 손해 보는 거고 희생하면서 내 자신을 잃는 것일 뿐이지. 남들이 인정한다 해도 결국 내게 돌아오는 건 아무것도 없어."

어느 누구에게도 말하지 못했던 비밀이었다.

미소 역시 그녀 또래의 평범한 청년들처럼 대학생활도 해보고 싶었고, 호사스럽진 않더라도 최소한 남들 누리는 것 한 번쯤은 누려보고 싶었다. 그렇지만 이제 늦었다. 어느덧 철없던 시절은 훌쩍 지나가고 벌써 삼십 대가 코앞이다.

많은 부분을 희생해가면서 가족들 뒷바라지해온 것, 누군들 좋아서 반기며 했겠는가.

지치고 짜증난 적도 많았다. 전부 다 내팽개쳐버리고 어딘가로 도망치고 싶었던 적도 있었다. 솔직히, 마음속으로 가족들을 조금이나마 원망했던 것은 사실이다.

"김 비서가 마더 테레사가 아닌 이상, 어떤 순간에도 가장 중요한 건.”

말을 끊은 영준은 손을 내밀어 미소의 가슴 한복판을 똑바로 가리켰다.

“자기 자신이야. 내 자신이 가장 소중하고 내 자신이 우선이라는 걸 그 어떤 때라도 절대 잊지 마.”

백 퍼센트 순수한 자기애의 결정체 같은 말이었지만 미소는 그 안에서 왠지 모르게 깊은 동질감과 눈물 날 정도로 따스한 위로를 느낄 수 있었다.

“9년이란 세월이 길긴 길었나 봐요.”

뜬금없는 소리에 영준이 의아한 표정으로 건너다보자 미소는 방글방글 웃으며 덧붙였다.

“제대로 옮았네요.”

저녁을 먹은 후 영화를 보려 했지만 사람 많은 곳은 싫다는 도련님 때문에 여의치가 않았다.

껍데기집 앞 골목에서 서로를 마주 보고 선 두 사람은 행인들의 시선도 아랑곳 않고 옥신각신 중이다.

“자동차 극장은 어떠세요?”

“화질 엉망이잖아. 게다가 주차장 같은 곳에서 영화 감상이라니 별로 안 내켜.”

“이것도 싫고 저것도 싫고, 다 싫다 하시면 어쩌라는 거예요.”

“영화는 날 잡아 극장 통째로 빌려서 보자.”

"편하실 대로 하세요. 전 이제 모르겠네요. 그럼 여기서 헤어질까요?"

"그럴 순 없지."

"할 게 없잖아요."

"만들어봐."

"그럼 야경 구경이라도 하실래요? 지금 유일랜드 빛 축제 야간개장 중이잖아요."

"헬기 다시 부를까?"

"네에? 뭐하러요!"

"저 위에서 보면 예쁠 거야."

"그냥 직접 가서 보면 되잖아요. 관람차도 있고."

"사람 많은 곳은 질색이라니까. 냄새나고 불쾌해."

팔짱을 끼고서 거만한 표정으로 서 있는 영준을 올려다보던 미소는 자기 머리를 마구 헤집으며 펄펄 날뛰었다.

"우와, 진짜 질리게 만드시네요! 아아, 내 소개팅! 내 해피타임을 돌려줘어어어억!"

대 흥분상태의 미소를 느긋하게 구경하고 있던 영준이 뜬금없는 소릴 했다.

"사실 야경이라면 기가 막힌 장소가 하나 있긴 하지."

그 소리에 고개를 번쩍 든 미소가 미심쩍은 표정으로 되물었다.

"그게 어딘데요?"

❦ ✣ ✤ ✣ ❦

두 사람은 그렇게 영준의 한강 조망 66층 펜트하우스로 건너왔다. 영준에게 있어선 보금자리, 미소에게 있어선 매일 새벽 출근하고 저녁에 퇴근하는 근무처 말이다.

내일부터 서재 인테리어 공사가 시작될 예정이라 영준은 오늘부터 공사가 끝나는 날까지 유일호텔에서 머물 예정이다.

집은 이미 원래 모습을 찾아보기 힘들 정도로 바뀌어 있었다. 고가의 가구들은 커다란 보호커버가 씌워졌고, 서재의 책들은 모두 책장에서 나와 거실 쪽 바닥에 쌓여 있다.

주인이 집을 비운 불과 몇 시간 사이, 집 안은 마치 사람이 살지 않는 곳처럼 을씨년스러웠다.

"엉망이네요."

"야경만 보고 돌아갈 건데 뭐 어때? 차 한 잔 끓여줄까?"

"어머머, 웬일! 내일은 해가 서쪽에서 뜨겠네요. 제가 만들어 올……."

말하다 말고 생각이 바뀐 듯 미소는 방글방글 웃으며 고쳐 말했다.

"네. 주세요. 전 다즐링으로요."

"기다려."

영준이 무뚝뚝한 대꾸를 남기고 자리를 뜬 사이 미소는 거실에 나와 있는 책들을 구경했다.

책벌레인 영준은 바쁜 일정 중에도 틈틈이 손에 책을 쥐었고, 그렇기에 그의 장서량 역시 대단했다. 분야에 있어서도 가리는 것 없이 광범위했는데, 가끔은 희한한 장르의 책들도 눈에 띄었다. 그런 책더미들 사이에는 제 형이 사인해서 선사해주었을 책들도 몇 권 있었다.

「동생이잖아. 아무것도 모르는 동생. 그러니까 내가 용서해야지 어쩌겠어? 난 영준이 원망 안 해. 녀석은 대놓고 날 싫어하지만, 난 그 녀석 그렇게 싫지 않아.」

「사람들은 손해 보는 인생, 희생하는 삶이 가치 있는 인생인 것처럼 말하지만 실제론 그렇지 않아. 그건 그냥 손해 보는 거고 희생하면서 내 자신을 잃는 것일 뿐이지. 남들이 인정한다 해도 결국 내게 돌아오는 건 아무것도 없어.」

성연이 쓴 책들을 보고 있자니 혀끝에서 줄곧 뭔가가 까끌까끌했다.

뭘까. 왜일까.

그 찜찜한 기분을 지우기 위해 더 열심히 책더미를 들춰보고 구경에 몰두하던 미소는 빛바랜 파란색 표지의 낡은 서류철 하나를 발견했다.

궁금하면서도 왠지 익숙한 느낌이어서 그것을 집어 든

미소는 먼지를 훅 불고 조심스럽게 표지를 넘겨봤다. 다름 아닌 9년 전 영준의 개인비서 지원자들이 제출한 이력서와 자기소개서들이었다.

그중 맨 위에 올라 있는 자기 이력서를 발견한 미소의 얼굴이 빨갛게 달아올랐다.

"어머나, 그때 내가 이렇게 촌스러웠나?"

애매하기 짝이 없는 길이의 단발과 아직 젖살도 다 빠지지 않은 얼굴에 어색하게 크레파스로 칠해놓은 것 같은 화장, 억지로 웃느라 한쪽 입매가 찌그러진 채 찍힌 증명사진은 둘째 치고, 문구점에서 구입한 이력서에 자필로 적어넣은 이력이 가관이다. 출신학교 옆에다 깨알같이 학급임원 경력과 경시대회 수상경력 따위를 적어놓은 것과 전국 상위 1퍼센트 수능성적표를 물풀로 덕지덕지 붙여놓아 종이가 운 게 눈물겨울 정도였다. 경쟁 지원자들에 비해 부족한 학벌을 어떻게든 메워보겠다는 의도가 그대로 전해져왔다.

이 이력서를 보면서 그는 얼마나 웃었을까 생각하니 절로 웃음이 나왔다.

그러나 웃음도 거기까지. 한 장을 넘긴 그녀는 눈을 질끈 감고서 소리 없는 절규를 내지르고 말았다. 오, 마이 갓!

자소서는 이력서보다 더 볼 만했다. 이력서가 양식(洋食) 일품요리라면 자기소개서는 뷔페였다. 초특급 호텔뷔페.

"'안녕하십니까, 저는 김미소라고 합니다. 나이는 어리지만 현모양처의 원대한 꿈이 있는 만 열아홉 소녀입니다. 죄송합니다. 사실 아직은 아닙니다. 생일이 안 지났거든요. 하지만 며칠 후면 곧 돌아오니 그렇다고 해두겠습니다. 하하하.' 으윽, 오그라들어! 하하하는 대체 왜 써넣었는데? 귀여운 척하지 마! 어설픈 러브레터도 이보다는 낫겠다. 그보다, 내 꿈이 현모양처였다니 그게 제일 충격이네."

9년 전 스스로 썼던 자기소개서를 소리 내어 읽다 보니 쥐구멍이라도 찾고 싶어진다.

"'저는 어려서부터 영특하단 소리를 많이 듣고 자랐고 저 스스로도 꽤 똑똑하다고 자부합니다. 자세한 설명은 생략할 테니 이력서의 수능성적표를 확인해주세요. 무려 원본입니다.' 아아, 번데기 앞에서 주름잡은 건 둘째 치고 제대로 구토 유발이구만. '아울러, 저는 다년간의 임원경력으로 시키는 일은 정말 잘합니다. 시간이 촉박해 생활기록부를 복사해 오지는 못했지만 선생님들께서도 우리 미소는 정말 심부름을 기똥차게 잘하는구나라고 종종 말씀하셨습니다.' 아, 어떡해, 흐흐흐, 너무 끔찍해서 더는 못 읽겠어……."

손으로 눈을 가린 채 웃음을 흘리던 미소는 다시 실눈을 뜨고서 종이를 내려다봤다.

아무 내용도 없는 자기소개서가 길기도 하지. 상큼하게 중략하고 맨 마지막 부분으로 내려간 미소는 터지려는 폭소를 참다 마침내 눈물까지 찔끔 흘리고 말았다.

"'일단 시켜만 주십시오. 목숨을 걸고 충성을 맹세하겠습니다. 그럼 이만.' 풉, 푸부붑!"

배를 움켜쥐고 부들부들 떨며 웃음을 참던 미소는 눈가에 배어나온 눈물을 닦아내고 차근차근 페이지를 넘겨봤다. 거기엔 같은 시기에 지원했던 면접자들의 이력서와 자기소개서가 단정하게 각 맞추어 정리되어 있었다.

"다들 스펙 죽이네. 와아, 스카이 출신도 있고……."

금테 두른 이력서와 제대로 격식 차린 자기소개서를 살피던 미소의 표정이 점차 굳어갔다.

"어……?"

이상하다. 이건 분명 뭔가 잘못됐다.

"왜…… 이렇게 잘난 애들을 다 떨어뜨리고 날 뽑았지?"

이력서만 봐도 알 수 있었다. 쟁쟁한 지원자들을 내치고 영준이 그녀를 선택했을 만한 메리트가 당시의 미소에겐 존재하지 않았다는 것을.

당황한 그녀가 어쩔 줄을 몰라 하고 있던 그때, 인기척이 느껴졌다.

"김 비서. 뒤에 누가 있어. 조심해."

"장난치지 마세요. 우리 집 조상님은 제삿날이나 돼야 오신다니까요."

"에이, 그럼 재미없잖아."

"저 지금 심각해요."

"왜?"

"부회장님, 왜 절 채용하셨어요?"

"갑자기 그게 무슨 소리야?"

미소는 여전히 서류파일을 팔락팔락 넘기며 목소리를 높였다.

"이 파일들 좀 보세요. 정상적인 상황이라면 제가 일번으로 떨어졌어야 맞잖……!"

발소리가 점점 가까이 다가온다 싶었더니 미소의 귓가에 갑자기 훅 하고 숨소리가 덮쳐왔다.

따스하고 향기로운 숨결이 그녀의 귓바퀴를 스치더니 귀 밑에서부터 목덜미를 타고 뭔가가 찌르르 흘러내리며 가슴이 뿌듯하게 부풀어 올랐다. 입술이 긴장으로 당겨올라가는 순간, 그녀의 어깨와 팔, 등허리, 둔부와 허벅지까지, 온몸에 뜨겁고 탄탄한 감촉이 은밀하게 감겨왔다. 말로만 듣던 백허그였다.

"가, 갑자기 무슨……."

"뒤에 누가 있으니 조심하라고 했잖아."

귓가에서 속삭이는 영준의 목소리는 더없이 매력적이었다.

"잠시만 이러고 있자."

떨리는 가슴을 애써 억누르며 미소는 볼멘소릴 했다.

"오늘은 어느 방향으로 밀어내실 거예요? 일단 마음의 준비는 하고 있어야 할 것 같아서요."

“안 밀어낼게.”

“정말 믿어도 돼요?”

“그래.”

두근두근.

그와 한 치의 틈도 없이 몸을 맞대고 같은 방향을 바라보는 건 꽤나 특별하고 로맨틱한 기분이었다. 묘한 흥분에 몸이 오싹오싹해지기도 하고 편안하고 나른한 나머지 잠이 올 것 같기도 했다.

그러고 보니 미소에게 있어서 남자와 이렇게 진한 포옹을 하는 것도 처음이었다. 대체 그는 그녀에게서 얼마나 많은 ‘처음’을 더 가져갈 생각인 걸까.

미소는 창밖에 펼쳐진 아름다운 야경을 바라본 채 자신의 어깨를 끌어안은 영준의 팔을 가만히 쓰다듬어보았다.

“그때 내가 왜 김 비서를 채용했는지, 궁금해?”

“네.”

한동안 아무 말도 이어지지 않자 미소는 나직이 한숨을 쉬며 덧붙였다.

“궁금하면 오백 원, 따위의 유행 지난 농담하시면 바로 집에 갈 거예요.”

뜨끔한 기척이 느껴지는 것이 아무래도 정곡을 찔렀나 보다.

이렇게 또 은근슬쩍 넘어가나 싶은 순간, 영준은 미소의 어깨에 가만히 이마를 기대더니 한숨 쉬듯 나직이 중얼거렸다.

"미소였으니까."

●2권에서 계속.